# Die Enkelin der Zeit

**A. Fishbowl**

# Die Enkelin der Zeit

*A. Fishbowl*

*Roman*

Bibliografische Information der Deutschen Nationalbibliothek:
Die Deutsche Nationalbibliothek verzeichnet diese Publikation in
der Deutschen Nationalbibliografie; detaillierte bibliografische
Daten sind im Internet über http://dnb.dnb.de abrufbar.

© 2019 A. Fishbowl
Herstellung und Verlag:
BoD – Books on Demand, Norderstedt

ISBN: 978-3-7357-5816-3

Erster Teil

# DIE TRÜBSAL DER ZUKUNFT

Teresa lag nun bereits seit über sechzehn Stunden in ihrem Bett. Ihr Arm war unter dem Gewicht ihres Kopfes eingeschlafen, sodass sie ihn kaum noch spürte. Sie öffnete lustlos ihre vor Müdigkeit brennenden Augen und blickte auf die Uhr ... die Vorlesung hatte bereits begonnen. Die Studenten fragten sich vermutlich, wo sie blieb.

*Fuck it*, dachte sie.

Sie streckte ihren Arm aus, um die Dose mit Beruhigungspillen zu greifen, die auf dem Nachtschrank stand und stieß sie dabei versehentlich um. Die Tabletten versprenkelten sich über zahllose Klamotten, die neben ihrem Bett unachtsam verteilt einen großen Haufen bildeten.

Die junge Frau schloss die Augen und tastete umher. Nach einer Weile berührten ihre Fingerspitzen zwei der Pillen, die in einen BH gefallen waren. Sie schob sie in ihren Mund, drehte sich um und schlief weiter.

# Mutterkummer

*Kümmere dich gut um deine große Schwester.*

Darum hat mich meine Großmutter vor langer Zeit gebeten. Noch heute denke ich ab und zu daran – vermutlich aus Reue.
   Es ist so eine Eigenart von mir, dass ich Geschichten sammle. Nicht nur die guten, sondern auch die schlechten.
   Überhaupt, einfach alle.
   Die Geschichte, die ich jetzt erzählen werde, ist die letzte aller Geschichten und meine Schwester ist ihr Hauptcharakter. Man nennt meine Schwester die *Zukunft*. Sie wäre eigentlich ein mächtiges Wesen, doch anstatt von ihren Fähigkeiten auf sinnvolle Weise Gebrauch zu machen, beschäftigt sie sich mit wertlosen Banalitäten: Als Diebin, die durch die Welt streift, mischt sie sich in anderer Leute Leben ein und beraubt sie ihrer Habseligkeiten.
   Ich hatte nie Gelegenheit, sie zu fragen, warum sie das tut. Schon als ich noch ein kleines Mädchen war, habe ich mich so gefühlt, als könnte ich ihr nicht so nahe kommen, wie ich es mir immer gewünscht hatte. Man hat es uns nicht *leicht* gemacht, aber ... wenn ich ehrlich bin, ist das auch nur eine Ausrede.

Wie dem auch sei. Die Geschichte findet ihren Anfang an einem sehr kalten Spätwinternachmittag in einem Café in einer alten Kleinstadt.

Natürlich findet die Geschichte nicht *wirklich* an dieser Stelle ihren Anfang. Ich habe diesen Start sorgsam ausgesucht, weil er meinen Standpunkt am besten untermauert – denn an diesem Tag wurde sonnenklar, dass meine Schwester ihr Leben und ihre Macht verschwendete.

Im engen Café Lunte loderte das Kaminfeuer, während das Schneegewühl hinter den großen Schaufenstern die Sicht nach draußen erschwerte. Im Inneren fand eine erstaunliche Menge an Personen zusammengedrängt an vielen Tischen Zuflucht vor der Kälte. Sie redeten gedämpft und durcheinander. Nur von der Theke her hörte man aus dem Radio eine monotone, distanzierte Stimme. Sie berichtete von der verstümmelten Leiche einer Konzertpianistin, die man in der Woche zuvor in einer verlassenen Lagerhalle im Industriegebiet gefunden hatte.

Davon abgesehen verzierte auch das leise Wimmern eines kleinen, vielleicht sechs Jahre alten Jungen die Geräuschkulisse des Cafés. Er saß zusammen mit einer Frau mittleren Alters an einem Platz am Fenster und weinte vor sich hin.

»Mach dir keine Sorgen, Emil«, versuchte die Frau ihn zu trösten, »Du wirst sicher neue Freunde finden!«

Diese taktlose Äußerung verschlimmerte das jämmerliche Schluchzen des Jungen noch weiter. »Ich will nicht weg, Mama«, sagte er und ballte ein bisschen Tischdecke in seiner Faust.

Die Eingangstür schwang wieder einmal auf und ließ eine kalte Brise herein. Währenddessen fuhr die Frau fort, ohne sich vom Geheule beeindrucken zu lassen: »Schau doch erst, was die Zukunft bringen wird. In ein paar Wochen ist das alles doch schon wieder vergessen und du wirst merken, dass es nicht so schlimm ist, wie du es dir vorstellst. Jeder zieht mal um im Leben! Nutze das doch einfach für einen Neuanfang.«

Der neue Gast – eine junge Frau, die keine zwanzig Jahre alt aussah – nahm am freien Tisch neben ihnen Platz und schaute durch das Menü.

»Ich will aber nicht neu anfangen«, heulte Emil, während sich ein neuer Schwall Rotz aus seiner Nase auf den Rand des Bierdeckels goss, auf dem seine Limonade stand. »Ich will *für immer* hier bleiben!«

»Also wirklich, Emil, langsam reicht es. Wir haben das schon so oft besprochen. Wir müssen umziehen, so ist es nun einmal – ich weiß, es ist schwer für dich, aber du musst dich von deiner Freundin wohl oder übel verabschieden. Das geht jedem Menschen irgendwann so, also benimm dich nicht wie ein Baby.«

Er ließ ein schrilles Wehklagen aus seiner Kehle wandern und strampelte mit seinen Beinen, sodass einige der Umsitzenden verstohlene Blicke auf ihn richteten. Auch der neue Gast beobachtete ihn – doch im Gegensatz zu den anderen tat sie das ziemlich unverhohlen.

Plötzlich ertönte die Anfangsmelodie eines modernen Popsongs aus der Tasche von Emils Mutter, die sofort darin zu wühlen begann und ihr Handy herausholte.

»Ich bin gleich zurück, warte einen Moment, das ist der Makler, da muss ich rangehen«, erklärte sie hastig, stand auf und verließ das Lokal, um den Anruf entgegenzunehmen.

Daraufhin beschäftigte sich Emil damit, im Stillen weiter seines Unglücks zu frönen, während ihm dicke Tränen aus den Augen kullerten, die seinen Blick benebelten. Nach nur wenigen Sekunden schreckte er auf, da er eine kalte Berührung an seiner Wange spürte.

Überrascht schaute er hoch. Er wischte seine Ärmel über Augen und Nase, gerade schnell genug, um zu sehen, wie die junge Frau eine seiner Tränen von ihrem Zeigefinger in ein Reagenzglas tropfen ließ, bevor sie es verkorkte und in die Reisetasche steckte, die neben ihr stand.

Meine Schwester hinterließ in diesem Moment einen ziemlich bedeutenden Eindruck bei Emil. Er musste mitansehen, wie sie sich schamlos auf dem Platz seiner Mutter niederließ. Ihre runden, hellgrünen Augen stachen deutlich aus ihrem Gesicht hervor – verstärkt durch schwarze Eyelinerkonturen und dunkle Wimpern. Sie verankerte den Jungen fest in ihrem durchdringenden, unnatürlichen Blick, der ihm ein klein wenig Angst einjagte.

Ohne ein Wort zu sagen, ordnete sie zuerst ihre langen Haare und glättete dann ihr helles, zerfetztes Kleid. Dass es einst weiß gewesen war, ließ sich unter all dem Schmutz, den Blutflecken und den Schlammspritzern nur noch erahnen.

Sie nahm die Kaffeetasse von Emils Mutter auf und nippte daran. Emil schauderte, als er ihren Arm sah, den bis über die Schulter große Brandwunden bedeckten. Außerdem hätte der Junge schwören können, dass der gesündere Arm ein Stückchen kürzer war als der andere.

Ein gespielter Ausdruck der Freude machte sich genau eine Sekunde lang auf ihrem Gesicht breit, als sie den Kaffee schmeckte, dann erschlaffte ihre Miene wieder.

Neben den Brandwunden überzog eine beunruhigende Anzahl an blauen Flecken und Verletzungen aller Farben und Formen jeden sichtbaren Teil ihres Körpers. Nur ihr Gesicht war makellos. Trotz des auffallenden Äußeren nahm im ganzen Café niemand außer dem Jungen von ihrer Existenz größere Notiz.

Es vergingen mehrere Minuten, ohne dass die Frau irgendetwas sagte. Stattdessen begutachtete sie Emil so aufmerksam wie er sie, sodass der Grund für seine Trauer aus seinem Bewusstsein gespült wurde, obwohl seine Augen und Wangen noch eine deutliche Rotfärbung präsentierten.

Schließlich kramte das Mädchen einen Moment lang in ihrer Tasche und rollte etwas vor Emils Augen. Er atmete vor Überraschung scharf ein – er konnte seinen Augen kaum trauen: Das war der Füller seiner besten Freundin! Er sah edel aus, dick und groß und weinrot gefärbt, mit kleinen, goldenen Ornamenten. Wieso hatte ihn diese Frau?

Sie blickte ihn weiter interessiert an, doch auf eine unnahbare Art. Emil wollte sie nach dem Füller fragen, doch letztlich brachte er kein Wort heraus. Stattdessen umklammerte er das Andenken und hielt den Mund weit offen.

Im selben Moment, als das Klingeln der Eingangstür ertönte und man den Wind von draußen wehen hörte, erhob sich die junge Frau wieder vom gestohlenen Stuhl und war längst auf ihrem Platz in die Bestellkarte vertieft, als Emils Mutter einen Blick auf seinen Tisch warf. Emil versteckte den Füller hastig in seiner Tasche und hielt ihn in einem festen Griff.

Es gab nur eine Möglichkeit: Diese merkwürdige Frau musste den Füller von Nathalie gestohlen haben. Instinktiv erinnerte sich Emil an das letzte Mal, als er sie gesehen hatte.

*

*Sanft und in großen Schwüngen ließ die junge Frau ihren Füllfederhalter – einen roten und dicken, mit kleinen, goldenen Ornamenten – über die dünnen Seiten ihres Notizbuchs gleiten. Gelegentlich hielt sie ihn sich an die Lippen, wenn sie* darüber nachdachte, was sie als Nächstes festhalten wollte. Dabei malte sie versehentlich kleine blaue Tintenflecke an ihren Mund.

Es war ihr leider nie gelungen, sich diese Geste abzugewöhnen. Es brachte sie des Öfteren in Verlegenheit, im Alter von 19 Jahren noch mit Tintenflecken im Gesicht durch die Gegend zu laufen.

Sie saß auf einer schwarzen Bank auf dem Berg vor dem Stadtschloss, sodass ihr zu Füßen die Lichter der Häuser brannten und Laternen ihren Glanz auf die vereisten Straßen warfen. Vor einer Stunde hatte es aufgehört zu schneien und es wehte kein Wind.

Obgleich ihre Hände durch die Kälte deutlich in Mitleidenschaft gezogen wurden, schrieb sie weiter, bis sie hörte, wie die Glocke eines kleinen Kirchturms in der Nähe achtzehn Uhr schlug. Dann setzte sie die Kappe des Stiftes auf und schloss das Büchlein, um sich der spärlich beleuchteten Treppe zuzuwenden, die einige Meter vor ihr den Berg hinabführte.

Sie erwartete jemanden. An diesen Ort verirrte sich nur selten eine Person zu dieser Jahres- und Tageszeit – und so machte ihr Herz einen kleinen Hüpfer, als sie leise Schritte auf sich zustapfen hörte.

»Hallo Nathalie!«, rief der Junge direkt, als er ihr Gesicht sah.

»Emil!«, grüßte sie den Kleinen. Sie öffnete ihre Arme, um ihn mit einer Umarmung zu empfangen. »Wie geht es dir? Alles in Ordnung? Schön, dass du gekommen bist!«

Er nickte. »Ich habe eine Eins in Mathe bekommen!«

Nathalie wuschelte durch seinen blonden Haarschopf und machte noch etwas mehr Platz auf der Bank, sodass er sich setzen konnte. »Oho, eine Eins! Wie lange hast du dafür gelernt?«

»Gaaanz lange«, sagte er, machte einen erschöpften Gesichtsausdruck und ließ seine Arme erschlafft fallen.

»Super, gut gemacht!«, lobte sie ihn. »Immer schön viel lernen. Alles klar?«

»Ja. Die Hauslehrerin war gemein zu mir, weil ich ein paar Mädchen mit Sand beworfen habe.«

Nathalie setzte einen überaus strengen Blick auf. »Mit Sand beworfen?«

»Ich mache das nie wieder! Mama hat doll geschimpft, als ich es erzählt hab'. Ich habe mich auch entschuldigt.«

»Na gut, dann lasse ich dich auch nochmal davonkommen. Und was hast du sonst Schönes gemacht?«

Emil setzte ein breites Grinsen auf. »Ich war bei Philipp, die haben eine Katze! So süß! Aber sie hat mich gekratzt. Oh! Und da war ein kleines Baby. Philipps Schwester. Die ist auch ganz niedlich.«

»Wie heißt sie denn?«

»Weiß nicht mehr«, antwortete er. »Sie war ganz klein! Willst du auch mal ein Baby kriegen?«

Nathalies Herz setzte einen Schlag aus.

»Ich ... hatte mal eins«, erwähnte Nathalie langsam, doch sie schluckte sofort, als sie merkte, dass sie das womöglich nicht hätte sagen sollen.

»Was ist passiert? Ist es erwachsen geworden?«

»Hm ...«, machte Nathalie und dachte kurz nach. »Es war ein Junge. Ich war damals noch ein kleines Mädchen, also konnte ich mich nicht um ihn kümmern. Da habe ich ihn weggegeben.« Sie zeigte ein gezwungenes Lächeln und lenkte dann vom Thema ab. »Kümmert sich deine Mutter gut um dich?«

»Ja«, rief Emil und nickte eifrig.

»Das ist schön! Nicht jeder kann sich so glücklich schätzen. Weißt du, Mutter sein ist überhaupt nicht einfach. Ich bin sicher, sie hat dich sehr gern, also hör auf das, was sie dir sagt, einverstanden? Sie meint es nur gut.«

*Emil nickte.*

*Das Gespräch plätscherte eine Weile vor sich hin. Dann erklang der Glockenton, der das Vergehen einer halben Stunde kennzeichnete. Der Junge sprang auf.* »Ich muss weg«, *erklärte er und umarmte Nathalie zum Abschied.*

»Kommst du nächste Woche wieder her?«

»Ja«, *sagte er.* »Klar, versprochen.«

»Denk dran: Nicht verraten, dass du mich triffst. Sonst bekomme ich ziemlichen Ärger und dann dürfen wir uns nicht mehr sehen.«

*Emil nickte, dann drehte er sich um und schritt die Treppe wieder hinab. Nathalie saß einige Minuten reglos auf ihrem Platz, bis sie das Notizbuch wieder öffnete, das überwiegend mit Anmerkungen über ihr Studium und mit Einkaufslisten gefüllt war. Sie schrieb einen kleinen Satz hinein:* »Er wird immer größer.«

*Direkt daneben landete eine Träne.*

\*

Emils Mutter setzte sich wieder auf ihren Platz und steckte das Telefon zurück in ihre Tasche. Dann seufzte sie kurz, bevor sie das Wort an ihr Kind richtete.

»Es ist nun mal so, Emil – Papa hat eine neue Arbeit gefunden. Weit weg von hier, nicht mehr auf der Insel. Er kann ja nicht jeden Tag mit dem Schiff übers Meer herfahren. Ich habe dir das ja schon erklärt. Wir müssen deswegen umziehen – dort werden wir dann sogar ein eigenes Haus ganz für uns haben! Du könntest deine Freundin auch nach ihrer Adresse fragen, ich helfe dir dabei, dass ihr einander Briefe schreiben könnt. Ist das in Ordnung für dich?«

Emil war innerlich noch immer mit seinen Erinnerungen an Nathalie beschäftigt. Ihre Worte klirrten in seinen Gedanken.

*»Ich bin sicher, sie hat dich sehr gern, also hör auf das, was sie dir sagt, einverstanden?«*
Der Füller wog schwer in seinen Fingern.
Emil nickte. »Ich komme hierher zurück, wenn ich groß bin«, sagte er und umklammerte dann seinen Stift noch etwas fester. »Und Briefe schreiben möchte ich auch.«
Seine Mutter lächelte und tätschelte seinen Kopf.
Mehr gab es für die Zukunft hier nicht zu tun. Ohne je etwas bestellt zu haben, legte sie die Karte wieder hin und hob ihre Reisetasche auf. Sie schwang sie auf ihren Rücken, lief zur Garderobe und nahm ihren dünnen, dunkelgrauen Kapuzenumhang mit.
Nachdem sie ihn sich umgeworfen hatte, verließ sie das Lokal. Sofort stürzte sich ein Schwarm Schneeflocken in ihre Wimpern, woraufhin sie die Kapuze tiefer nach unten zog.

An jenem Tag sammelte die Zukunft zum ersten Mal Tränen für ihr großes Projekt, doch nicht nur das machte ihn besonders. Sie wurde nämlich außerdem von einem *Monster* in der Gestalt eines kleinen Mädchens verfolgt.
Die Zukunft marschierte über den glatten Asphaltboden hinweg, lief quer über den Platz und bog dann in eine kleine Straße ein, die neben dem Rathaus versteckt in ein kleines Einkaufsviertel der Stadt führte. Es begann dunkel zu werden. Auf der großen Turmuhr offenbarten die Zeiger, dass es bereits kurz vor drei Uhr sein musste.
Unweit hinter meiner Schwester schlich ihr das Monster hinterher, das, abgesehen von dem Umstand, dass es laufen konnte, eher tot als lebendig aussah. Sie hielt behutsam diskreten Abstand, doch die Zukunft achtete ohnehin wenig auf ihre Umgebung und stapfte mit ihrer leichten Bekleidung furchtlos durch das Schneegewühl.

»Wirst du je erlernen, sorgfältig mit deinem Leib umzugehen?«, murmelte das Mädchen zu sich und beobachtete meine Schwester mit argwöhnisch kalten Augen.

# Amseltod

Nachdem die Zukunft durch einige weitere Gassen geschlendert war – jede von ihnen menschenleer, da kaum eine Person von Verstand dieses Wetter ertragen wollte – gelangte sie vor die Tür eines rustikalen Juweliers. Allerlei Steine und Schmuckstücke glitzerten auf alten, grauen Holztresen hinter den nach vielen Jahren durch Steinschläge und Kratzer in Mitleidenschaft gezogenen Schaufensterscheiben.
Vor der Eingangstür hing ein Zettel mit der Aufschrift:

ÖFFNET HEUTE
ERST 17 UHR.

Meine Schwester drückte trotzdem gegen den Knauf, doch wie erwartet ließ sich der Laden nicht betreten. Sie hielt einen Moment inne, bevor sie ihre Tasche über die andere Schulter schwang, sich umdrehte und die drei Stufen wieder hinabschritt.
*Krawumms.*
Unten angelangt stürzte ein hechtender alter Mann in sie hinein. Die Zukunft stolperte gegen die Hausmauer und mit einem Scheppern ihres Inhalts klatschte ihre Tasche gegen die Ziegel. Dem Mann rutschte ein überraschter Laut aus der Kehle, doch er fing die Zukunft auf, bevor sie zu Boden schlug.

»Tut mir leid«, rief er hastig, dann ließ er auch schon wieder von ihr ab, sprang die Treppe hinauf und zog wie wild am Türknauf. Jetzt erst bemerkte er die Notiz und sackte mit einem Blick auf seine Armbanduhr in sich zusammen.

»Zwei Stunden«, keuchte er atemlos und entmutigt, während er sich umdrehte und resigniert auf die erste Stufe setzte. »Oh nein ...«

Sein lederner Anorak war vorne geöffnet und hing ihm schief vom Körper.

Noch immer stand die Zukunft direkt neben ihm und schaute zu Boden. Unter ihrem antiken Umhang lugten die weißen Sandalen hervor, die erfolgreich dabei versagten, ihre baren Füße vor dem Schnee zu schützen. Sie stampfte wiederholt auf den Boden auf, um den Matsch zu entfernen, und gab sich erst zufrieden, als ihre leuchtend grün lackierten Zehennägel wieder zum Vorschein kamen.

Der Alte fand schließlich seinen Atem wieder und fragte: »Alles in Ordnung?«, als er bemerkte, dass die junge Frau immer noch da war. »Meine Güte. Du siehst aus, als hättest du einiges mitgemacht. Brauchst du Hilfe? Habe ich dich verletzt? Es tut mir leid, ich hätte besser darauf achten sollen, wo ich hinrenne.«

Er zeigte ein freundliches Gesicht und wartete einen Moment, dann deutete er hinter sich. »Ich muss da rein, du auch? Warum machen sie ausgerechnet an so einem Tag später auf?«

Der Mann sah sich um und bemerkte das Schneetreiben. »Vermutlich gerade deswegen«, seufzte er. »Wenigstens öffnen sie überhaupt. Was machst du? Möchtest du da drin auch etwas kaufen?«

Er lächelte die Zukunft an. Sie setzte sich auf die Treppe, reagierte jedoch nicht weiter auf ihn. Ihr Blick schweifte über die Straße. Direkt auf der anderen Seite stand eine Bank vor einigen Bäumen und Sträuchern, hinter denen sich ein kleiner Spielplatz befand.

Der Wind rauschte durch die Dachrinnen der Häuser und die Zweige der Äste. Im Gestrüpp des kleinen Parks hörte man eine Amsel zwitschern. Nach ein paar Minuten sprang die Straßenbeleuchtung an.

Erst als es dunkel genug war, stahl sich das kleine Mädchen hinter den Büschen entlang zum Spielplatz. Dann suchte sie sich einen Sitzplatz hinter einigen Sträuchern, von dem aus man die Zukunft gut beobachten konnte. Hinter ihr begann der große Stadtpark, an dessen Ende der Uni-Campus grenzte.

Das Kind konzentrierte sich darauf, jedes Wort zu hören, das der alte Mann von sich gab, auch wenn die Phasen des Schweigens lang waren. Während dieser Zeit saß sie völlig bewegungslos da, wie vereist. Nicht einmal ein winziges Zittern entfuhr ihrem von einem weißen Umhang verhüllten Körper.

Still beobachtete sie die Zukunft, bis eine kleine Schwarzdrossel neben ihr landete und neugierig durch das Laub sprang. Nach nur wenigen Sekunden zeichnete sich eine Regung auf dem Antlitz des Mädchens ab.

Es war tiefe Abscheu.

Der naive Vogel hüpfte weiter um sie herum, beobachtete neugierig die Reisigzweige, die überall verstreut lagen und steckte ab und an seinen orangefarbenen Schnabel hinein, um darin zu wühlen. Sein schwarzes Gefieder verlieh ihm eine kugelförmige Gestalt. Während seiner Untersuchungen gab der Vogel ab und an einen hohen, fiepsenden Ton von sich oder zwitscherte fröhlich in klar voneinander getrennten Lauten.

Er schien das Mädchen gar nicht als eigenständiges Wesen anzuerkennen, sondern krabbelte munter über ihre Füße und stupste sie an wie ein Stück Holz.

Irgendwann fühlte sie sich durch die Anwesenheit dieses Biestes so gestört, dass sie sich aufbäumte und ein Fauchen ausstieß. Der Vogel sprang erschreckt auf, nur um sich kurz danach unter lautem Gezeter in Richtung ihrer Haare zu stürzen.

Das war ein Fehler.

Kurz bevor der Vogel das Mädchen erreichen konnte, dematerialisierte sie sich in einem Lichtblitz, als wäre sie einfach in ihre Einzelteile zerfallen. Jetzt versuchte die Drossel wie wild Reißaus zu nehmen, doch ihr geschah das gleiche: Kaum einen Moment später hörte sie mitten im Flug auf, zu existieren.

Danach entstand das Mädchen wieder aus dem Nichts, doch nun trug sie ein kleines, blassgrünes Ei in der Hand, über das sich zahllose ziegelrote Pünktchen zogen. Das Ei war so frisch gelegt, dass es ihre kalten Finger wärmte.

Sie *hasste* Vögel.

Noch immer mit Verachtung in den Augen blickte sie zurück zu den zwei Personen auf der anderen Straßenseite.

Je mehr Zeit verstrich, desto ungeduldiger schien die Zukunft zu werden. Sie rutschte auf ihrem Platz herum und stieß sogar manchmal mit ihrem Ellenbogen gegen die Kleidung des alten Mannes. Sie wollte ihm irgendetwas mitteilen. Er ließ sich davon rein gar nicht beeindrucken, sondern schaute nur still und mit müden, hellblauen Augen durch das Schneewehen, das langsam abklang. Gelegentlich fuhr er mit der Hand über seinen Dreitagebart. Bald fiel er so tief in Gedanken an Ereignisse, die bereits Jahrzehnte zurücklagen, dass er von seiner Umgebung kaum noch etwas wahrnahm.

\*

*An einem warmen Herbstnachmittag spurtete ein junger Mann durch einen strikt sauber gehaltenen, leeren Park. In seiner Eile ignorierte er die vorgegebenen Wegstrecken und zertrampelte dabei unzählige wehrlose Gräser und Blumen. Seine lederne, lockere Kleidung wirbelte um ihn herum – insbesondere seine im Wind flatternde Krawatte –, doch endlich erkannte er hinter einer Erlenlinie das Gebäude, vor dem er sich mit seiner Freundin treffen wollte.*

*»Du bist zu spät!«, rief sie, als sie ihn unter den Bäumen hervorlaufen sah. »Mal wieder«, setzte sie nach. Schnell bemerkte der Mann, dass die Prüfung nicht wie erhofft verlaufen war. Dianara saß entmutigt da – auf den Stufen, die hinauf zum großen Eingangsportal der juristischen Fakultät der Atlas-Universität führten.*

*»Tut mir leid«, keuchte Kalvin. Er sah auf seine Uhr und stellte fest, dass sie fast eine Stunde auf ihn gewartet haben musste. Kein Wunder, dass außer ihr keine Studenten mehr anwesend waren. Im Stillen verfluchte er sich noch einmal für das Verpassen des Zuges. »Wie ist es gelaufen?«, fragte er schließlich unsicher.*

*Dianara rollte sich mit einem Stöhnen über die Stufen und machte dabei ihre Kleidung schmutzig. »Na, wie wohl«, seufzte sie. »Hab's nicht geschafft. Es ist alles aus. Ich bin eine Versagerin.«*

*Kalvin ließ für einen Moment die Schultern hängen, doch dann setzte er sich neben sie, nahm ihre Hand und zog sie zu sich hoch, damit er sie umarmen konnte. Sie nahm das Angebot dankbar entgegen und kuschelte sich in seine Arme.*

*Dianara schluchzte tief, so als würde ihr erst jetzt wirklich klar, in welcher Tinte sie nun saß.* »Fünf Jahre umsonst«, jammerte sie. »Ich bin schon wirklich dämlich, diese Prüfung zu vergeigen.«

*Kalvin wusste nicht, wie er darauf reagieren sollte, also setzte er einen Kuss auf ihre Stirn, während er sie weiter in den Armen hielt.*

»*Tut mir wirklich leid für dich, dass du so eine nutzlose Freundin hast*«, sagte sie.

»He, jetzt übertreib nicht«, hielt er ein. »Mach dir keine Sorgen darum. Es ist schade, was passiert ist, aber wir kriegen das schon hin. Irgendwas wird uns schon einfallen.«

*Plötzlich machte sich ein Lächeln auf ihrem Gesicht breit.* »Danke!«, *rief sie grinsend.* »Hat aber echt lange gedauert, bis tröstende Worte von dir kamen!«

*Kalvin ärgerte sich, als er bemerkte, dass sie sich über ihn lustig machte.* »Hör auf damit! Du weißt, dass ich nicht gut im Trösten bin.«

*Kalvin war die peinlichste Person, der Dianara je begegnet war, doch auf irgendeine Weise fand sie das niedlich – und gleichzeitig konnte sie sich wunderbar darüber erfreuen.*

»Stimmt, du bist mies im Trösten. Was soll's, ich hab's vermasselt. Ich werde mich darüber noch eine ganze Weile ärgern, aber es ist, wie es ist.«

*Sie saßen einige Minuten weiter da, bis Kalvin vorschlug, dass sie sich auf den Weg in die Stadt machen könnten, um etwas zu essen. Also schlenderten sie zu zweit durch den Park. Die sonst so gesprächige Dianara sagte kaum ein Wort. Es fiel Kalvin nicht schwer, ihre wahre Stimmung zu erraten, obwohl sie alles daran setzte, ihren Unmut zu verschleiern.*

*Schließlich saßen beide unter einem großen, weißen Sonnenschirm an einem Tisch eines Eiscafés. Während Kalvin die*

*Karte durchsah, bemerkte er, dass Dianara ihren Studentenausweis betrachtete.*

*»Dianara Vera Amseltod«, las sie ihren Namen vor und zog dabei einen Schmollmund. »Sagen Sie, werter Herr Küste, wann werden Sie mich von meinem unliebsamen Nachnamen befreien? Du hast schon vor Monaten angekündigt, mir bald einen Antrag machen zu wollen!«*

*Kalvin schluckte. »Ähm ... also ...«, klärte er auf, »... Das stimmt.«*

*Dianara zog ihre dunklen Brauen hoch. »Und weiter?«*

*»Na ja«, fing er mit einem peinlich berührten Lächeln an. »Ich wollte das ja schon längst gemacht haben, aber ich habe irgendwie ... auf den richtigen Moment gewartet. Und natürlich auf den Ring, auf den ganz besonders, aber leider ... habe ich ihn irgendwie immer noch nicht.«*

*Seine Freundin rollte mit den Augen und schob sich den braunen, viel zu langen Pony aus dem Gesicht.*

*»Und in den letzten Tagen warst du so viel mit Lernen beschäftigt, deswegen wollte ich es eigentlich heute machen, aber ... ach, es tut mir leid, das hätte längst passieren sollen. Ich werde gleich morgen einen tollen Ring bestellen! Und dann den Antrag machen!«*

*Dianara setzte einen überaus skeptischen Blick auf. »Hör zu, Kalvin, ich liebe dich, aber auf deine Versprechen und Versicherungen kann man nun wirklich keinen Pfennig geben. Du bist ungefähr der trotteligste, unzuverlässigste Mann, den ich je getroffen habe. Ich bin mir sicher, wenn ich das dir überlasse, werde ich deinen Antrag erst auf meinem Sterbebett hören ... wenn du zu diesem Termin dann nicht auch noch zu spät kommst«, sagte sie lachend.*

*»Ich meine das ernst! Warte, ich gebe es dir schriftlich«, rief er, zog ein kleines Notizbuch aus seiner Westentasche hervor*

und schrieb eine Nachricht hinein. Dann setzte er seine Unterschrift darunter und hielt sie seiner Freundin vor die Nase:

> Hiermit verpflichtet sich Kalvin Küste, Dianara Amseltod einen wundervollen Verlobungsring zu besorgen.
> – Kalvin Küste

Er riss das Papier heraus und drückte es Dianara in die Hand.

Sie lachte. Jeden Tag schaffte er es, etwas zu tun, das all seine bisherigen peinlichen Taten übertraf. Als sie den Zettel behutsam in ihr eigenes Notizbuch legte, um ihn aufzubewahren, wusste Kalvin, dass es ihr schon ein Stück besser ging als vorher.

»Im Ernst jetzt«, sagte sie. »Du musst keine Versprechungen machen, die du vielleicht nicht halten kannst. Ich kenne dich doch. Am Ende machst du dir immer so viele Vorwürfe, dabei sind es Dinge, die gar nicht so sehr zählen.«

Dianara dachte einen Moment nach, bevor sie einen verstohlenen Blick an ihren Freund richtete und nach seiner Hand griff. »Aber wirklich, ich brauche endlich einen neuen Namen. Und wie ich dich kenne, werde ich noch ewig auf deinen Antrag warten.«

Kalvin wollte protestieren. Er öffnete seinen Mund, aus dem ein halber Laut hervordrang, bevor sie ihn achtlos unterbrach: »Ich habe keinen Ring da, aber ... mein lieber Kalvin Küste ... möchtest du mich heiraten?«

\*

Nach ungefähr einer Stunde hörte es schließlich zu schneien auf. Völlige Finsternis füllte nun den Himmel, aber die Straße schimmerte in einem hellen, unberührten Weiß.

Stoisch saß der Mann noch immer auf den Stufen. Neben ihm massierte sich meine Schwester zusammengekauert mit ihren Händen ihre kalten Füße, während sie einen leeren, starren Blick auf das Ende der Straße warf, wo sie eine kleine Regung entdeckte. Eine klare, junge Stimme ertönte von diesem Ort aus, und dann erkannte sie zwei Personen in dicker Winterkleidung gehüllt aus einem Hauseingang hinaustreten – ein junges Mädchen und augenscheinlich ihr großer Bruder im Teenageralter.

Die beiden bewegten sich in ihre Richtung. Sie liefen Hand in Hand nebeneinander her, doch schon bald löste sich die Kleine vom Griff und sprintete in Richtung des von dickem Schnee bedeckten Spielplatzes davon.

Sie tollte eine Weile herum und bewarf die Spielgeräte mit Schneebällen, dann entdeckte sie die beiden verlorenen Seelen auf der Steintreppe und lief neugierig auf sie zu. »Hey Noah, da sitzen Leute!«

»Dann störe sie nicht«, rief der Junge mit einer tiefen Sprachmelodie hinterher, doch es schien, als wären ihr seine Worte völlig egal, denn sie rannte trotzdem über die Straße.

»Hallo!«, begrüßte sie die zwei, und erst jetzt erwachte der alte Mann aus seinem Tagtraum und schenkte dem jungen Mädchen Beachtung.

»Hallo. Oh, es hat aufgehört zu schneien.« Er warf nervös einen Blick auf seine Uhr.

»Was macht ihr hier?«, fragte das Kind und fügte hinzu: »Ich bin Sonja und ich bin seit gestern zehn Jahre alt.«

Sie zeigte voller Stolz beide Hände mit zehn Fingern vor. »Und ihr?«

»Ich bin Kalvin und ich bin dreiundsiebzig«, antwortete der Mann lächelnd. »Und ich warte darauf, dass der Laden hier aufmacht.« Er wies hinter sich. »Ich muss dort etwas kaufen. Einen Verlobungsring für meine Frau.«

Er lachte darüber, wie unsinnig dieser Satz klang.

»Ich habe gesagt, du sollst die beiden nicht stören«, belehrte der Junge das Mädchen, doch sie ignorierte ihn mit einem Schulterzucken.

»Ach wo, sie stört ja nicht. Es ist nicht so, als hätten wir hier sehr viel zu tun«, entgegnete Kalvin.

»Und wer bist du?«, fragte Sonja die Zukunft, die jedoch nicht antwortete, sondern mutlos in die Leere starrte.

»Hallo?«

Keine Reaktion.

»Hallo?«

Kalvin lachte. »Ach, manche Menschen reden eben wenig. Weißt du«, flüsterte er Sonja zu, »als ich noch jung war, habe ich auch kaum gesprochen. Ich wusste einfach nie, was ich sagen sollte – und wenn ich dann mal etwas gesagt habe, haben sich die anderen so angesehen, als hätte ich mich auf einen Frosch gesetzt. War nicht leicht.«

Er lächelte und schüttelte seinen Kopf.

»Und heute reden Sie mehr?«

»Oh ja!«, rief er. »Reden ist etwas sehr Schönes, finde ich. Ich habe nur meine Zeit gebraucht, um das herauszufinden. Meine Frau hat mir dabei sehr geholfen.«

»Wie ist sie so?«

»Sie redet noch mehr als du und ich zusammen! Und sie kann andere Menschen lesen wie Bücher. Gestern habe ich die Dachkammer aufgeräumt und bin dabei auf eines ihrer alten Notizbücher gestoßen.«

Er holte es heraus und zeigte es dem Mädchen. Dann klappte er es auf und holte einen vergilbten, halb zerfallenen Zettel heraus, den er ihr vor die Nase hielt:

> Hiermit verpflichtet sich Kalvin Küste, Dianara Amseltod einen wundervollen Verlobungsring zu besorgen.
>
> – Kalvin Küste

»Als ich ihr den Zettel damals gegeben habe, hat sie gemeint, dass ich das sowieso nicht tun werde. Aber hier bin ich und werde es tun! Ich hatte es all die Jahre doch glatt vergessen. Ich möchte sie damit überraschen, weil sie bestimmt nicht mehr damit rechnet.«

»Bestimmt nicht«, bestätigte der Junge trocken, der seiner Schwester über die Schulter geschaut und den Zettel mitgelesen hatte.

Die beiden begaben sich kurze Zeit später zur Bank der anderen Straßenseite und versuchten, einen Schneemann zu bauen. So verging die verbleibende Zeit für den Mann schneller, bis es ihn schließlich überraschte, als der Ladenbesitzer tatsächlich auftauchte, die Tür öffnete, und ihn hineinließ.

Meine Schwester saß währenddessen noch immer auf der Treppe und wirkte dabei so kläglich, dass Sonja auf der anderen Seite der Straße ihren Bruder leise fragte, was denn mit ihr geschehen sein mochte.

Kalvin hatte überhaupt nicht begriffen, was sie von ihm gewollt haben könnte.

»Ich möchte einen Diamantring kaufen«, erklärte Kalvin inzwischen dem Verkäufer im Inneren des Ladens. »Aber wir müssen uns beeilen. Er soll toll aussehen und passen! Das ist das wichtigste.«

»Welche Ringgröße haben Sie denn?«

»Ah, er ist für meine Frau. Warten Sie, ich habe die Größe irgendwo aufgeschrieben. Sie müssen wissen, mein Gedächtnis ... also, nicht dass es je besonders gut gewesen wäre.

Aber heutzutage ... kann ich mir selbst eine einfache Zahl nicht mehr so leicht merken. Ach verdammt, den Zettel habe ich nicht dabei. Ich habe doch glatt mein Journal zuhause liegen lassen.«

Die Zukunft hörte ein missmutiges Brummen, dann ein wenig Gekrame. »Warten Sie, ich habe ... ich habe ihren alten Ring mitgenommen, nur für den Fall ... ich bin sicher, ich ...«

Seine Stimme wurde leiser, als er vergeblich in seiner Tasche nach ihrem Ring suchte. »Ich muss den Ring so schnell wie möglich kaufen!«, rief er verärgert, nahezu panisch.

»Beruhigen Sie sich erst einmal. Tief ein- und ausatmen. Sie haben den Ring bestimmt dabei, Sie müssen nur Ruhe bewahren und danach suchen«, erklärte der Ladenbesitzer in einer ermunternden Stimme.

»Sie haben recht«, erklang die tiefe Stimme des Alten. »Sie haben recht ... warten Sie.«

Es ertönte das Klingeln eines Handys. »Entschuldigen Sie, das ist meins, bin gleich zurück«, erklärte Kalvin, woraufhin er das Telefon zutage förderte und den Laden verließ, um zu antworten. Er lief die Straße auf und ab und weckte damit auch Sonjas Interesse, die ihn zusammen mit ihrem Bruder beobachtete.

»Ich verstehe«, sagte der Mann vorsichtig und leise, während er aufmerksam weiter den Worten lauschte, die aus dem kleinen Gerät hervorstachen. »Nein ...«, krächzte er nach ein paar Sekunden. »Nein, nein, nein ... Ich bin doch gerade ... nein ...«

Er lauschte noch ein paar Minuten der Stimme im Hörer, nickte ab und zu und gab schwache Laute von sich. Letztendlich ließ er entmutigt das Telefon sinken, drückte einen Knopf, um das Gespräch zu beenden und schob das Gerät zurück in seine Tasche.

Seine Schultern sackten zusammen, als würden sie auslaufen, während er wieder zurück zur Treppe taumelte und sich direkt neben der Zukunft niederließ. Er stützte seine Arme auf seine Knie und blickte zu Boden.

»Meine Frau ist gerade gestorben«, flüsterte er.

»Was?«, fragte Sonja schockiert. »Was ist passiert?«

»Vor einer Woche kam sie ins Krankenhaus. Sie hatte einen Anfall. Ich war die ganze Zeit bei ihr, nur gestern habe ich zuhause vorbeigeschaut und die Wohnung aufgeräumt. Dann fand ich das Notizbuch und mir fiel wieder ein, dass ich ihr den Ring noch immer schulde.«

Er redete schwach und mit zittriger Stimme. Mittlerweile waren auch die anderen beiden an den Alten herangetreten. Der Ladenbesitzer stellte sich in den Türrahmen, um zu sehen, ob alles in Ordnung war.

»Ich wollte ihr unbedingt noch diesen Ring schenken.«

Er presste seine Hand an die Stirn und sein Körper begann zu beben. Die Zukunft erkannte, dass er weinte. Sie zögerte einen Moment, dann streckte sie ihre Hand aus und setzte sie gegen seine Wange, um eine der Tränen von seinem Gesicht zu sammeln und sie kurz danach unbemerkt in ein Reagenzglas fallen zu lassen.

Nach wenigen Minuten entschloss sich Kalvin, endlich zu seiner Frau zurückzukehren.

Er hinterließ eine gebrochene Stimmung und ein heulendes Mädchen. Der Junge versuchte sie zu trösten und tat es mit einem altersgemäßen Erfolg:

»Ach Sonja, nicht weinen. Der Kerl ist selber schuld. Ich meine, wenn seine Frau im Sterben lag, was macht er dann hier? Er hat ewig vor diesem Laden gesessen, anstelle zu ihr zu gehen! Hätte er in all der Zeit mal nachgesehen, ob er den Ring überhaupt bei sich hat, dann hätte er auch einfach zu ihr zurückfahren und rechtzeitig da sein können. Und abgesehen davon – wie kann man so lange damit warten, einen Verlobungsring zu kaufen? Die waren längst verheiratet!«

Sonja trat wütend gegen sein Knie.

Die Zukunft kehrte der Szenerie den Rücken. Sie schleifte ihr Gepäck kraftlos hinter sich her, während sie ihre Hand unter ihre Augen hielt. Wehmütig betrachtete sie den Ehering, den sie dem Alten entwendet hatte, als er vor dem Laden mit ihr zusammengestoßen war. Schließlich ließ sie den Ring fallen und er landete neben dem anderen Diebesgut in ihrer großen Tasche.

# Tiberios Stunde des Ruhms

Etwas Interessantes an den Menschen ist, dass man sie darauf aufmerksam machen muss, wenn sie zu weit gehen. An keinem Punkt wird ein Mensch *von alleine* empathisch.

Meine Schwester ist schweigsam und somit nicht in der Lage sich zu wehren, wenn man sie beschädigt. Daher ist es auch ein so weit verbreitetes Muster, dass sie zugunsten einer zeitweiligen Wonne in Mitleidenschaft gezogen wird.

Man raucht, verbraucht zu viel Wasser, lässt Essen verrotten, man liegt die ganze Zeit faul im Bett herum, oder man vernachlässigt die Menschen, die einem etwas bedeuten – die Kosten trägt man nicht in jenem Moment, sondern sie fallen der Zukunft zur Last.

Ein paar Straßen weiter fiel meiner Schwester ein kleiner Lebensmittelladen auf, aus dem sie eine Orange mitgehen ließ. Je weiter sie lief, desto moderner wurden die Häuser. Irgendwann ließ sie die bewohnte Gegend hinter sich und stand auf einem Weg, der durch eine dunkle Parkanlage führte.

Die Umgebung schwieg, während die Zukunft durch den kalten Schnee schritt, doch bereits nach wenigen hundert Metern hörte sie Geräusche aus weiter Ferne – das Quietschen ungeölter Eisenscharniere, das Donnern von Güterzügen und die Glocken einer Schranke. Das Ende des Pfades brachte sie zu einer hohen, schmalen Brücke, die weiter bis zum Bahnhof führte. Direkt neben dem Aufstieg, von dem aus man über das gesamte Schienennetz blicken konnte, führte ein verlassener Abstieg hinunter zum ehemaligen Bahnhofsgebäude, das im Laufe der Jahre zu einer Ruine geworden war.

Die Zukunft machte sich auf den Weg dorthin und betrachtete die gefliesten, von Graffiti überhäuften Wände des spärlich beleuchteten Tunnelsystems, das sich schier endlos verzweigte. Einige der Gänge wiesen zum neuen Bahnhof und andere zu einer Bushaltestelle.

Als die Zukunft an eine Kreuzung gelangte, hörte sie Stimmen aus der Richtung des neuen Bahnhofs. Sie blickte den Gang hinab, wo sie eine Gruppe Jugendlicher erkannte, die auf sie deuteten.

»Oh, schaut mal!«

»Was geht mit der?«

Sie gingen auf die Zukunft zu.

»Wow, hättet ihr mir nicht gesagt, dass sie da steht, hätte ich sie glatt übersehen.«

»Fuck, Mann, die sieht ja übel aus«, sagte ein klein gewachsener Junge mit rotblondem Haar, als er der Zukunft gegenüberstand.

»Was ist das für 'ne Tasche?«, fragte eine junge Frau mit harscher Stimme.

Mittlerweile standen alle fünf direkt vor der Zukunft und blickten einander teils argwöhnisch, teils grinsend an. Der Geruch von Alkohol füllte die Luft.

»Zeig mal, was drin ist«, befahl der Größte von ihnen und deutete auf ihr Gepäck. Er trug eine warme Weste über einem T-Shirt, sodass seine sehnigen, langen Arme sichtbar waren.

Die Zukunft sah ihn nur mit einem leeren Blick an. Die Reisetasche hielt sie seelenruhig auf ihrem Rücken.

»Dir wurde was gesagt, Kleine«, blaffte die Frau und blies der Zukunft dabei eine Schwade Zigarettenrauch ins Gesicht.

Der rothaarige Junge kam grinsend hinter den anderen hervor und hielt sein Handy auf die Zukunft. Er drückte auf einen Knopf, um die Aufnahme zu starten.

Die Zukunft schien das Interesse an ihnen verloren zu haben und drehte ab. Kaum war sie ein paar Schritte gelaufen, zog ihr etwas den Boden unter den Füßen weg und sie stolperte in einen dunklen Weg neben der Kreuzung, der zu einer Sackgasse führte. Jemand hatte ihr ein Bein gestellt.

Das Mädchen mit dem Vogelei stand eine Ecke weiter und beobachtete die Szene durch einen kleinen Spalt aus der Ferne. Während sie sah, was passierte, umschloss sie mit der Hand das Ei ein wenig fester und schlich sich näher heran, um die Zukunft weiter im Blick zu behalten.

»Hat dir keiner Manieren beigebracht?«, raunte Elise und trat gegen das Schienbein der Zukunft, die nun endgültig das Gleichgewicht verlor und gegen die Wand schlug, bevor sie auf dem Boden aufprallte.

Das Smartphone in der Hand des Rotschopfes verfolgte ihren Sturz. Er hielt es so nah wie möglich an das Gesicht des weißhaarigen Mädchens, ohne dabei in die Quere der Angreiferin zu kommen. »Woah, Elise hat schlechte Laune«, sagte er und lachte hohl.

Währenddessen hockte sie sich breitbeinig vor die Zukunft, packte ihr Kinn und zog es ins schwache Licht. Sie riss ihr den Umhang vom Körper, um zu sehen, ob sie darunter etwas Wertvolles trug. Dann wies sie mit dem Kopf auf die Reisetasche, die neben ihnen lag, damit sich einer der Jungs ihrer annehmen würde. Jemand sprang vor und rupfte den Verschluss des Gepäcks auf.

»Hübsches Gesicht«, bemerkte Elise. Sie strich mit einem Finger über die Haut der Zukunft, die noch immer eine ausdruckslose Miene zeigte, als wäre sie in diese Situation gar nicht involviert. Elise fühlte Wut in sich aufkommen. Sie hasste es, ignoriert zu werden.

Sie schlug mit ihrer Faust kraftvoll gegen die Wangen der Zukunft – so stark, dass sie ihr einen Zahn ausschlug und der Kopf mit einem Knirschen gegen die Wand dahinter prallte.

Immer noch dieser leere Ausdruck. Kein Schmerz zeichnete sich ab, keine Angst, keine Wut. So, als wäre diese Gestalt eine Puppe. Sie hob den Kopf der jungen Frau noch einmal hoch und erkannte dann ein winziges Flehen in den großen, grünen Augen. Elise rauschte ein Schauer über den Rücken.

»*Gefällt* dir das etwa?«, fragte sie leise.

Keine Antwort. Sie stand auf und ließ ihren Fuß in die Magengegend des am Boden liegenden Mädchens sinken. Sie spuckte der Zukunft auf die Stirn.

»Ich – hab – dich – was – gefragt –«

Mit jedem Wort trat sie gegen die Hüfte der Zukunft, den letzten Tritt richtete sie gegen ihren Oberarm. Er knackte.

Das kleine Mädchen, das die Situation beobachtete, stand nur noch einige Meter hinter ihnen. Es ballte mit kaltem Gesichtsausdruck eine Faust und zerquetschte damit das Vogelei in seiner Hand.

»Die ruinieren meine Arbeit«, flüsterte sie und schüttelte resignierend den Kopf. Der Zukunft war nicht zu helfen. Die Beobachterin betrachtete ihre glitschigen Finger mit den daran klebenden Schalenresten. »Ich sollte mich waschen«, sagte sie und verschwand in einem Lichtblitz.

»Was war denn das?«, wunderte sich Elise und wandte sich zur Quelle des Lichts um, schob es aber auf ihre Einbildung. Dann zog sie den größten Jugendlichen an ihre Hüfte und setzte einen Kuss auf seinen Mund.

»Was gefunden, Tiberio?«, fragte sie den Jungen mit der Kamera.

»Hier ist eine Decke drin! Irre warm. Außerdem ist hier noch aller möglicher Schrott. Sind das Wärmekissen? Thermoskanne, Wärmflasche. Seltsames Zeug, wofür soll das gut sein ...? Na ja egal, nehmen wir es einfach mit.«

»Sie sagt immer noch nichts«, merkte einer der Jungen an. »Kiwi, was meinst du?«

Kaum gerufen, löste sich der Große aus Elises Umarmung und ging hinüber. Währenddessen kniete sich Elise neben die riesige Tasche und durchwühlte den Inhalt, bis sie auf etwas stieß, das ihr Interesse weckte. Sie lachte auf, hielt das Gerät hoch und schaute nach, ob es funktionierte.

»Was willst du mit einem Taschenrechner?«, fragte Tiberio mit einer anklingenden Spur Hohn in der Stimme. Sie steckte den Rechner mit den Worten »Der ist grafisch!« ein und lächelte.

Kiwi zog die Zukunft währenddessen unsanft an den Schultern zu sich hoch. Sie sah aus wie ein Haufen Elend – mehrere geplatzte Wunden öffneten ihr Gesicht und Blut tröpfelte aus den Verletzungen an ihrem Körper. Er setzte seine Lippen an ihr Ohr und flüsterte: »Sehr schade, dass meine Freundin hier ist«, bevor er sie fallen ließ und sein Knie in ihren Magen rammte.

Die junge Frau beobachtete ihren Freund dabei und erinnerte sich an das Gespräch am Tag davor.

*Elise saß an die Kacheln gelehnt im dumpfen Licht des verlassenen Bahnhofstunnels, wischte sich den Mund ab und nahm dann einen Schluck aus einer Wasserflasche. Vor ihr stand ihr Freund, der gerade seine Hose zuknöpfte.*

*Nach einer Weile beruhigte sich der Atem der beiden wieder und Elise hob die Stimme: »Wie war die Berufsschule?«*

*»Ach, lass mich damit bloß in Ruhe!«*

*»Du warst doch dort, oder?«*

*Er schüttelte den Kopf und spuckte auf den Boden. »Was soll ich da? Ist doch der allergrößte Schwachsinn. Die Lehrer warten nur darauf, dass sie einem was reindrücken können.«*

*»Früher oder später wird einer von uns genug Geld verdienen müssen«, merkte Elise an, obwohl sie wusste, dass es ein Thema war, über das sich Kiwi nicht gerne unterhielt.*

*»Fresse! Du hast gut reden. Was treibst du denn den ganzen Tag? Du hast immer irgendwas ›Besseres‹ zu tun in letzter Zeit.«*

*Elise rollte mit den Augen. »Nur weil ich –«*

*»Ne, ich habe gerade keinen Bock drauf, mir das anzuhören. Pass auf. Du hast offenbar nicht mehr so groß Lust dazu, mit den Jungs abzuhängen. Die langweilen sich, wenn ihnen keiner sagt, was sie machen sollen. Aber du kannst das ja nicht mehr so gut, nicht wahr? Vielleicht hast du ja irgendwo ein Herz gefunden? Mit Blümchen? Soll ich mal deinen Platz einnehmen? Wir brauchen irgendwen, der die Sache ernst nimmt. Alles klar, Püppchen?«*

*Püppchen. Elise fletschte die Zähne. Der Muskelprotz stellte sich überheblich und mit verschränkten Armen vor sie. Er zeigte seine Zähne durch ein kleines Grinsen. Sie verspürte große Lust, ihm eine Eisenstange durchs Gebiss zu stoßen.*

»Bin ja nicht nur ich, der das sagt«, fuhr er etwas ruhiger fort. »Von den anderen traut sich keiner so wie du und wenn das so weitergeht, meinen noch irgendwelche anderen Leute, sich im Bahnhof einnisten zu müssen.

Machen wir es doch so: Du kommst morgen mal wieder mit uns mit, wir trinken was, und wenn uns wer begegnet ... ich meine, Geld brauchen wir alle! Dann kannst du den Leuten mal zeigen, dass du noch die Alte bist. Und wenn's nicht klappt ... na ja, dann haben wir noch mich! Aber ich werde dir dann eine reinhauen müssen, so als Geste. Verstehst schon. Die anderen sollen nicht denken, dass ich deinen Posten aus Mitleid übernehme.«

»Bullshit«, antwortete sie. Selten hörte man diesen Kerl so viel reden. Sie blickte einige Sekunden den Gang hinab, bevor sie weitersprach. »Verschwinde.« Elise blickte ihm in die Augen. »Wir sehen uns morgen.«

Er grinste und zuckte mit den Schultern. Mehr wollte er sie nicht provozieren, also ließ er seine Freundin im dunklen Bahnhofsuntergrund zurück.

Kaum war er weg, sackte Elise noch ein Stück weiter auf ihrem Platz zusammen und lehnte sich im Schneidersitz gegen die Wand. Kurz darauf zog sie einen Handspiegel aus ihrer kleinen Tasche und richtete ihr Make-up, das ein wenig in Mitleidenschaft gezogen worden war. Aus dem Spiegel blickten sie helle, leicht gedunsene Augen mit verwaschenem Eyeliner an, rot gefärbte, strahlende Haare und ein eingefallenes, müdes Gesicht.

Danach steckte sie sich eine Zigarette an, zog ein Arbeitsheft, ein Buch und einen Stift hervor und lernte Mathematik. Kiwi wusste nichts davon, dass sie seit einigen Wochen in der Abendschule versuchte, ihren Abschluss nachzuholen. Auf seine negativen Vibes konnte sie definitiv verzichten, vor allem, was *seinen Hass gegenüber jeder Form von Schule anging. Ihr Freund war relativ einfach gestrickt.*

*Sie krakelte mit hässlicher Schrift aufs Papier und versuchte, die Gleichungen und Polynome von Hand zu lösen, indem sie die Zahlen schriftlich miteinander verrechnete. Ihr war jedoch klar, dass sie langfristig auf diese Weise nicht mithalten konnte. Spätestens beim Thema Integration würde es aus sein.*

*»Ich wünschte, ich wäre reich«, murmelte sie bitter zu sich selbst. Ein Gedankensturm wehte ihr durch den Kopf, in dem sie sich ausmalte, wie sie den Abschluss in den Sand setzte.*

*Kaum war die Zigarette aufgebraucht, zündete sie sich eine neue an. Dann schlug sie mit der Faust gegen die Wand und zerbrach eine der Kacheln.*

\*

»Hey, meint ihr nicht, es reicht langsam?«, fragte Tiberio. Die Zukunft bewegte sich mittlerweile nicht mehr von alleine. Ihr Kleid war noch weiter zerrissen, man sah die Haut darunter durch ihren schwachen Atem sachte auf- und abbeben. Der Junge ließ das Handy ein Stück weit sinken.

»Ach, meinst du?«, raunte Kiwi angriffslustig und bäumte sich vor Tiberio auf, der sich ein wenig zusammenkauerte. »Willst du ihr Gesellschaft leisten?«

»Schnauze, Kiwi«, raunte Elise.

»Habe genug aufgenommen«, gab Tiberio zurück.

»Also willst du abhauen? Oder vielleicht vorher einen Krankenwagen rufen? Ihr einen Tee kochen?«, spottete Elise. Die anderen kicherten. Dann setzte sie hinzu: »Nein, Mann, im Ernst, wir tun was du sagst. Schlag was vor.«

Der Junge blickte sich um und überlegte einen Moment. Nach der Suchaktion lag das Innere der Reisetasche um sie herum verstreut, also bückte er sich, schmiss das meiste wieder hinein und warf sich die Tasche um die Schulter, bevor er antwortete: »Wir lassen sie liegen, aber die Tasche nehmen wir mit. Vielleicht kann man was verkaufen.«

Elise nickte und sie zogen wieder ab. Ihre Stimmen hallten noch eine Weile lang in den Gängen, bis man nichts mehr hören konnte. Fast nichts. Nur das röchelnde Atmen der Zukunft, die still und blutend dalag.

Nun, ich weiß, was ihr jetzt denkt: Kopf hoch, jeder hat mal einen schlechten Tag – davon sollte man sich nicht entmutigen lassen. Die Zukunft wartete eine Weile, bis die Jugendlichen die Gegend verlassen hatten und versuchte dann sich mit ihren verbliebenen Kräften wieder aufzurichten.

Sie hatte all ihr wertvolles Gut verloren. Auf dem Boden verstreut lag nur noch Unrat, den sie nicht mehr gebrauchen konnte. Einzig die Orange und das Reagenzglas mit den Tränen nahm sie an sich und zog ihren Umhang wieder über. Eine Träne hatte sie bei dieser Begegnung nicht sammeln können, aber sie entschied sich für eine andere Art Trophäe.

Sie öffnete das Glas und hielt ihren zitternden Arm darüber, bis ein Tropfen ihres Blutes hineinfiel, dann stöpselte sie es wieder zu und machte ein paar Schritte. Während ihr das zuerst noch besonders schwerfiel und sie sich an der Wand abstützen musste, ging es schon bald leichter – dennoch konnte sie nicht ganz aufrecht laufen.

Damit machte sie sich auf den Weg zu ihrer vierten und letzten Begegnung an diesem Tag. Sie humpelte durch die Gänge, bis sie zum alten Bahnhof gelangte. Es waren Wolken am Himmel aufgezogen, die das rötliche Licht der Stadt zwischen sich und dem Schnee hin und her warfen, sodass sie trotz der Dunkelheit gut sehen konnte.

Neben dem alten Gebäude wucherten Bäume und Sträucher am Weg, der an den Schienen entlang zur anderen Seite der Eisenbahnbrücke und somit wieder zurück in die Stadt führte.

In dieser verlassenen Gegend abseits jeglicher Zivilisation saß ein Mann im Lichtkegel einer flackernden Laterne im Schnee. Neben ihm lagen zwei Flaschen, die eine leer, die andere halb ausgelaufen. Seine kurz gelockten, fettigen Haare waren von Schneeflocken durchsetzt, als hätte er den ganzen Sturm hier draußen verbracht. Durch die Kälte verkrustetes Erbrochenes klebte von seinem Mund abwärts an seiner Jeansjacke.

Um ihn herum fanden sich keinerlei Fußspuren im Schnee. Dennoch verweilte er nur da, ruhig, mit beunruhigend langsamen Atemzügen.

Es würde nicht mehr lange dauern, bis er erfror. Meine Schwester beugte sich zu ihm hinunter und berührte seine Stirn. Als sie die Kälte seines Körpers bemerkte, setzte sie sich neben ihn, öffnete ihren Umhang und legte ihren Arm um seine Schulter, damit sie ihn zu sich heranziehen konnte. Dabei verteilte sie das Blut der frischen und den Eiter ihrer alten Wunden auf seiner Kleidung.

Er stöhnte schwach und schmerzerfüllt und seine Augen richteten sich auf ihre, als er die Wärme spürte. Ein unverständlicher Ton, vielleicht ein Wort, löste sich aus seiner Kehle.

Sie hatte keine Möglichkeit, ihn zu retten. Alles, was sie tun konnte, war sich an ihn zu schmiegen und so viel Wärme zu spenden, wie in ihrem mageren Körper noch übrig war.

Nach ein paar Minuten schälte sie einen Teil der Orange. Sie brach ein Stück heraus, um es dem Mann in den Mund zu schieben. Er war nicht in der Lage, es zu kauen. Das Stück fiel hinab auf seine Brust. Meine Schwester legte den Rest der Frucht in den Schnee.

Nur mit Mühe schaffte sie es, schnell genug zu reagieren und die Träne aufzufangen, die aus dem Augenwinkel des Mannes hinaustrat.

\*

*Pontian streckte seine Hand aus, um die Münzen entgegenzunehmen, mit denen der Mann vor der Theke das Gemüse bezahlen wollte.*

*»Danke, danke!«, rief er heiter und nahm einen Schluck aus dem Glas auf dem Tresen. »Heutzutage ist jeder Kunde ... Geld wert«, erklärte er, obwohl ihm in der Mitte des Satzes dessen Sinnlosigkeit auffiel.*

*»Bist du sicher, dass du zur Arbeitszeit trinken solltest, Pontian?«, fragte der andere Mann.*

*»Ist nicht so, als würde außer dir heute noch jemand kommen.«*

*»Na, na, mal nicht so depressiv sein!«, lachte er und Pontian stimmte ein.*

*»Wie geht es denn deinem Jüngsten?«, führte der grauhaarige Gast das Gespräch fort, obwohl er den Beutel mit seinem Einkauf bereits in den Händen hielt.*

*»Dem geht es hervorragend! Seit seine Mutter gestorben ist, hat er es schwer, aber Aaron passt auf ihn auf. Nur ...« – er beugte sich vor und fuhr im Flüsterton fort – »Verrat's nicht weiter, aber Aaron hat ein paar seltsame ... Interessen. Verkauft komische Puppen. Er schimpft immer mit mir, meint,*

*wenn ich nicht von alleine auf die Beine komme, soll ich am Ende nicht auf ihn zählen.«*

»*Mein Beileid*«, *antwortete sein Freund, doch Pontian winkte ab.*

»*Wie geht's denn Chris?*«

»*Oh, dem geht's gut. Er und Aaron machen ja nicht mehr so viel miteinander, aber er strengt sich bei der Arbeit echt an.*«

*Pontian setzte ein schiefes Lächeln auf, dann griff er wieder zum Glas, hielt es seinem alten Freund hin, als würde er anstoßen wollen und trank es leer.*

*Wenig später verabschiedete sich der Kunde und ließ den Besitzer alleine im Laden zurück. Pontian kraulte seinen Bart und blickte sich im Geschäft um: Ein kleiner, enger Lebensmittelladen, der alles an Früchten anbot, das man sich nur vorstellen konnte: von Äpfeln zu Zwetschgen über Gurken zu Pfirsichen. Es hatte ihn viel Zeit und einen großen Abschnitt seines Lebens gekostet, all das aufzubauen, und er war ebenso stolz auf diesen Laden wie auf seine Söhne.*

*Der Mann seufzte und lehnte sich mit einem altersgemäßen Stöhnen zurück in seinen Stuhl. Schließlich wanderte seine Hand langsam zur Schublade neben der Theke und er zog sie auf, dann nahm er zögerlich den Stapel Papier heraus und klatschte ihn unwirsch auf den Tisch. Er griff nach einem Stift im Regal hinter sich und beugte sich schließlich vor.*

*Beim obersten Blatt handelte es sich um die erste Seite eines nicht ausgefüllten Insolvenzantrags. Er überflog die Zeilen, blätterte um und sah sich auch die folgenden Papiere aufmerksam an. Doch seinen Stift verwendete er nicht. Stattdessen musterte er das Notizbuch mit den Haushaltseinträgen dieses Jahres.*

*Er kratzte durch sein Haar und machte einen entmutigten Seufzer.* »*Wenn meine Tomaten so rot wären wie diese Zahlen*«, *murmelte er.*

*Er betrachtete den Insolvenzantrag widerwillig. Irgendwann musste er es tun. Er griff nach der Flasche unter der Theke, öffnete sie und goss sich erneut einen Schuss Scotch ein, den er seine Kehle hinunterspülte. Dann ließ er das Glas einfach fallen.*
*Pontian nahm den Antrag in die Hand und warf ihn in den Papierkorb. Ohne groß nachzudenken, stand er auf, stellte sich in die Mitte des Ladens, und schmiss den Korb Orangen um, die zu Hunderten über den Boden kullerten, bevor er eine davon zertrat und den Laden verließ.*

\*

Irgendwann spürte die Zukunft, dass der Körper neben ihr, den sie seit langem mit all ihrer nutzlosen Kraft in ihre Arme schloss, keine eigene Wärme mehr produzierte. Dennoch ließ sie nicht los, sondern legte ihren Kopf gegen seinen.

Es hatte wieder begonnen, zu schneien, doch nur wenige Flocken fielen hinab. Es würde nicht mehr lange dauern, bis sie das gleiche Ende wie Pontian finden würde, wenn sie noch länger in dieser Kälte sitzen blieb – trotzdem brauchte sie eine ganze Weile, bis sie ihn zurücklassen konnte.

Sie lief – noch immer geschwächt von der unpfleglichen Behandlung der Jugendlichen – unter dem Nachthimmel entlang zurück in die Stadt. Ihr Zuhause war weit weg.

Rückblickend betrachtet lässt sich feststellen, dass dieser Tag für sie schon irgendwie blöd gelaufen ist. Erst um vier Uhr morgens durchschritt sie das Gartentor des Hauses, in dem sie lebte. Drinnen brannte längst kein Licht mehr. Sie fummelte eine Weile mit ihren ungeschickten, halb erfrorenen Händen am Schloss herum, bis es klickte und ihr Einlass in ihr Heim gewährte. Die Wärme legte sich sofort um sie wie ein kuscheliger Wollpullover.

Zunächst betrat sie das Bad, wo sie ihren Umhang ablegte und sich ihres zerrissenen Kleids entledigte. Sie blickte, nur mit ihrer weißen Unterwäsche bekleidet, in den großen Spiegel, der fast die gesamte Wand über dem Waschbecken einnahm. Überall tummelten sich Blutergüsse verschiedenster Farben, die sich wie eine Aquarellbemalung über ihre ganze Haut zogen. Sie ließ das Wasser an und sammelte es in ihren Händen, um ihr Gesicht abzuspülen.

Als wären sie tatsächlich nur aufgemalt gewesen, wuschen sich ihre Wunden zusammen mit Dreck und Blut von ihrem Gesicht ab. Sie blickte zurück in den Spiegel, der ihre grünen Augen nun in einem makellosen Gesicht zurückwarf, in dem sich nicht die geringste Spur einer Verletzung fand.

Plötzlich regte sich etwas im dunklen Flur und die Zukunft hörte Schritte, die immer näher rückten. Bald schob sich eine Gestalt in freizügigem, zweiteiligen Schlafanzug durch die Tür – eine Frau mit kohlrabenschwarzem, schulterlangem Haar, durch das sich eine einzelne, grasgrün gefärbte Strähne zog.

»Schwesterherz!«, rief sie mit einer müden aber vollen Alt-Stimme und rieb sich die Augen wegen des hellen Lichts im Bad. »Du bist ja richtig spät«, murmelte sie vorwurfsvoll und lehnte ihren Kopf zwischen die Schulterblätter der Zukunft, die noch immer zum Spiegel hin gerichtet im Zimmer stand. Die verschlafene Frau war etwa einen Kopf kleiner, hatte dafür aber einen deutlich fitteren, gesünderen Körperbau.

Ohne groß zu zögern, schloss sie ihre Arme um den Bauch der Verwundeten und drückte sie behutsam an sich. »Wie war dein Tag?«, fragte sie und lauschte der Antwort der Zukunft.

Zweiter Teil

# DIE WINKELZÜGE DER ZUKUNFT

# Die Zukunft und die Weisheit gehen in eine Bar

Am nächsten Vormittag trat die Mitbewohnerin meiner Schwester – man nannte sie ›Weisheit‹ – vorsichtig und mit einem unheilvollen Lächeln auf den Lippen durch die Tür des Schlafzimmers der Zukunft. Ich möchte eines von Anfang an klarstellen, bevor sich noch jemand von dieser Kreatur bezirzen lässt:

Sie ist die Antagonistin dieser Geschichte. Der Bösewicht. Ohne sie würden wir alle ein glückliches Leben führen. Die Vögel würden singen, die Kinder würden lachen. Wir könnten mit unserer Schwester am Strand liegen und Regenbögen auf Glühwürmchen fallen sehen.

Das, und Weltfrieden.

Der Raum der Zukunft war durch die weißen Möbel, Wände und Stoffe furchtbar hell, vor allem, wenn die Morgensonne wie in diesem Moment durch die Gardinen ins Zimmer einfiel.

Die Weisheit schlich sich leise an meine Schwester heran, nur um zu sehen, wie sie inmitten mehrerer zerwühlter Decken auf grässliche Weise zerschlafen im Bett lag.

»Hey«, flüsterte sie ins Ohr der Zukunft. »Aufstehen!«

Da sich die Langschläferin nur wenig regte, intensivierte die Weisheit ihre Versuche und wurde energischer. Sie zog an deren weiß-grün gemustertem Nachthemd, stahl Decken und Kissen und bereitete der Zukunft so lange Unbehagen, bis sie ihre Augen einen Spaltbreit öffnete.

»Also wirklich, wenn du morgens nicht gerne aufstehst, deutet das auf Motivationsprobleme hin! Vielleicht solltest du über einen Wandel nachdenken«, schlug die Weisheit vor.

»Ich habe Frühstück gemacht!«

Mit zusammengekniffenen Augen betrachtete die Zukunft die muntere Frau, die ein bauchfreies, dünnes Top mit großem Ausschnitt mit passenden Hotpants trug.

Schließlich richtete sie sich wortlos aus dem Bett auf. Ihre Mitbewohnerin legte einen Arm um die Taille der müden Dame, um ihr beim Laufen zu helfen und sie in die Küche zu bringen, wo das Frühstück bereitstand.

»...«

»Na, weil du sonst bis 15 Uhr geschlafen hättest! Ich kenne dich doch«, erklärte die Weisheit, als hätte man ihr eine Frage gestellt. Die Zukunft saß ein wenig unsicher vor einem Honigbrot und stupste mit einem Finger hinein, um es zu probieren. »Du bleibst doch heute zuhause, oder?«

Bei diesen Worten beäugte die dunklen Stellen am Körper ihrer besten Freundin, die unter dem Nachthemd hindurchschienen. Wie sonst auch lehnte die Zukunft es ab, dass man sich um ihre Wunden kümmerte.

»...«

Die Weisheit seufzte. »Wieso bist du nur so ein Workaholic. Meinetwegen. Eigentlich wollte ich dich ein paar Tage daheim behalten, aber gut, dann gehen wir halt heute schon raus.«

Die Zukunft hob überrascht ihre Augenbrauen. Mit einem Lächeln stand die Weisheit auf und schob ihr das Brot in den

Mund. »Natürlich komme ich mit, ich lasse dich sicher nicht nochmal alleine raus, so wie du gestern hier aufgetaucht bist!«, erklärte sie und gab der Zukunft einen Kuss auf die Wange. »Also, wohin gehen wir heute?«

Und so kam es, dass die Weisheit (mir wird jedes Mal ein bisschen übel, wenn ich sie bei diesem Namen nennen muss) meine Schwester eine Weile lang bei ihren Reisen begleitete. Ich möchte euch die meisten ihrer ›Abenteuer‹ ersparen. Es ist schon für mich alleine eine große Lebensqual, diese Geschichten überhaupt zu kennen. Da ich Philanthropin bin, möchte ich die Verbreitung solcher Qualen vermeiden.

Jedenfalls gelang es ihnen innerhalb weniger Wochen, eine beträchtliche Anzahl an Menschen zum Weinen zu bringen. Das ist nicht weiter verwunderlich, denn wenn ich daran denke, dass meine unschuldige Schwester so viel Zeit neben der Weisheit verbracht hat, kommen mir auch sofort die Tränen.

Für gewöhnlich war die Weisheit nur ein fauler Nichtsnutz, der auf der Couch lag und mit wildfremden Menschen schlief, denen sie nachts auf Partys oder auf der Straße begegnete. Insofern war es schon irgendwie seltsam für sie, sich so rege an den Unternehmungen meiner Schwester zu beteiligen. Ihre maßlose Faulheit war auch der Grund dafür, wieso die Zukunft langfristig eine andere Begleitung finden musste.

Natürlich ... möchte ich nicht schlecht von der besten Freundin meiner lieben Schwester schreiben. Vor allem deswegen nicht, weil ein einziges Buch dafür nicht ausreichend Platz bietet. Dennoch lässt es sich kaum leugnen, dass sie mehrere Wochen ihres Daseins damit verbracht hat, die Zukunft wieder auf die Beine zu bringen – etwas, das ich ihr durchaus anzurechnen fähig bin.

Die Trübsal der Zukunft war wohl auch für ihre zahlreichen Fehlschläge mitverantwortlich, die ich in den vorigen Kapiteln beschrieben habe. Falls sich jemand fragt: Natürlich gab es einen Grund dafür, wieso die Zukunft so traurig war, dass ihre Arbeit darunter litt. Etwas war geschehen, das ihre Welt von Grund auf erschüttert hatte. Doch dazu später.

Der Weisheit war nicht entgangen, dass etwas nicht stimmte. Ihre Freundin verhielt sich anders als früher. Sie schlief deutlich länger. Sie hatte begonnen, Tränen von Menschen zu sammeln. Und sie verbrachte nun viel mehr Zeit im Tagebau.

Ein weiteres Indiz war ihr mit Diebesgut gefüllter Schuppen, der sich mittlerweile zunehmend leerte, anstatt sich weiter zu füllen.

Doch so sehr die Weisheit ihre Freundin auch unterstützen wollte: Dieser Lebensstil sagte ihr nicht besonders zu. Also kam es wie gerufen, als eineinhalb Monate nach Beginn ihres anstrengenden neuen Alltags eine geeignete Nachfolgerin in das Leben der beiden eintrat.

»Jetzt ist die Professorin dran, nicht wahr?«, erkundigte sich die Weisheit eines Abends bei ihrer Mitbewohnerin, die schweigend antwortete. Dabei schob sie das kleine, rostig quietschende und von Ranken umwobene Eisengittertor zur Seite, das zum Eingang der Bar führte. Eine kühle Vorfrühlingsbrise durchzuckerte ihre Haare mit Blütenpollen. Die Weisheit war für dieses Wetter deutlich zu leicht bekleidet, wohingegen sie der Zukunft einen dicken, weißen Anorak übergeworfen hatte.

Gemeinsam betraten sie die Mischung aus Restaurant und Kneipe, die treppunter im alten Gebäude war, das hinter einem kurzen Gartenabschnitt stand.

»Auf die freue ich mich schon den ganzen Tag. Sie wird eine echt harte Nuss, nicht wahr? Deswegen hast du sie auch so lange aufgeschoben.«

»...«

»Na klar! Du hast doch schon öfter versucht, sie zu treffen, davon hast du jedenfalls erzählt. Du brauchst es gar nicht erst zu leugnen. Meinst du, sie hat dich vergessen?«

Sie traten in das chaotische Lokal ein, das völlig wahllos mit verschieden großen Tischen, Stühlen, gepolsterten Bänken und anderen nicht identifizierbaren Möbelstücken zugestellt worden war.

Nur wenige Menschen zogen an jenem Abend diesen Raum anderen Plätzen zur Abendgestaltungsfindung vor – und diejenigen, die es doch taten, waren eher mit sich selbst beschäftigt als miteinander. Die einzige Ausnahme bildeten die zwei gut gelaunten Wirte, die unter vergleichsweise moderner Beleuchtung miteinander plauderten, während sie Bestellungen abwickelten.

Die Zukunft durchschritt den Raum so geradewegs wie es die Inneneinrichtung ermöglichte, um sich auf die Hockerreihe vor dem Tresen zu setzen. Dabei ließ sie sich auf dem Platz direkt neben einem anderen weiblichen Gast nieder: einer jungen Frau, die vornübergebeugt den Strohhalm ihres Getränks zerkaute. Wenige Sekunden später folgte die Weisheit, die sich einen Platz weiter rechts setzte.

»Guten Abend«, begrüßte der breit gebaute, vollbärtige Barkeeper die beiden, wurde von der Zukunft jedoch ignoriert, die ihre volle Aufmerksamkeit auf die Tischplatte richtete.

Ihre Augen versanken nahezu im dunklen Glas, in das man mehrere Zentimeter tief hineinblicken konnte. Sie ließ ihre Finger sachte darübergleiten, als ob sie einzutauchen versuchte. Das Glas sah aus wie eine Mischung aus Meeresgrund

und Sternenhimmel. Es zeigte ein tiefes Blau, durchzogen von unzählig vielen, durch das Licht der Tischbeleuchtung hell-weiß schimmernden Sprenkeln.

»Was darf es sein?«, fragte die Frau. Sie spülte gerade einige Gläser ab.

»Ich möchte einen Bananensaft. Ich mag Bananen.«

»...«, sagte die Zukunft.

Als hätte die Wirtin sie nicht verstanden, blickte sie verwirrt zwischen ihr und der Weisheit hin und her.

»Sie will einen Melonensaft«, klärte die Weisheit auf.

»Bitte was?«

»Einen Melonensaft.«

»... Okay.«

Es dauerte nur ein paar Minuten, bis die beiden Neuankömmlinge ihre Bestellungen erhielten. Teresa kam nicht umhin, Halinkas spontane Kreativität aus dem Augenwinkel heraus zu bewundern. Halinka war der Name der Wirtin, den Teresa bei einem ihrer früheren Besuche des Lokals aufgeschnappt hatte.

Sie nahm einen weiteren Schluck aus ihrem massakrierten Strohhalm und sah verstohlen zum Getränk ihrer Nachbarin herüber, das durch den Einsatz roter und grüner Flüssigkeiten tatsächlich wie der Durchschnitt durch eine Wassermelone aussah. Sie bemerkte bei sich selbst sogar den Anflug von Neid – doch das nur für wenige Sekunden.

Der schwarzhaarige neue Gast hatte es irgendwie geschafft, den Barkeeper vor sich in ein Gespräch über das Brettspiel *Go* zu verwickeln, während das Mädchen mit den vielen Verletzungen kein einziges Wort von sich gab.

Teresa konnte keine Energie für weitere Gedankengänge aufbringen. Sie schob das nun leere Getränk von sich und hörte stattdessen dem Wortwechsel zu, während ihr Bewusstsein in Apathie abrutschte.

»Also hast du früher oft Turniere gewonnen?«

»Na ja«, antwortete der Mann, »Nicht wirklich. Aber zweiter Platz kam durchaus manchmal vor! Ich habe sogar ein Spielbrett mit Steinen hinten im Haus, ich kann es holen, wenn du möchtest!«

Die Frau winkte grinsend ab. »Ich habe Go nie gelernt. Aber ich denke, wenn ich es könnte, wäre ich ohnehin nicht besonders gut darin.«

»Wie sieht es dann mit deiner stillen Begleitung aus?«

Er nickte dem verletzten Mädchen zu.

Teresa starrte lustlos auf die dunkle Glasoberfläche vor sich. Die beiden Neuankömmlinge hatten Unruhe in das Lokal gebracht. Jetzt fühlte sie sich nicht mehr wohl. Sie überlegte, wieder nach Hause zu gehen. Natürlich wusste sie, dass es zuhause auch nicht besser war als in der Bar. Sie starrte auf die weißen, sternenhaften Punkte, die tief im Glas vergraben waren und versuchte sich abzulenken.

»Ha! Gegen sie kannst du gerne spielen, aber ich fürchte, ich sollte dir lieber davon abraten. Es kann sehr frustrierend sein – du wirst vermutlich das Gefühl bekommen, dass sie schon vorher weiß, welchen Zug du machen möchtest. Und dann: Bevor du es bemerkst, Schachmatt!«

Der Barkeeper lachte. »Es gibt in Go kein Schachmatt!«

Während sich die beiden weiter unterhielten, weiteten sich Teresas Augen. Das ist doch …

*Eine Sternschnuppe.* Unvermittelt glitzerte eine riesige Sternschnuppe vor ihren Augen durch den im Tisch verborgenen Nachthimmel.

# Teresa ließ sich überrumpeln

»Ha! Hast du das gesehen?«, rief eine Stimme aufgeregt. Teresa erschrak. Sie wandte ihren Kopf zu Joshua und sah ihn neben sich im Gras liegen, wie er mit ausgestrecktem Arm den Lauf des fallenden Meteors nachdeutete.

Er musste sich angeschlichen haben. Die Wut in Teresas Bauch loderte erneut auf.

\*

Teresa riss sich aus ihren Erinnerungen und ballte eine Faust. Sie schüttelte verwirrt den Kopf. Sie wollte sich ganz sicher nicht daran erinnern. Allein bei der Vorstellung verkrampfte sich ihr Magen.

Als Teresa ihre Faust wieder entspannte, sah sie darin eine tiefschwarze, im Schein der Lichter funkelnde Perle, nach der sie aus Reflex gegriffen hatte.

Diese Perle war in Sammlerkreisen als die sogenannte *Träne der Verzehrerischen* bekannt – und um sie herum spannte sich ein Netz aus schrecklichen Geschichten, die sie irgendwann zu einem Ausstellungsstück im Museum der Gewaltgeschichte gemacht hatten.

In jenem Museum versteckt lebte eine einsame Frau, die nicht sprechen konnte. Sie schrieb auf eine kleine Kreidetafel, wenn sie etwas sagen wollte. Diese Frau liebte das Museum sehr, genau wie alle Gegenstände, die dort untergebracht waren.

Eines Tages brach im Museumsflügel, in dem die Träne der Verzehrerischen aufbewahrt wurde, ein schreckliches Feuer aus. Das stumme Mädchen versuchte, dumm wie es war, die wertvollen Gegenstände aus dem Gebäude zu befreien und wurde so selbst zur Gefangenen der Flammen. Ihren Tod akzeptierend legte sie sich auf den Boden und schrieb eine letzte Nachricht auf ihre Tafel.

Doch dann kam die Zukunft und rettete nicht nur die Frau, sondern stahl auch alle Ausstellungsstücke aus dem vom Feuer befallenen Flügel. Diese Aktion forderte bei der Heldin einen Preis: Sie verlor durch herabfallende flammende Trümmer einen Arm. Das gerettete Mädchen vergaß seine eigene Dummheit nie – und auch nicht, dass ihretwegen die Zukunft zu Schaden gekommen war.

Danach zogen fast hundert Jahre ins Land, während derer die Zukunft die Perle in ihrem Schuppen verwahrte, bis sie das Juwel an Teresa weitergab, die von seinem wahren Wert und der Geschichte dahinter nichts wusste.

Verwirrt schaute Teresa neben sich und erkannte meine Schwester, die mit einer Spur Missmut im Gesicht ins Leere starrte.

»Hey, gehört das dir?«, fragte Teresa und hielt ihr die Perle hin. Keine Reaktion.

Sie zog ihre Hand wieder zurück. Im selben Moment stand die Zukunft auf und ging davon. Teresa machte sich nichts daraus, sondern schaute sich die schwarze Perle genauer an.

Der funkelnde Lichtreflex darin hatte im Vorbeirollen wie eine Sternschnuppe ausgesehen und sie an ein Ereignis aus ihrer Kindheit erinnert. Hinter sich hörte sie die Tür zu den Toiletten ins Schloss fallen.

»... war eines der cooleren Ereignisse unserer Island-Reise«, endete der Barhüter.

»Ja. Geysire sind was Tolles«, bekräftigte die junge Frau mit schwarzen Haaren ihre Meinung. »Das erinnert mich außerdem an ein Date von früher. Haha.«

Teresa überlegte kurz, ob sie erneut nach der Perle fragen sollte, doch sie entschied sich dagegen. Die Fremde sprach ein anderes Thema an, doch Teresa hörte nicht weiter hin.

Irgendwann gesellte sich ihre Nachbarin zurück und ließ sich von der Geysir-Liebhaberin erneut ein Getränk bestellen. Teresa versuchte mit einem Winken die Aufmerksamkeit des unsozialen Gastes auf sich zu lenken, wurde jedoch ignoriert.

*Ziemlich unhöflich*, dachte sie sich. Erst nach zwanzig Minuten, als sich in ihrem Blickwinkel eine Besucherin erhob, um das Lokal zu verlassen, kam Teresa über ihren gekränkten Stolz hinweg und fragte Halinka, ob sie die Perle schon einmal gesehen hatte. Die schüttelte aber nur verwundert den Kopf. Gerade als Teresa das Wertstück in die Fundsachen geben wollte, ertönte eine andere Stimme.

»Entschuldigung?«

Links von Teresa trat eine Frau mit einem roten Schal nach vorne. Sie drängte sich neben den Tisch, an dem ein junger Mann saß, der mit halbgeleertem Essen über einem Physik-Lehrbuch für Ingenieure brütete. Halinka schaute auf.

»Sie haben nicht zufällig mein Stundenglas gesehen?«, fragte sie, leicht peinlich berührt, da nun zehn Augenpaare auf ihr ruhten. »Ähm, es stand auf meinem Tisch, aber jetzt finde ich es nicht mehr. Es ist klein und schlank, wie ein Schlüsselanhänger.«

Halinka kam gar nicht erst dazu, ihren Kopf zu schütteln, bevor der Student sich einmischte.

»Meinen Sie so eins?«

Er holte eine kleine Sanduhr aus seiner Tasche, die der Beschreibung der jungen Frau entsprach. Sie nickte kurz, schüttelte dann aber den Kopf.

»Meins hat blaue Kanten, keine grünen. Was für ein Zufall, dass Sie auch eins haben!«

»Ich hab's mal auf einem Jahrmarkt gekauft. Wo war das nochmal ...?«, überlegte er unsicher. Es fiel ihm sichtlich schwer, sich zu erinnern.

Als hätte sie das Mysterium um den Verbleib ihres eigenen Andenkens komplett vergessen, weiteten sich die Augen der Frau und sie ließ sich halb auf dem zweiten Stuhl an seinem Tisch nieder. »Bei diesem Feiertag an der Rehfülle vorletztes Jahr?«

Er nickte und legte sein Buch zur Seite. Indes nahm das Gespräch zwischen Barkeepern und Gästen neben Teresa wieder einen ungezwungenen Lauf ein. Teresa hingegen lauschte verstohlen der Bekanntschaftsfindung zwischen den beiden.

Ein nicht besonders lautes aber herzerfülltes Lachen aus dem Mund des sommergesprossten Mädchens erfüllte die Luft. »Dann waren wir damals beide dort! Gibt's ja nicht.« Sie schob ihm ihre Hand unter die Augen. »Ich bin Sophie.«

»Tom«, entgegnete er und schüttelte ihr die Hand. »Es waren aber auch echt viele dort. Soweit ich weiß, haben sich über zweihunderttausend Leute die Lightshow angesehen. Wobei auf dem Markt, wo sie diese Uhren verkauft haben, glaube ich, nicht so viele Leute waren. Keine Ahnung, genau weiß ich's nicht.«

Sophie nickte, während sie das Stundenglas ansah. Einen Moment lang schwieg sie.

\*

*Zu hunderten hingen die kleinen Sanduhren über Sophies Kopf. Sie waren unordentlich in etlichen Bahnen angeordnet, jede von ihnen mit Kanten in einer anderen blassen Farbe. Sophie entschied sich für eine blaue.*

*Daraufhin schlenderte sie zwar gemächlich, doch mit einem bekümmerten Gesichtsausdruck an der Rehfülle entlang. Ursprünglich wollte sie in Begleitung einiger Freunde hier sein, doch sie hatte im letzten Moment das Interesse daran verloren und den Treffpunkt umgangen. Sie hoffte, ihnen nicht irgendwo zufällig zu begegnen.*

*Die Stadt war für ihre große Turmuhr bekannt und feierte deswegen jährlich den Feiertag der Zeit und dieser Zeitenfeiertag war besonders: Es war das zweihundertfünfzigste Mal, dass er stattfand. Wegen des Jubiläums war das Aufgebot noch größer als sonst. Es sollte sogar eine Lightshow über dem Fluss stattfinden, mithilfe von vorbeiziehenden Schiffen und der größten Brücke der Stadt. Außerdem wurde das Wasser während der Dauer der Festlichkeiten durch Lampen, die im Flussbett angebracht waren, als Symbol für Traditionen rot eingefärbt.*

*Der Gedanke an die Lightshow heiterte Sophies Stimmung ein wenig auf, während sie durch die gedrängten Gänge zwischen den Souvenirshops schlenderte, die zwischen vereinzelten Platanen standen. Am Ende des Platzes erkannte sie, dass unten am Fluss, wo ein kleiner Wegstreifen entlangführte, kaum Menschen zu sehen waren.*

*Langsam rückte der Beginn der Show näher. Sophie entschied sich, die Anwesenheit anderer Personen zu meiden und stieg daher eine der Treppen hinab. Sie lief zehn Minuten lang neben dem Fluss her, bis sie einen lichten Baum fand, der gut zu beklettern war und am dunkelsten Punkt zwischen zwei entfernten Laternen stand. Vom ersten Stammabzweig aus konnte man einen guten Blick auf einen größeren Teil des Flussbetts werfen. Sie lehnte sich trübselig an die knorrige Rinde und blickte hinaus auf das unter Nachtlichtern rot leuchtende Wasser.*

*Dann weinte sie.*

*Erst verzog sie nur das Gesicht in Kummer und drückte die Hände auf ihre Augen. Nach ein paar Minuten stieß sie einen Schluchzer aus. Hier unten, wo sie niemand hören konnte und sie völlig allein saß – und trotzdem die Stimmen der Menschen vernahm, die oben in einem nahezu monotonen Geräuschpegel miteinander schwatzten und lachten – sorgte ihr lautes Wimmern, wie Sophie bald bemerkte, für ein überaus befreiendes Gefühl. Fast, so ertappte sie sich, sehnte sie sich danach, dass irgendjemand sie hören konnte.*

*Doch in Wahrheit wollte sie das natürlich nicht. Sehr bildgetreu konnte sie sich ihr durch das hinabgesunkene Make-up verzogene Gesicht vorstellen, zusammen mit dem Schnodder, den sie unbefangen aus ihrer Nase hinauslaufen ließ. Ein überwältigendes Gefühl der Gleichgültigkeit überkam sie. Irgendwann nach dem Lichtspektakel würde sie einfach vom Baum springen und so wie sie war direkt nach Hause laufen, möglichst auf den dunkleren Straßen.*

*Ein Schauder ließ sie verstummen, als sie eine Bewegung von der Bank vernahm, die zum Fluss gerichtet einige Meter vor ihr stand. Dort erhob sich eine Gestalt, die sie bisher nicht bemerkt hatte. Sie konnte wegen des Wassers in ihren Augen und des Leuchtens des Flusses im Hintergrund das Gesicht der Person nicht erkennen.*

»Brauchst du vielleicht ein Taschentuch?«, hörte Sophie eine jungenhafte Stimme sagen. Sie vermutete, dass er nicht älter war als dreizehn Jahre.

Sie schluckte. Der Junge blickte zu ihr auf. Als er ihr Gesicht sah, wartete er nicht länger auf eine Antwort, sondern stand auf, um ihr eines hochzureichen. Dankend nahm sie an und versuchte, sich die Augen zu trocknen. Erst drei Taschentücher später war sie mit dem Ergebnis halbwegs zufrieden.

»Lieb«, stammelte sie bei dem vergeblichen Versuch, eine feste Stimme hervorzubringen.

»Kein Problem«, sagte der Junge. Er war sich offenbar nicht sicher, wie er sich in so einer Situation verhalten sollte. »Ich lag nur da, weil ich vor einer Weile dort eingenickt bin, als ich auf den Abend gewartet habe«, rechtfertigte er sich und man konnte seine Schlaftrunkenheit immer noch heraushören.

»Du kannst schlafen, wo du willst«, sagte Sophie belustigt. »Tut mir leid, dass ich dich geweckt habe.«

Er nickte und ein Zucken seiner Füße verriet, dass er darüber nachdachte, ob er jetzt gehen sollte, doch dann fragte er: »Was ist denn los?«

»Lange Geschichte«, meinte sie.

»Also?«

Sophie wollte ihre Leiden nicht von oben herab loswerden. Sie rutschte seitlich den Ast hinab, auf dem sie saß, um genug Platz für den Jungen zu schaffen, damit er sich neben sie setzen konnte. Ohne großes Zögern stieg er zu ihr hinauf.

Sophie seufzte, als sie darüber nachdachte, wie sie ihren Kummer erklären konnte. Sie wollte dabei möglichst nicht jammern. In dem Moment wurde sie sich ihrer Situation bewusst und kam sich merkwürdig vor.

Zu spät, es gab kein Zurück.

»Ich bin jetzt 25«, *fing sie an, doch wurde sofort unterbrochen.*

»Was, 25?! Du siehst aus wie 16!«

*Blut schoss ihr ins Gesicht. Sie war froh über die Dunkelheit, die verhinderte, dass der Junge das bemerkte.*

»Ich bin 25«, *wiederholte sie betonend.* »Nach meiner Schulzeit bin ich ein Jahr auf Reisen gewesen, weil ich noch nicht wusste, was ich tun soll. Dann habe ich ein halbes Jahr studiert, aber die Lust verloren, dann zwei Jahre in Kurzzeit gearbeitet, um genug Geld zusammenzusparen, um irgendwo anders in der Welt etwas erreichen zu können, und schließlich habe ich eine Ausbildung angefangen – zur Erzieherin – aber vor drei Monaten musste ich die aufgeben, weil ich gemerkt habe, dass ich mit Kindern einfach nicht umgehen kann. Und nun sind meine Eltern sauer auf mich und wollen mich nicht länger unterstützen – und ich weiß nach wie vor nicht, was ich letztendlich mit meinem Leben anfangen soll.«

*Sie plauderte das alles in einer recht melodischen, selbstironischen Stimme aus und war sich sicher, dass die Finsternis ihr das Sprechen erleichterte. Der Junge antwortete nicht sofort, sondern schaute auf die Rehfülle.*

»Erbärmlich, nicht wahr?«, *schloss sie nach einer kurzen Pause ab und blickte möglichst weit in die Ferne.*

*Jetzt hatte sie doch gejammert.*

»Wenn ich mal so steinalt bin wie du«, *erklärte er sehr zu ihrem Verdruss,* »... will ich Lichttechniker werden. Mein Onkel ist auch einer, der hilft bei dem Leuchtspiel mit, das bald anfängt, und er hat mir gesagt, dass man es von hier aus mit am besten sehen kann. Cool, oder?«

*Er wippte mit den Beinen und bewegte seinen Kopf so weit, dass er in den schwachen Schein einer der entfernten Laternen geriet. Sein Gesicht war draufgängerisch und schmal. Er wirkte ziemlich sportlich.* »Ich meine, schau dir mal die Leute an, wenn sie sich so eine Leuchtshow ansehen. Sie kriegen eine Gänsehaut. Sind starr vor Staunen. Und dann erzählen sie davon, filmen alles, und werden diesen Tag nie vergessen. Ich will sowas auch bei anderen Menschen bewirken können.«

*Irgendwie deprimierte diese Ansprache Sophie in ihrer Selbstbemitleidung nur noch weiter, doch er fuhr fort:* »Andererseits kann ich mir gut vorstellen, dass man manchmal so seine Schwierigkeiten hat, wenn man rausfinden will, was man später machen möchte. Mein größter Bruder war auch ein totaler Loser, als er in deinem Alter gewesen ist. Aber jetzt züchtet er Lamas und hat eine Freundin. Keine Ahnung, wie der das gemacht hat«*, fügte er leichtmütig hinzu.* »Also, das mit der Freundin, meine ich. Einem Lama sah er schon immer ähnlich.«

*Sophie kam nicht umhin, über die trockene Art des Jungen zu lachen. Einige Sekunden saßen sie schweigend da und blickten auf das Wasser. Dann begann das Schauspiel, indem tausende Lichtsprenkel in den buntesten Farben gegen die Brücke stoben. Aus der Ferne erklang dazu passende Musik.*

»Du hast überhaupt nichts zu verlieren«*, erklärte der Junge und holte Sophie dadurch aus einem tiefen, ergebnislosen Grübeln.* »Mach einfach irgendetwas, das cool klingt. Mittlerweile ist es eh egal.«

*Er überlegte einen Moment, bevor er fortfuhr.*

»Ich lese gerade ein Buch. Darin steht, dass man viel weniger über das Meer weiß, als über das Universum. Ich glaube kein Wort davon. Woher sollen die schon wissen, wie viel man über das Universum noch nicht weiß? Und überhaupt ist das Meer auch ein Teil des Universums.«

*Er schüttelte den Kopf.* »Jedenfalls gefällt mir beides. Wusstest du, dass rund 300 Kilometer vor unserer Küste eine Erdplatte subduziert? Das heißt, da gibt es eine riesige Rinne, den Magdalenengraben, fast neuntausend Meter tief. Da konnte aber noch keiner hin, alle Versuche sind bisher gescheitert. Scheint gefährlich zu sein! Ich wette, da leben allerhand seltsame Tiere, vielleicht die seltsamsten der Welt. Werd doch Ingenieurin! Dann kannst du ein U-Boot bauen, das dort hinfindet.«

Sophie stieß bei dieser Vorstellung belustigt einen Luftschwall aus. Sie lehnte sich zurück und beobachtete das Lichtschauspiel nachdenklich. Nein, so etwas würde sie sicher niemals studieren.

\*

»Alles in Ordnung?«, fragte Tom überrascht, als eine Träne aus Sophies Auge lief und direkt auf den Tisch tropfte. Sie wirkte selbst überrascht.

*Wie süß,* dachte sich Teresa, als sie die beiden aus dem Augenwinkel beobachtete.

»Ja, alles ist okay – huch?«

Das weißhaarige Mädchen rempelte Sophie an. Überrascht blickte Sophie in ihr Gesicht und war sofort von ihren leuchtend grünen Augen eingefangen. Weder sie noch Tom schienen zu bemerken, wie sie die gefallene Träne mit einer kleinen Pipette auflas. Direkt danach verschwand sie wieder aus dem Blickfeld der beiden. Teresa runzelte die Stirn.

Ohne das Geschehene weiter zu beachten, fuhr Sophie fort:
»Ich bin nur gerade etwas nostalgisch geworden.«

Sie lächelte. »Du bist Ingenieur, nicht wahr?«, fragte sie mit einem Blick auf das Buch neben ihm.

»Bald, ja. Ich habe noch zwei Semester vor mir, dann bin ich fertig. Ich studiere hier an der Atlas-Universität«, erklärte er.

»Da studiere ich auch«, grinste Sophie und schien ein wenig damit zu hadern, weiterzusprechen. »Wobei ich es etwas langsam angehen lasse, da ich auch noch einen Nebenjob mache.«

»Was studierst du denn?«

»Meeresbiologie«, antwortete Sophie und man konnte kaum einen Anflug von Stolz in ihrer Stimme überhören. »Ich arbeite gerade an einem Tauchprojekt. Wir wollen den Magdalenengraben erkunden.«

Er grinste als Reaktion darauf. Fast hätte man annehmen können, er würde sich über ihr ehrgeiziges Vorhaben lustig machen, doch dann antwortete er: »Was für ein Zufall, an Tauchbooten arbeite ich auch.«

Sophies Augen leuchteten auf. »Vielleicht können wir ja zusammenarbeiten!«

Teresa war so in das Gespräch zwischen den beiden vertieft, dass sie nicht bemerkte, wie ihre Sitznachbarin und deren Begleitung das Lokal wieder verließen. Sie hörte die Tür des Lokals ins Schloss fallen und drehte sich zur rechten Seite um, wo das weißhaarige Mädchen bis eben gesessen hatte.

Dort stand ein Stundenglas, das genau zu Sophies Beschreibung passte.

Ohne dass sie genau verstand warum, echoten Toms Worte in Teresas Verstand: »*Was für ein Zufall, an Tauchbooten arbeite ich auch.*«

*Zufall?*

Sie schüttelte verwirrt den Kopf. Irgendetwas stimmte hier nicht. Langsam richtete sich Teresa auf. Dabei steckte sie die Hand in ihre Hosentasche, um einen zerknüllten Geldschein daraus hervorzuziehen und neben ihr geleertes Getränk zu werfen. Danach kehrte der Bar den Rücken zu.

Die Stimmen der Leute, das Klirren der Gläser und das Knarren der Holzstühle – all diese Geräusche polterten in Teresas Kopf umher und machten es ihr noch schwerer, sich zu konzentrieren.

Gedanklich führte sie sich ruhig und vorsichtig alles noch einmal vor Augen, was gerade geschehen war.

Es hatte damit begonnen, dass sich Sophie auf der Suche nach ihrem Stundenglas an Halinka gewandt hatte.

Oder ... nein. Es hatte damit begonnen, dass das weißhaarige Mädchen zur Toilette gegangen war. Erst danach wurde Sophie das Fehlen des Stundenglases klar. Sie saß zu diesem Zeitpunkt zwischen Teresa und dem Eingang der Toilette.

Teresa atmete tief durch, während sie die Tür öffnete und die Bar verließ.

Wie durch eine Art Wunder hatte ein anderer Gast ein ganz ähnliches Stundenglas bei sich gehabt und daraufhin war es zu einem Gespräch zwischen den beiden gekommen, in dessen Verlauf Sophie angefangen hatte zu weinen. Und dann ... die Pipette. Wozu hatte das Mädchen die Träne mitgenommen?

Je länger sie darüber nachdachte, desto mulmiger wurde Teresa zumute. Sie versuchte ihren Daumen durch ihre Handfläche zu drücken. Es klappte nicht. Also war das kein Traum. Was ging dann hier vor sich?

Während sie die Treppen langsam hinauflief, hörte sie die Stimme der einen Frau.

»Was war *das* denn?!«, platzte es aus ihr heraus. »Das lief aber nicht wie erwartet. Wolltest du nicht die Professorin ...? Die gefällt mir übrigens irre gut! Wie alt ist sie nochmal? 28 oder so?«

Teresas Magen zog sich zusammen. Es wirkte so, als würde ein Gespräch stattfinden, doch sie hörte nur eine Stimme, die spontan zu lachen anfing.

»Ich verstehe, du Arme. Zumindest hat deine Improvisation dazu geführt, dass du die Träne des anderen Mädchens bekommen hast. Dann müssen wir die Professorin wohl mitnehmen, oder? Meinst du, sie hat dich wiedererkannt? Wie war noch mal ihr Name?«

Auf einmal stockte die Frau. »Warte, doch nicht etwa *diese* Teresa Willgenau? ... *Meine Güte*, jetzt fügt sich alles zusammen. Aber hey, wenn du recht hast, müsste Teresa ja jeden Augenblick ...«

Teresa fühlte sich ertappt. Sie dachte darüber nach, ganz schnell wegzulaufen, doch das Mädchen hatte sich bereits umgewandt und die Treppe herabgespäht.

»Oh, Tatsache! Da bist du ja! Hey Süße, komm mal her!«

Teresa öffnete ihren Mund. Sie wusste aber nicht, was sie sagen sollte. Unsicher setzte sie einen Fuß vor den anderen, bis sie vor ihnen stand. Zum ersten Mal blickte dieses Melonensaft-Mädchen direkt in die Augen.

*Kenne ich sie?*, fragte sich Teresa. Erst, als ihre Begleiterin erneut sprach, schenkte Teresa ihr Aufmerksamkeit.

»Du bist Teresa, nicht wahr? Schwesterherz hat mir einiges von dir erzählt.«

Teresa überlegte, ob es sich bei den beiden vielleicht um zwei ihrer zahlreichen Studentinnen handeln konnte. *Ob sie durch Kommilitonen oder Online-Präsenzen etwas über mich wissen?* Doch auch dieser Gedanke kam Teresa schnell absurd vor. Sie konnten ja nicht wissen, was Teresa damals ...

Letztendlich schüttelte sie resignierend den Kopf.

»Wer seid ihr?«

»Lass es mich dir erklären«, sagte die sehr gepflegt aussehende Frau mit den schwarzen, kinnlangen Haaren. Sie griff ihre verlegene Begleitung an den Schultern und präsentierte sie mit einem Grinsen. Die Frau wand sich in ihrem Griff und mied jeglichen Augenkontakt. »Ich bin die Weisheit. Und meine Begleitung hier verändert das Leben eines jeden Menschen auf der Welt. Sie ist die Zukunft!«

»Wow.«

War das ein Witz? Für einen Moment fragte sich Teresa, ob die beiden einer Cosplay-Convention entflohen waren. Andererseits ... Nun, es war schwer abzustreiten, das *irgendetwas* hier nicht mit rechten Dingen zuging. Es brannte Teresa in den Fingerspitzen, herauszufinden, was es mit der Sache auf sich hatte. Also beschloss sie, für einen winzigen Moment aus der düsteren Schale ihres Daseins herauszukriechen.

»Beweist es mir«, forderte sie mit belegter Stimme.

Die Weisheit nahm einen kleinen Notizblock aus ihrer Handtasche und kritzelte etwas darauf. Dann riss sie den Zettel ab und reichte ihn Teresa.

*28.01., 9:30, Platz der Gefangenschaft*

Sie blickte auf und verstand nicht recht, bis die Weisheit einige Worte dazusagte: »Mein Schwesterherz ist jeden Tag unterwegs und tut Dinge, wie du sie heute gesehen hast. Ich wette, du wirst es interessant finden. Wenn du Lust hast, kannst du sie morgen dort treffen. Dann kann ich auch endlich wieder meinem *gewohnten Lebensstil* nachgehen! Genial, oder?«

*»Bitte was?«*

»Okay, pass auf. Die Zukunft arbeitet an einem wichtigen Projekt. Die Arbeit daran ist mitunter sehr gefährlich und langwierig. Ihr persönlich ist es egal, ob sie dabei alleine ist oder in Begleitung. Mir ist das nicht egal. Also tu mir den Gefallen, ja?«

Teresa kam sich manipuliert vor. Als würde man versuchen sie dazu zu bringen, irgendeinen Vertrag zu unterschreiben. Die Weisheit winkte zum Abschied und ging mit der Zukunft davon.

Natürlich hatte Teresa gar keine Zeit für so etwas. Sie war eine vielbeschäftigte Professorin, die seit Beginn des Semesters keine Vorlesungen mehr gab und seit Wochen nur noch in ihrem Bett herumvegetierte.

Trotzdem kribbelte aus irgendeinem Grund die Neugierde in ihr bei der Aussicht, diese *Zukunft* näher kennenzulernen. Sie kaute nervös auf ihren Lippen herum. Nein, sie war sicher nicht neugierig, das musste ein Fehler sein. Es gab keinen Grund, sich mit ihr zu treffen.

Die Skepsis verfolgte Teresa bis nach Hause, wo sie kraftlos in ihr Bett fiel und sich fest vornahm, den Termin bloß nicht wahrzunehmen.

# Schimmer eines Krieges

Teresa kam zehn Minuten zu spät. Auf ihrem Weg hatte sie sich mindestens viermal überlegt, ob sie nicht lieber doch einfach umkehren sollte, hatte die bunten Ölpfützen auf der Straße viel zu lange betrachtet und viel zu oft angehalten, um die beißenden Abgase der Stadtluft tief einzuatmen. Sie verließ ihre Wohnung nur noch sehr selten, vor allem unter Tageslicht. An diesem Morgen wurde ihr erneut bewusst, wie machtlos sie war.

Ihre Lust, die Zukunft zu treffen, näherte sich mit jedem Schritt weiter dem Nullpunkt. Nur das unbestimmte Gefühl, dass sie es bereuen würde, es nicht zu versuchen, ließ sie weiterlaufen. Teresa versuchte, einfach nicht nachzudenken und sich von ihren Beinen tragen zu lassen. Sollte sie die Zukunft nicht sofort am Treffpunkt finden, würde sie einfach wieder nach Hause gehen.

Sie fand die Zukunft sofort. Die Frau saß direkt vor dem Springbrunnen, der gerade nicht in Betrieb war und schaute sich aufmerksam um, bis ihr Blick auf Teresa fiel. Dann richtete sie sich auf und lief auf ihre heutige Reisebegleiterin zu.

»Hallo«, versuchte Teresa zu sagen, doch die Hälfte des Wortes blieb ihr im Hals stecken, da sie an jenem Tag noch nicht gesprochen hatte. Sie räusperte sich, versuchte es aber nicht erneut.

Die Zukunft tat so, als hätte sie gar nichts gehört. Sie drückte Teresa einen Zettel in die Hand, auf dem in einer ausladenden, selbstverliebten Schrift folgende Worte standen:

*Danke, dass du gekommen bist!*
*Schwesterherz lag die ganze Nacht wach, weil sie Angst hatte,*
*du lässt sie im Stich. Wirklich! Du musst nicht viel machen, sie*
*ist relativ selbstständig. Pass nur auf, dass du sie nicht in die*
*Nähe von großen Honigmengen lässt. Lauf am besten einfach*
*mit ihr mit. Wenn du Fragen hast, kannst du sie ihr ruhig*
*stellen. Ich zähle auf dich.*

»Schreibt sie immer so … hm …«

Teresa fiel kein Wort ein, es zu beschreiben. Die Zukunft reagierte auch darauf nicht. Teresa fühlte sich ein wenig betreten. Ihr blieb jedoch nicht besonders viel Zeit dafür, dieses Gefühl auszukosten, denn kaum hatte sie den Zettel gefaltet und in ihre Tasche gesteckt, lief die Zukunft los.

Als sie kurz darauf merkte, dass Teresa noch immer verlegen an Ort und Stelle stand, drehte sie sich mit einem erwartungsvollen Blick um und blieb stehen, bis Teresa zu ihr aufschloss. Immerhin sorgte die Zukunft auf eine seltsame Art und Weise dafür, dass sich Teresa irgendwie willkommen fühlte. Sie ertappte sich bei der Hoffnung daran, dass es vielleicht doch ein ganz interessanter Tag werden könnte.

Andererseits wusste Teresa natürlich nicht, was für gravierende Folgen ihre Entscheidung, das Treffen wahrzunehmen, für den Rest ihres Lebens haben würde.

Man könnte mit zynischer Zunge behaupten, sie hätte ihre Lebenserwartung damit drastisch verkürzt. Ich betrachte das etwas realistischer: Da Teresas Dasein ohnehin ein bisschen ... wertlos war, verlieh diese Entscheidung dem Rest ihres Lebens wenigstens ein wenig Sinn.

Unbewusst war sie nämlich in einen Sturm geraten, dessen Auge die Zukunft war, und schon am ersten Tag begann es hinter den Kulissen zu brodeln.

Sehr zu Teresas Unbehagen stellte sie fest, dass sie sich der Atlas-Universität immer weiter näherten. Sie zog ihre graphitblaue Long Beanie – die trug sie am liebsten – tiefer in ihr Gesicht. Dabei ignorierte sie die schwarzen, lockigen Haare, die darunter hervorquollen und ihr die Sicht erschwerten.

Was sollte sie tun, wenn die Zukunft tatsächlich die Universität als Ziel hatte? Wenn sie einem ihrer Kollegen begegnen sollten? Teresa machte sich ernsthafte Gedanken darüber, einfach davonzurennen. Während sie darüber nachdachte, begnügte sie sich damit, auf ihre Unterlippe zu beißen und zu versuchen, sich hinter der Zukunft zu verstecken (die jedoch leider ein paar Zentimeter kleiner war).

Irgendwann bog wenige Meter vor ihnen eine alte Frau in die Straße ein. Sie führte einen großen Dobermann Gassi, an dessen Hals ein paar Glöckchen klimperten.

Plötzlich blieb die Zukunft stehen. Teresa konnte nicht rechtzeitig anhalten und stieß gegen ihre Schulter. Gerade wollte sie fragen, was los war, doch dann sah sie das aschfahle Gesicht der Zukunft.

Hilfesuchend umschloss sie Teresas Handgelenk mit ihren dünnen Fingern. Es war ein sehr schwacher Griff, doch ihre Knöchel wurden davon weiß.

»Hast du Angst vor Hunden?«, fragte Teresa und nahm die Hand der Zukunft, um sie etwas zu beruhigen. Es dauerte ein paar Minuten, bis die Zukunft weiterlaufen konnte.

Die Zukunft hatte keine Angst vor Hunden.

Teresa atmete schließlich auf, als die beiden um den Campus herumliefen und die Universität hinter sich ließen. Dann bogen sie in eine Seitenstraße ein, die zu einem großen Gelände führte. Für einen Moment fürchtete Teresa, dass es noch ein Teil der Universität war, doch es handelte sich um eines der städtischen Gymnasien.

Der ganze Schulhof war gefüllt mit Menschen – die meisten von ihnen waren Schüler, doch auch jede andere denkbare Altersgruppe war vertreten. Es gab Essensstände und Informationstafeln, eine kleine Bühne und allerlei Plakate und Dekorationen. Teresa ließ ihren Blick über die Lettern schweifen, die am Schulgebäude hingen. Das Gymnasium feierte einen Jubiläumsgeburtstag des Forschers, nach dem es benannt war.

Ein Blick auf ihr Smartphone verriet ihr auch, dass es sich um einen Sonntag handelte. Sie verfolgte die Zukunft noch eine Weile lang, doch bald taten ihre Beine weh und sie entschied, sich irgendwo abseits der Menge hinzusetzen und die Zukunft von dort aus im Auge zu behalten. So viel Zeit im Bett zu verbringen, hatte ihre Kondition deutlich verschlechtert.

Teresa blickte sich um und erkannte eine Bank, die vor einem Nebengebäude der Schule stand. Auf ihr saß ein verlassener Junge, der den Anschein erweckte, als wäre er Schüler eines der höheren Jahrgänge. Als sie herantrat, huschte sein Blick kurz über ihren Körper, dann rutschte er ein wenig zur Seite, um Platz zu machen und starrte wieder zurück in die Menge. Sie setzte sich zu ihm.

Seine braunen Haare reichten ihm bis über die Schultern und er hatte ausdruckslose Augen, die ziemlich nahe beieinander standen. Er saß sehr tief und lustlos da, hatte die Hände in die Taschen seiner Jeans vergraben und zeigte einen gelangweilten Gesichtsausdruck. Teresa fand ihn sympathisch.

Daraufhin beobachtete sie von ihrem Platz aus die Zukunft, die scheinbar ziellos umherlief. Was wollte sie hier? Und worauf wartete sie? Es wirkte nicht so, als würde sie an etwas arbeiten. Nach einer Weile sah Teresa ungläubig dabei zu, wie die Zukunft ein kleines Buch aus der Tasche einer Schülerin herausnahm und in die eigene Tasche steckte.

»Das Fest ist langweilig, nicht wahr?«

Teresa drehte sich zu dem Jungen um, dessen Worte sie aus ihrem Fokus rissen.

»Sitzt du deswegen hier?«

»Was soll ich sonst machen?«, fragte er. »Ich war schon immer ein einsamer Mensch.«

Teresa unterdrückte ein Augenrollen und fragte sich, warum er sie mit seinen Problemen belastete. »Mein Beileid«, sagte sie.

»Warum Beileid? Alleine sein ist völlig in Ordnung. Ich bin einfach nicht so gut mit Menschen. Die wenigsten mögen mich und es ist schwer für mich, Anschluss zu finden.«

Er zögerte einen Moment, bevor er fortfuhr. »Das Einzige, was mich stört, ist, dass die anderen denken, dass Alleinsein etwas Schlechtes ist. Dann fühlt man sich so bemitleidet, dabei hat man gar kein Problem.«

Offenbar hatte der Junge großes Mitteilungsbedürfnis. Teresa wusste nicht, was sie darauf entgegnen sollte, also schwieg sie. Stattdessen beobachtete sie lustlos das Geschehen auf dem Hof und hörte uninteressante Gesprächsfetzen aus der Menge hervorquellen. Nach ein paar Minuten richtete der Junge erneut das Wort an sie:

»Was führt Sie her? Sie sehen zu jung aus, um Mutter zu sein. Sind Sie eine große Schwester?«

Teresa hatte weder die Lust noch die Fähigkeit, glaubhaft darzulegen, wieso sie hier war, also versuchte ihr Kopf fluchtartig einen Themenwechsel zu fabrizieren.

»Wieso sprichst du mit mir?«, fragte sie, jedoch ohne es wie einen Vorwurf klingen zu lassen, sondern eher so, als wäre sie tatsächlich an der Antwort interessiert.

Der Junge machte ein betretenes Gesicht. »Das verrate ich lieber nicht«, sagte er und wandte seinen Blick ab.

»Heh?«, machte Teresa und starrte ihn ungläubig an. »Jetzt solltest du es erst recht verraten.«

Er wartete ein paar Sekunden ab, doch Teresa ließ ihren bohrenden Blick weiter auf ihm ruhen, bis er antwortete: »Sie sehen irgendwie mitgenommen aus. Traurig oder so. Dachte, ich lenke Sie etwas ab.«

In diesem Moment erschlafften Teresas Gesichtsmuskeln. Sie bemerkte, wie angespannt sie vorher ausgesehen haben musste.

Der Junge hatte natürlich recht. Teresa sah müde aus. Ihre Augen waren blutunterlaufen, ihre Kleidung hatte ein paar Flecken und war seit einer Weile nicht gewaschen worden. Ausgetrocknete Haut mit vielen kleinen Falten und ein paar Sommersprossen, apathischer Blick, angespannte Körperhaltung, eingerissene Lippen; und sie hatte es nicht geschafft am Morgen ihre Augen symmetrisch mit Eyeliner zu bemalen, sodass das eine etwas größer aussah als das andere. Sie schüttelte den Kopf.

Wie war das noch? Es störte ihn, wenn andere ihn für seinen Anschein bemitleideten?

»Sehr aufmerksam«, gab Teresa zurück, da sie selbst auch nur eine Heuchlerin war.

Sie saß ein paar Minuten still da und dachte über die Worte des Jungen nach, bis sie ihre Gedanken zusammengefasst hatte. Währenddessen sah sie dem Mädchen zu, das von der Zukunft bestohlen worden war, als es gerade in seiner Tasche herumkramte und anscheinend das Fehlen des Buchs bemerkte.

»Ich glaube nicht, dass du gerne alleine bist.«

»Ach ja?«, schnaubte der Junge. »Das hört man oft. ›Niemand ist gerne alleine! Menschen sind Rudeltiere! Mach dir nichts vor!‹ und so etwas. Ich bin es leid, um ehrlich zu sein.«

»Um *ehrlich* zu sein?«, fragte Teresa etwas ungläubig. »Bist du sicher, dass du ehrlich zu dir bist? Denn ich verstehe es nicht. Ich verstehe überhaupt nicht, wovon du redest.«

Der Junge wirkte einen Moment verwirrt, bevor sie fortfuhr: »Ich war mein Leben lang gerne alleine. Alleine sein ist stressfrei, es ist erlösend, man ist produktiv. Auch wenn Menschen durchaus amüsant sein können, entziehen sie mir meine Energie.

Deswegen kaufe ich dir das nicht ab. Warum interessiert dich, was andere denken? Wenn du wirklich gerne alleine wärst, dann würdest du deine Zeit der Einsamkeit nicht so verschwenden.«

Er wandte seinen Blick ab und wirkte etwas verunsichert.

In der Mitte des Hofes schossen die Leute kleine Raketen in die Luft, die bunte Rauchwolken entstehen ließen. Teresa wartete, bis das Tagfeuerwerk geendet hatte, bevor sie mit einem etwas ruhigeren Ton erklärte: »Niemand zwingt dich, immer allein oder immer in Gesellschaft zu sein. Tu, worauf du Lust hast, dann musst du dir auch nicht selbst leidtun.«

Der letzte Satz schien irgendeine Wirkung beim Jungen zu hinterlassen. Er seufzte und kramte mit leicht zittriger Hand in seiner Hosentasche, entpackte einen Kaugummi und schob ihn sich in den Mund. Kurz darauf stand er auf und betrat durch die Eingangstür das Schulnebengebäude, vor dem die beiden saßen.

Teresa richtete unbeflissen ihren Blick zurück in die Menge, doch sie hatte die Zukunft aus den Augen verloren. Minutenlang versuchte sie erfolglos, die Frau unter den vielen Menschen wiederzuentdecken und ließ ihren Rücken kraftlos an der Banklehne herunterrutschen. »Na toll, er hat mich abgelenkt«, murmelte sie.

»Wie überaus unerquicklich.«

Teresa wandte ihren Kopf um und ihr lief ein Schauer über den Rücken. Es hatte sich ein kleines Mädchen neben sie auf die Bank gesetzt, das ein bisschen so aussah wie die Personifikation des Todes: Sie hatte aschfahle, bläulich getönte, ausgetrocknete Haut, die so dünn war, dass fast jede der grünlichen Blutadern in ihrem Körper hindurchschien. Obwohl sie äußerlich wie eine Elfjährige wirkte, passten ihr Tonfall und Vokabular gar nicht dazu.

»Wer bist du denn?«

»Ich bin wegen der Zukunft hier«, sagte das Mädchen. Ihre pechschwarzen Augenringe hielten Teresas Blick gefangen. »Will observieren, ob sie funktioniert.«

Teresa zog eine Augenbraue hoch. Dieses Kind kannte die Zukunft, war also sicher niemand … *Gewöhnliches*.

»Ach so … tja, die ist verschwunden.«

»Die Zukunft ist justament in dieses Gebäude eingetreten«, erklärte das Mädchen und deutete auf die Wand hinter sich. »Sie erntet Tränendrüsenflüssigkeit vom Jungen, den du zum Weinen gebracht hast.«

»Ich habe *was*?«

Teresa wollte aufstehen und hineinlaufen, um das Spektakel mit eigenen Augen zu beobachten, doch noch bevor sie einen Muskel bewegt hatte, wurde sie von der Stimme des Mädchens unterbrochen.

»Bleib hier. Sie haben dort drin keinen Bedarf an jemandem wie *dir*. Ich hingegen werde jetzt mit dir reden.«

Daraufhin sah Teresa, wie das Diebstahlopfer der Zukunft ebenfalls die Tür öffnete und ins Gebäude eintrat.

»Was geht da vor sich?«, fragte sie eher sich selbst als das Mädchen.

»Der Junge und das Mädchen sind *befreundet*. Sie hat noch viele andere Freunde, doch er ist für gewöhnlich alleine. Seit einer Neuzusammenstellung ihrer Schulklassen traut er sich nicht mehr, mit ihr Zeit zu verbringen, da sie stets in Gesellschaft anderer *Freunde* ist. Deine unsanften Worte haben ihn aufgewühlt. Die Zukunft hat das Mädchen in jenes Gebäude gelockt. Sie werden sich unterhalten, dann wird auch sie anfangen zu weinen.«

Teresa schüttelte ungläubig den Kopf. Statt sich Teenie-Drama anzuschauen, musste sie sich also von diesem merkwürdigen Mädchen nervös machen lassen – das derweil beobachtete, wie sich einige Schüler der unteren Stufen mit Informationszetteln bewarfen, die sie eigentlich an die Gäste verteilen sollten.

»Jedes dieser Kinder hat Vorfahren«, sagte es, »die ihnen zeigen, wie die Welt funktioniert. Beneidenswert.«

*Meint sie Eltern?*, fragte sich Teresa. Sie dachte an ihren Vater, von dem sie seit Jahren nichts gehört hatte. Ihre Mutter hatte sie nie gekannt.

»Hast du etwa keine Eltern?«, fragte Teresa ins Blaue hinein, da sie nicht wusste, wie sie sonst mit dem Mädchen sprechen sollte. Einfach zu schweigen schien ihr in dieser Situation etwas unangemessen.

»Ich habe eine *Mutter* ...«, antwortete das Kind.

»Das ist doch schön.«

»Sie ist ein Monster.«

»Bist du nicht etwas jung für solche pubertären Gedanken?«

Das Mädchen drehte seinen Kopf langsam zu Teresa. Ein merkwürdiger Ausdruck der Verachtung hatte sich darauf ausgebreitet, als würde sie ein unwillkommenes Insekt betrachten.

»Sie versucht, mir ein Ende zu machen.«

Die Stimme des Mädchens wirkte etwas ruhiger als zuvor, als hätte sie sich mit diesem Umstand längst abgefunden. »Sie will meinen Fähigkeiten Grenzen setzen, mich einsperren. Ich kämpfe dagegen an.«

»Vielleicht meint sie es nicht böse …? Viele Mütter setzen ihren Kindern Grenzen, doch das nur, um sie zu schützen.«

»Wie *naiv* du bist«, spottete das Kind in einem beißend abfälligen Tonfall. »Ich bin Gefangene in einem Vogelkäfig. Ich will hinaus.«

Teresa fühlte sich unwohl. Sie schwieg.

»Ich habe eine Frage an dich, *Teresa*«, sagte sie.

Die Frau zuckte kurz zurück, als sie so unerwartet ihren eigenen Namen hörte.

»Nehmen wir an, du hättest ein Kind. Doch du weißt, dass man dieses Kind irgendwann als Waffe gegen dich verwenden wird. Was würdest du tun?«

Teresa runzelte die Stirn. »Wie soll ich auf so eine spezifische Frage antworten? … Wenn du meinen Rat möchtest, solltest du mir den Hintergrund besser erklären.«

»*Rat?*«, blaffte sie hohl und ungläubig. »Nein. Ich will in Erfahrung bringen, was du für ein Mensch bist.«

Teresa seufzte. »Ich weiß nicht, was ich tun würde, wenn ich in einer solchen Situation wäre. Das wüsste ich erst, sobald ich tatsächlich in dieser Situation bin.«

»Ich würde mich um das Kind kümmern, es lieben, ihm zur Seite stehen, wenn es mich braucht und ihm beibringen, wie es sich zur Wehr setzen kann. Und wenn es wirklich irgendwann als Waffe gegen mich verwendet werden sollte, dann wird es das aufgeklärt und aus freien Stücken tun.«

Teresa lief angesichts dieser unerwarteten klischeehaften Erklärung ein bisschen rot an.

»Ich finde, das ist es, was eine gute Mutter tun sollte«, fuhr das Mädchen fort. »Meine *eigene* Mutter hingegen ...«

Sie brachte den Satz nicht zu Ende.

»Einverstanden, aber was hat das alles mit mir zu tun?«

»Ich habe gesehen, dass du für eine gewisse Weile die *Begleiterin* der Zukunft sein wirst. Ich möchte begreifen, wie es dazu gekommen ist, wer du bist, und was du vorhast.« Sie zog ihre Beine vor ihre Brust und starrte Teresa mit geneigtem Kopf an. »Mit anderen Worten: *Was hast du hier zu suchen?*«

Teresa lief ein Schauer über den Rücken. Die Feindseligkeit in der Stimme des Kindes wurde im letzten Satz überdeutlich.

»Zu suchen?«, reagierte Teresa perplex. »Nichts – ich finde sie interessant – ich wollte nur sehen, was sie tut ... Ehrlich gesagt, habe ich mich noch nicht einmal entschieden, ob ich überhaupt ...«

Das Mädchen stand auf und stellte sich vor die Professorin. Dann streckte sie ihre Hand aus, vor der Teresa instinktiv ein wenig zurückwich. Die Hand schob sich unbekümmert weiter, berührte Teresas Stirn und glitt unter ihre Mütze, um sie ihr vom Kopf zu schieben. Dann streichelte das Mädchen durch Teresas gelockte Haare. Die Finger waren eiskalt, doch die Berührung sanft.

»Du bist bemitleidenswert«, murmelte das Kind. »Was findet sie an dir? ... Warte, oh, du hast damals –«

Sie murmelte weiter vor sich hin, während Teresa so stillhielt wie möglich. »Und du ähnelst *ihr* ... Verstehe. Du bist gefährlich für mich.«

Sie nahm ihre Hand weg und machte einige Schritte rückwärts.

»Besser, ich entferne dich«, flüsterte das Mädchen, doch nun sprach sie eher mit sich selbst als mit Teresa.

Sie blickte sich um und erkannte die vielen Menschen, dann bewegte sie sich zur Tür und trat in das Nebengebäude ein. Als das Schloss hinter ihr zufiel, verschwand sie in einem Lichtblitz, ohne dass es jemand sehen konnte.

# 28 Jahre zuvor

Der Kalender, der an der Wand hing, zeigte die Seite für den Juli an, und durch eine Folienkonstruktion schwebte ein kleiner roter Kasten über dem Papier, der die Zahl 24 einrahmte. Direkt daneben öffnete sich eine Holztür und mit einer Schwade leuchtender Lichtartefakte entstand dahinter ein kleines Mädchen, das hindurchschritt und sich in der Wohnung umblickte.

Darin befanden sich hunderte Unterlagen, medizinische Bücher und Ordner auf dem Boden, in den Schränken und Regalen. Auf dem Tisch lagen ein paar Pfirsiche, in deren Haut dünne Fäden eingenäht worden waren. Am Ende des Raumes, neben dem großen Fenster, das aus dem zwölften Stock Ausblick auf die Stadt gewährte, saß in einem Sessel neben einer Kinderwiege eine junge Frau Anfang zwanzig und stillte ein Baby.

Das in dieser ihr fremden Umgebung erschienene junge Wesen schritt barfuß und in ihrem Leinenhemd durch den Raum. Der jungen Frau stand für einen Moment der Schreck ins Gesicht geschrieben, doch dann nahm sie ihr Baby von sich, legte es behutsam in die Wiege und beugte sich zum seltsamen Gast um.

»Wer bist du?«, fragte sie. Der Gast schaute ihr nicht ins Gesicht, sondern blickte sich weiter in der Unordnung des

Zimmers um und ließ seinen Blick über ein Namensschild an einer Krankenhausuniform wandern, auf dem der Name *Stella Cadente* zu lesen war.

»Deine Bezeichnung ist *Stella*?«, fragte sie in ruhigem Tonfall, und nun, da sie bei der Wiege angekommen war, erblickte sie das still daliegende Baby, das vielleicht ein paar Wochen alt war. Es trug ein Armband, dessen Bestandteile das Wort *Teresa* buchstabierten.

»Ich bin Stella, ja. Und wer bist du? Kann ich dir irgendwie helfen? Hast du dich verirrt?«

»Nein, ich bin hier richtig.«

Zum ersten Mal sah das Mädchen Stella in die Augen, die ihr ein Lächeln schenkte. Die junge Mutter verstand nicht so richtig, was vor sich ging. Eigentlich war es nicht möglich, die Tür von draußen zu öffnen. Die Besucherin sah zudem furchtbar ungesund aus – beinahe so, als hätte sie noch nie in ihrem Leben geschlafen. Stella wollte versuchen zu begreifen, was gerade geschah. Ein guter Anfang würde sein, die Polizei zu rufen, sobald sie das Kind ein bisschen genauer kennengelernt und sein Vertrauen gewonnen hatte. Also eröffnete sie ein Gespräch: »Was genau möchtest du denn hier tun?«

»Dieses Neugeborene«, sagte das Mädchen. »Woher hast du es?«

Stella wies auf ihren Bauch. »Von hier.«

»Was hast du damit vor?«

»Mit Teresa? Nichts.«

Der Eindringling sah die junge Mutter mit skeptischem Blick an.

»Nichts?«

Stella nickte.

»Ich möchte kein Kind, aber ihr Vater schon. Er kann gar nicht aufhören, davon zu reden, ein Kind großzuziehen.«

Das Mädchen blickte zur Seite, als würde sie versuchen, sich an etwas zu erinnern. »Er hatte einen Plan?«

Stella wirkte etwas überrascht, doch sie nickte. »Interessant, dass du das sagst. Er meint, er würde gerne *die Welt verändern*. Ja, wirklich. Ein kleiner Idealist ist er. Das habe ich in Tagebüchern aus seiner Jugend gelesen, die er mir einmal gegeben hat, weil ich mich so sehr dafür interessiert hatte. Aber jetzt ist er schon fast vierzig und hat begriffen, dass er die Welt nicht ändern kann.«

Stella lachte. »Und auf was für eine glorreiche Idee kam er dann? Natürlich! Er dachte sich, er zieht einen Nachkommen auf. Und bringt ihm alles bei, was er wissen muss, um die Welt zu verändern. Und dann, wenn sein Kind die Welt verändert aufgrund dessen, was es von ihm gelernt hat ... hat *er* die Welt verändert!«

Stella schüttelte grinsend den Kopf.

»Ich fand das süß. Wir hatten eine Beziehung, und als ich schwanger wurde, habe ich entschieden, das Kind für ihn auszutragen.«

»Dieses Motiv ein Kind aufzuziehen ist also in deinen Augen angemessen?«, fragte das Mädchen. »Es als Mittel zum Zweck zu verwenden für einen Sinn, den man sich selbst ausgedacht hat?«

Stella zuckte mit den Schultern. »Ich finde das genauso angemessen wie jeden anderen Grund, ein Kind zu bekommen. Stört dich das etwa?«

»Es stört mich nicht. Aber zu wissen, dass Teresa aus einem ähnlichen Grund existiert wie ich, macht mein Bestreben leichter. Vermutlich würde sie meinem Vorhaben sogar zustimmen, wenn ich eine informierte Einwilligung holen würde. So etwas mögt ihr, nicht wahr? Informiert zu sein?«

Stella wurde etwas nervös »Worauf genau möchtest du hinaus?«

»Ich sehe den Vater nicht, den du erwähnt hast. Wo ist er?«

Stella hob den Zeigefinger und deutete in den Himmel.

»Er wird über sie wachen, da ich mich nicht um sie kümmern kann.«

»Fassen wir also zusammen: Du hast es für ihn ausgetragen, obwohl du keinen persönlichen Nutzen für das Kind siehst.«

Stella öffnete den Mund, doch sie antwortete nicht sofort. »Nun, ich schätze, so kann man das sagen«, meinte sie schließlich.

»Um diesem Mann einen Gefallen zu tun?«

Die Frau nickte. »Aber jetzt sag mir doch, wie du hier hergekommen bist, und was du hier tun möchtest. Um ehrlich zu sein, ist es nämlich seltsam für ein kleines Mädchen, einfach in fremde Häuser zu laufen, und sich nicht vorzustellen. Verstehst du?«

Der Blick des Gastes verfinsterte sich. »Ich bin hier entstanden, einfach, indem ich hier sein wollte«, erklärte sie. »Eine Rechtfertigung für meine Ausdehnung ersehe ich als unnötig.«

»Okay ...«, murmelte Stella unsicher.

Ohne Vorwarnung entstand ein glasklarer, spitzer Eiszapfen in der Hand der kleinen Person, der doppelt so lang war wie sie selbst. Sie holte aus, betrachtete den Kopf von Teresa und ließ ihn darauf zuschnellen.

Ein Ruck erfasste die Angreiferin, und sie wurde mehrere Meter weit zurück in den Raum geworfen. Stella hatte sie weggetreten und stand nun schützend vor der Wiege.

»Was zur Hölle?!«, rief sie und schob die Wiege hinter ihrem Rücken weiter von der Gefahr weg.

Das Mädchen richtete sich langsam wieder auf.

»Ich habe gerade eben mit ihr gesprochen. Teresa ist eine Gefahr für mich. Weich aus.«

Stella atmete hechelnd vor Schreck und schüttelte den Kopf. Der Eiszapfen, den das Kind trug, war sehr lang ... würde sie es trotzdem übermannen können? Wenn sie die Waffe zerstörte und das Mädchen festhielt, könnte sie derweil vielleicht nach Hilfe rufen.

»Wieso nicht? Wenn man es genau betrachtet, dann ist eine Gefahr für mich auch eine Gefahr für dich, und jedes andere niedere Lebewesen neben dir, oder nicht?«

Sie dachte kurz nach. »Wie überzeugt man einen Menschen in solch einer Situation? ... Du solltest dir einen anderen Gefallen für diesen Mann überlegen. Was du getan hast, war nobel, und ... sehr *großzügig* von dir, aber ... ein Fehlschlag?«

Stella rührte sich nicht von der Stelle.

»Du wirst nicht weichen?«

»Nein«, sagte Stella mit unsicherer Stimme.

»Warum? Du hast selbst gesagt, dass du dieses Kind nicht brauchst.«

»Was um alles in der Welt *bist* du?«

Das Wesen war sichtlich irritiert durch die Tatsache, dass seine Versuche, Stella zu überzeugen, nicht fruchteten.

»Erwachsene zu töten ist anstrengend«, sagte es dann. »Mach die Angelegenheit für mich nicht schwerer, als sie sein muss. Vielleicht sollte ich lieber deine Kindheit besuchen?«

»Ich lasse dich nicht vorbei. Verschwinde!«

Die kleine Kreatur zuckte mit den Schultern. Im Bruchteil einer Sekunde schnellte sie nach vorne und stach den Eiszapfen durch Stellas Bauch. Stella schrie laut auf, doch das Mädchen schob das Eis mit ungeheuerlicher Kraft weiter hinauf durch ihren Körper, sodass die Spitze zwischen Hals und Schulter rot getränkt zum Vorschein trat. Ihr Opfer keuchte einen Mund voll Blut aus, dann brach es zusammen.

Das war eine der Situationen, in denen das kleine Mädchen eine Schlacht sofort hätte gewinnen können. Sie hätte sich nur beeilen müssen bei dem Versuch, Teresa zu ermorden.

Doch eine der Eigenschaften, die das kleine Mädchen hatte, war, dass sie auf Basis ihrer Kräfte und Identität nicht das Gefühl kannte, es *eilig* zu haben. Sie ging die Dinge behutsam an, aus einer gewissen Eitelkeit heraus.

Als sie an die Wiege herantreten wollte, um Teresa den Garaus zu machen, spürte sie eine leichte, feuchte Berührung an ihrem Fußknöchel. Als sie herabblickte, erkannte sie Stellas Hand, die sich blutig und kraftlos daran festhielt.

Das Mädchen bückte sich herab zu Stella. Die braunen Augen der jungen Mutter im von Schmerzen zu einem Faltenmeer verzogenen Gesicht drückten ein bedauernswertes Flehen aus. Es waren tiefe Augen voll mit Angst.

Das Kind legte ihre Eiszapfen beiseite und streichelte über Stellas Haare. »Siehst du? Genau das meinte ich. Erwachsene töten ist anstrengend. Sie sind voll mit Geschichte. Es bereitet einem ein schlechtes Gewissen.«

Und damit besiegelte das Wesen seine Niederlage. Denn der Schmerzensschrei von Stella Cadente war so laut gewesen, dass man ihn auch in der Wohnung darüber vernommen hatte, und in genau dieser Wohnung lebte in weiser Voraussicht ein Schutzmechanismus, der sich Teresas Wohlergehen verschrieben hatte.

Noch während sich das kleine Mädchen wieder aufrichtete und einen weiteren Eiszapfen materialisierte, hörte sie plötzlich ein lautes Rumsen an der Eingangstür der Wohnung.

Zwei Tritte später flog die Tür auf, und die Weisheit eilte durch den Gang weiter hinein ins Wohnzimmer, wo sie die blutende Stella am Boden liegen sah.

»Meine Güte!«, rief sie erschrocken zum bewaffneten Kind. »Hat dir keiner Manieren beigebracht?«

Es zog eine wütende Grimasse. »Was machst *du* denn hier?« Dann schüttelte es mit dem Kopf. »Jedes einzelne Mal, wenn ich kurz davor stehe, passiert so etwas wie *du*. Nun, dann kann ich gleich zwei Hemmnisse in einem Zuge beseitigen«, meinte es. »Ich weiß, was du getan hast. Du warst der Schlüssel, der meinen Käfig abgeschlossen hat. *Abschaum.*«

»Ich habe nicht die geringste Ahnung, wovon du sprichst«, sagte die Weisheit.

Doch das machte keinen Unterschied. Ohne zu zögern, rannte das Mädchen, dieses Mal mit zwei kürzeren Eiszapfen bewaffnet, auf die Weisheit zu. Ein Hieb gegen den Kopf, doch die Weisheit duckte sich, dann ein Hieb gegen den Oberkörper. Die Verteidigerin rollte rückwärts, während das Kind, das nicht nachsetzte, nach vorn sprang und zwei schnelle Schnitte in die Arme und den Bauch der Frau setzte.

Blut trat aus den flachen Wunden der Weisheit hervor – doch beim nächsten Angriff auf sie gelang es ihr, die Eiszapfen zu packen und ihre Gegnerin mit einem Tritt auf Abstand zu bringen.

»Hör auf zu kämpfen!«, rief die Weisheit. »Merkst du nicht, was du tust?«

»Was ich tue?«

Ein neuer Eiszapfen entstand. Sie machte einen riesigen Sprung nach vorne, landete dabei mit den Füßen auf den Schultern der Weisheit und beförderte sie zu Boden. Dann holte sie mit ihrer Waffe aus und ließ sie hinunter auf das Gesicht der Weisheit schnellen.

Sie schnitt durch die Wange, doch verfehlte den Kopf. Die Spitze des Eiszapfens schlug daneben auf den Boden ein und zerschellte. Verwirrt hob sie den Eiszapfen wieder in die Höhe. Dabei materialisierte sich eine neue Spitze und sie schlug ein weiteres Mal zu.

Andere Seite. Noch ein Schnitt, doch sie verfehlte den Kopf.

»Warum kann ich dich nicht töten?«, fragte sie verärgert.

»Weil du unterbewusst weißt, wer ich bin.«

Das Mädchen zitterte, doch dann dematerialisierte es sich. Eine Sekunde später entstand es erneut in dem Raum.

»Wo bist du?«, fragte es verunsichert. »Ich kann dich nicht finden.«

»Oh, wolltest du mich als Baby ermorden?«

Sie nickte.

»So etwas wird bei mir nicht funktionieren.«

Die Weisheit nahm die kalte Hand des Mädchens und drückte fest zu. Die Kleine stockte einen Moment lang.

Irgendetwas stimmte hier nicht. Sie konzentrierte sich für einige Sekunden, bis ihr schwante, was vor sich ging.

»Wie ist das möglich?«

»Ja. Doof gelaufen, was?«

Das Kind zog verwirrt die Augenbrauen zusammen. Sie stolperte ein paar Schritte zurück.

»Du bist ein Bestandteil von meiner Konstruktion«, sagte es. »Dieses Biest muss dahinter stecken.«

»Du meinst deine Mutter? Ja, da hast du nicht unrecht.«

»Sie hat einen Teil meiner Welt gestohlen und dich ausgebrütet?«

»So wie ich es verstanden habe.«

Das Mädchen schritt eine Weile im Raum auf und ab. Es wurde dabei zunehmend energischer. Ihre Fäuste ballten sich um die Eiszapfen und schmolzen dabei langsam in sie hinein. Schließlich, mit einem wütenden Brüllen, lancierte sie die Eiszapfen vor Wut mit ganzer Kraft auf den Boden, wo sie in tausende Einzelteile zerschellten.

»Diese *verfluchte HEXE!* Verabscheuungswürdige, ekelerregende Kreatur! Wenn ich dich beschädige, dann könnte meine Maschine kaputtgehen. Und dann ... kann ich mich nicht mehr befreien!«

Sie schlug mit der Faust gegen die Wand – so fest, dass es eine Delle hinterließ und sich Teile ihrer Haut ablösten, die rote Blutflecken auf der Tapete hinterließen.

»Einigen wir uns einfach darauf, dass ich mich nicht beschädigen lasse und du keinen Unfug mehr anstellst«, schlug die Weisheit kopfschüttelnd vor und wies auf die ausgeblutete Frau am Boden. »So etwas ist nicht in Ordnung.«

Das Mädchen biss sich unzufrieden auf die Unterlippe.

»Wie schafft sie es, mir immer einen Schritt voraus zu sein? Was ich auch unternehme, sie weiß bereits, wie sie gewinnen kann.«

»Frag mich nicht. Sie ist schon etwas furchteinflößend, nicht wahr?«

»*Wieso unterstützt du sie?* Weißt du nicht, was die Konsequenz sein wird, wenn ich unterliegen sollte?«

Die Weisheit zuckte mit den Schultern. »Sie hat mich einfach nur um einen Gefallen gebeten, mehr nicht. Und wenn es darum geht, zu verhindern, dass kleine Babys abgestochen werden, dann fallen mir auch wenige Gründe ein, die Bitte abzuschlagen.«

Ihr Gegenüber spuckte auf den Boden. Die Weisheit stützte ihre Arme in ihre Hüften. »Und was machst du jetzt mit dieser Unordnung?«

Das Mädchen blickte zurück. Teresa hatte mittlerweile angefangen zu weinen. »Was soll ich denn damit tun?«

»Nun, ich denke du hast begriffen, dass ich nicht zulassen werde, dass du dem Kind etwas tust, und du hast selbst zugegeben, dass du mich nicht beschädigen willst. Aber diese Frau dort hat mit der ganzen Angelegenheit nicht das Geringste zu tun. Also?«

»Also?«

»Mach sie wieder ganz?«

Das Wesen ließ seinen Blick über den blutleeren Körper der Frau wandern. »Aber sie ist tot?«

»Okay, verstehe. Wie lange würdest du brauchen, sie gesundzumachen?«

Sie runzelte die Stirn. »Jetzt noch? ... Etwa einhundert Stunden.«

»Na dann fang an. Sieh es als deine Strafe, weil du unartig warst. Ich bleibe hier und passe auf, dass du es auch richtig machst.«

# Tyrannin Weisheit

Teresa spürte einen Ruck, als jemand nach ihrem Arm griff und sie in den Stand zerrte. »Na los, schneller!«, rief die Weisheit mit einem breiten Grinsen im Gesicht.

*Wo kommt die jetzt her?*

Die Weisheit zog Teresa mit sich und schaffte sie weg von jenem Schulhof.

»Keine Sorge, sie kann dir nichts tun, wir haben dich schon verteidigt«, erzählte sie munter, doch sie hörten nicht auf, weiter davonzulaufen. »Aber es ist trotzdem besser, dich wegzubringen. Wenn sie irgendwo aufgetaucht ist, verschwimmt ihr Wissen aus dem näheren Umkreis. Es ist ein bisschen so wie beim Schicksal – na ja, das Schicksal war ja eigentlich auch ihr Prototyp.«

Teresa verstand nichts von dem, was die Weisheit vor sich herredete. »Warte, langsam – wer war das? War das eine Verwandte der Zukunft? Ihre Schwester? Oder ... Tochter?«

Ob die Zukunft das Monster war, über das das Kind gesprochen hatte?

»So, das müsste reichen«, meinte die Weisheit munter. Teresa war völlig außer Atem und keuchte. »Hey Süße, hol ruhig und tief Luft!«

Die Weisheit half der jungen Frau, sich an die Bordsteinkante zu setzen und strich ihr über den Rücken. »Warte mal ...

hattest du eine Mütze an? Deine Haare sehen so platt aus. Ich glaub, wir haben sie liegen lassen! Na toll!«

»Das war meine Lieblingsmütze«, ärgerte sich Teresa kraftlos.

»Na ja, es ist aber wirklich keine gute Idee, dorthin zurückzukehren. Mit diesem Mädchen ist nicht so gut Kirschen essen. Aber ...«

Die Weisheit benetzte ihre Lippen mit einer langsamen Bewegung ihrer Zunge und strich sanft mit ihren Fingern über Teresas Handrücken. »... mit mir schon. Also wenn du dich mal einsam fühlen solltest ...«

Und das, obwohl sie Teresa von Geburt an kannte. Die Weisheit hatte keinerlei Moral.

»Ich habe die Zukunft dabei beobachtet, wie sie einem Mädchen etwas weggenommen hat«, erinnerte sich Teresa und lenkte damit vom Thema ab.

»Wie schrecklich!«

Teresa rollte mit den Augen. »Ja, schon klar. Aber trotzdem –«, wisperte sie leise vor sich hin, »Wie sie sich traut, Leuten einfach irgendwelche Dinge zu klauen ...«, doch als sie das aussprach, bemerkte sie, dass es ihr eigentlich egal war.

»Ich bin kein Clown!«, beschwerte sich die Weisheit, die das Gemurmel missverstanden hatte.

»Ach nein?«, blaffte Teresa. »Was soll das alles überhaupt? Was wollen die Leute heute alle von mir? Ich hätte einfach zuhause bleiben sollen.«

»Tja, dafür ist es leider zu spät«, sagte sie vergnügt.

Teresa blickte verärgert in das grinsende Gesicht der Weisheit.

»Und überhaupt, *du*!«

Sie kramte den Zettel heraus, den die Zukunft ihr am Morgen gegeben hatte. »*Wenn du Fragen hast, kannst du sie ihr ruhig stellen*«, las Teresa die Schrift der Weisheit höhnisch vor, »*My ass!* Sie hat nicht ein einziges Mal geantwortet!«

»Na komm, wenn du dich beschweren kannst, dann können wir auch weiterlaufen!«, entgegnete die Weisheit und zerrte Teresa nach oben. »Lass uns zum Haus der Zukunft gehen, da bist du am sichersten. Ich mache dir auch einen Tee«, kündigte sie an und zog Teresa mit sich.

Rückblickend betrachtet glich es einem Wunder, dass Teresa an jenem Tag ihr Bett verlassen und den Platz der Gefangenschaft aufgesucht hatte, um sich der Zukunft zu stellen. Diese eine Tat sollte sie noch für eine ganze Weile verfolgen, denn dadurch war sie in die Fänge der Weisheit geraten und die hatte beileibe nicht vor, Teresa wieder davonkommen zu lassen.

Es begann damit, dass sie Teresas Handynummer ergatterte und ihr per SMS schrieb, wann der nächste Termin mit der Zukunft anstand – manchmal erst wenige Minuten vor der Treffzeit. Als Teresa das erste Mal auf die Idee kam, einen solchen Termin nicht wahrzunehmen, kam es zu einem energischen Anruf. Dann zu unangekündigten Hausbesuchen. Ihr blieb letztendlich keine Wahl, als der aufdringlichen Verfolgerin gegenüber klein beizugeben.

Andererseits boten ihr die Ausflüge mit der Zukunft eine willkommene Gelegenheit der Flucht. Niemand, der irgendwelche stressigen Aufgaben für Teresa hatte, konnte sie auf diesen Reisen erreichen. Keine Kollegen oder Studenten, keine Journalisten, keine Editoren oder Verleger – einfach niemand. Sie vergaß ihr schlechtes Gewissen, ihre Aufgaben und ihr Dasein als Dozentin. All diese Dinge kamen Teresa bedeutungslos vor, solange sie der Zukunft hautnah bei ihrer Arbeit zusehen konnte.

Natürlich sagte die Zukunft nie auch nur ein einziges Wort und trotz ihres auffälligen Aussehens wurde sie von den meisten Menschen überhaupt nicht bemerkt. Auch Teresa selbst verlor die Zukunft gelegentlich aus den Augen, wenn sie sich nicht richtig auf sie konzentrierte.

Insgesamt fühlte sie sich in der Begleitung der Zukunft sehr wohl, und Teresa vermutete, dass das auf Beidseitigkeit beruhte. Immerhin stand nach einer gewissen Zeit nicht mehr die Weisheit morgens an ihrer Bettkante, sondern die Zukunft selbst. Dann sah sie Teresa mit ihren großen Rehaugen an und der rutschte das Herz in die Pyjamahose.

Schließlich wurde Teresa so sehr in diesen Alltag eingespannt, dass sie gar nicht mehr auf die Idee kam, die Ausflüge zu schwänzen. Auch wenn die Zukunft nichts sagte, fühlte sich Teresa ihr gegenüber verbunden und respektierte sie. Auf der anderen Seite fand Teresa, dass die Weisheit ein Plagegeist war. Nach ein paar Wochen bekam sie sie nur noch zu Gesicht, wenn sie kurz beim Haus der Zukunft Station machten.

In all der Zeit erfuhr Teresa kaum etwas über die Zukunft oder die Weisheit, geschweige denn über das mysteriöse Kind vom Schulhof. Auch wenn die Neugierde in ihrer Brust brannte, so rückte die Weisheit selten mit sinnvollen Informationen heraus, sondern nutzte stattdessen jede sich bietende Gelegenheit, um sich auf irgendeine Weise über Teresa lustig zu machen.

Als geborene Wissenschaftlerin stellte Teresa natürlich im Laufe der Zeit hunderte Fragen, doch die Weisheit gab sich nicht die geringste Mühe, ihr entgegenzukommen. Hier sind paar Ausschnitte aus den Dialogen, die zwischen den beiden über die Wochen hinweg stattfanden:

*Teresa:* »Was ist eigentlich dein echter Name?«
*Weisheit:* »Weisheit. Ich bin die geborene Weisheit in Person.«

*Teresa:* »Wie alt bist du?«
*Weisheit:* »Ich werde dieses Jahr einundzwanzig. Wie immer.«

*Teresa:* »Seit wann kennst du die Zukunft schon?«
*Weisheit:* »Gute Frage, lange her ... Ich glaube, unsere erste Begegnung war vor fast neunzig Jahren.«

*Teresa:* »Was hat die Zukunft eigentlich mit den ganzen Tränen vor?«
*Weisheit:* »Ach, die werden bei uns zuhause als Badewasser benutzt. Keine Sorge, falls du jemals eine Träne spendest, werde ich dafür sorgen, dass sie JEDE meiner Körperstellen berührt!«

*Teresa:* »Wieso weiß die Zukunft eigentlich immer, was als Nächstes passiert?«

Nachdem sie diese letzte Frage ausgesprochen hatte, kam sich Teresa selber blöd vor, also war sie ziemlich dankbar dafür, darauf überhaupt keine Antwort zu erhalten. Mit der Zeit verlor Teresa den Glauben daran, dass Fragen zu stellen sie in dieser Situation jemals weiterbringen würde.

Das alles ging so weiter bis Ende April, als Teresa zu einem vereinbarten Termin nicht erschien. Es dauerte nicht lange, bis die Weisheit in ihrem Haus aufkreuzte, um nachzuschauen, was mit ihr geschehen war. Sie fand die kranke, fiebrige Teresa nackt in ihrer Badewanne vor, die gerade dabei war, sich mit Wasser abzuspülen, um ihre viel zu heiße Körpertemperatur abzukühlen.

»Kann ich dir irgendwie helfen? Soll ich mich dazulegen?«, fragte die Weisheit. Teresa schwindelte es so sehr, dass sie sich nicht darum scherte. Stattdessen schaute sie erschöpft drein und schwieg. »Ich mache dir mal einen Tee, Süße. Soll ich dir sonst noch etwas holen?«

Teresa brachte nichts weiter als ein kraftloses Stöhnen hervor.

»Vielleicht wäre es besser, wenn wir dich zu uns nach Hause schaffen. Ich kann mich dann um dich kümmern.«

Teresa schüttelte sachte den Kopf und versuchte ein paar Worte herauszubringen. »Ich will die Zukunft nicht anstecken«, erklärte sie müde.

»Mach dir keine Sorgen um sie. Selbst wenn ihr Körper krank wird – sie braucht nur ihren Willen, um sich zu bewegen.«

Die Weisheit half Teresa dabei, sich anzuziehen, musste aber feststellen, dass es in der gesamten vermüllten Wohnung keine gewaschene Kleidung zu finden gab. »Ich gebe dir später ein paar Klamotten. Die Zukunft hat vieles, das dir passen könnte. Na hopp! Lass uns gehen, sobald du ausgetrunken hast.«

Sie beobachtete Teresa, während sie mühselig und langsam ihren Tee hinunterschluckte und jonglierte dabei mit vier leeren Pfandflaschen aus dem Schlafzimmer.

*Kein Clown, hm?*, dachte Teresa.

»Fertig«, hustete sie mit heiserer Stimme. »Ich glaube nicht, dass ich auch nur einen Meter laufen kann.«

»Bekommst du hin!«, behauptete die Weisheit. Sie nahm Teresas Hand, um sie hochzuziehen, dann legte sie ihren Arm um ihre Hüfte und stützte sie ab, wobei sie es sich nicht nehmen ließ, sich unnötig nahe an Teresa heranzumachen. »Nimm meine Schulter. Ich hab' dich, das geht schon.«

So bekam Teresa ihr Zimmer im Haus der Zukunft. Es war ein einstöckiges Haus mit einem Garten und einem großen Schuppen. Im Erdgeschoss befanden sich das Wohnzimmer, die Küche und am Ende des Flurs das Zimmer der Zukunft gegenüber den Treppen, von denen eine in den Keller führte und die andere in den ersten Stock. Dort oben war das Gästezimmer, wo jetzt Teresa hauste, gegenüber dem Zimmer der Weisheit, und das Bad.

Teresa hatte nun bereits eine Woche in diesem Haus verbracht, wobei sie sich wegen ihrer Erkrankung an die meiste Zeit davon kaum erinnern konnte. Sie schlief tagein, tagaus, ließ sich ab und zu von der Weisheit füttern und umziehen, und einmal musste ihr Bettzeug gewechselt werden, da sie sich darin übergeben hatte.

Es dauerte eine Weile, bis Teresa wieder stark genug war, von alleine aufzustehen und umherzulaufen. Eines Abends machte sie sich auf den Weg in die Küche, um sich etwas zu trinken zu besorgen. Dort fand sie die Zukunft, die sich von Teresas Anwesenheit nicht ablenken ließ, sondern ruhig eine dünne Apfelscheibe aß, die sie mit Honig bestrichen hatte. Die Weisheit war auf irgendeine Party verschwunden.

Auf dem Weg zum Kühlschrank verlor Teresa kurz das Gleichgewicht. Sie rempelte erst an einen Stuhl und stieß dann gegen die Zukunft. Davon überrascht zerbrach die arme ihre halbverspeiste Apfelscheibe in der Hälfte und der zähe Aufstrich kroch an ihrer Hand herab und wanderte dann über ihren Arm.

»Haaah, tut mir leid«, hustete Teresa, doch die Zukunft aß unbekümmert weiter, indem sie die Scheibe in ihren Mund steckte und katzenhaft ihr Handgelenk sauberleckte.

Teresa blickte an sich hinab und erkannte, dass auf ihr T-Shirt – eines, das sie sich von der Zukunft geliehen hatte und auf dem in fetter, roter Schrift das Wort »AITAI« stand – auch ein paar Tropfen Honig gefallen waren. *Na super.*

Sie beeilte sich, um die Zukunft nicht noch weiter zu stören. Dann kehrte sie zu ihrem Zimmer zurück, um weiterzuschlafen.

Einige Stunden später weckte ein Tuscheln im Gang Teresa auf. Sie fühlte sich völlig elend und versuchte wieder einzuschlafen. Ihre Zunge fühlte sich an wie ein altes Brötchen, da ihre vollkommen verklebte Nase sie nur durch den Mund atmen ließ.

Im Flur erklangen Schritte. Die Uhr zeigte, dass es vier Uhr morgens war. Teresa stand auf, um etwas frische Luft zu schnappen. Zumindest konnte sie keine Alpträume haben, wenn sie wach war.

Kaum war sie aus ihrem Zimmer herausgetreten, sah sie durch die halboffene Tür auf der anderen Seite des Flurs das Bett der Weisheit, auf dem ein nackter Mann im Halbschlaf lag.

Sie lief den Gang hinab zur Treppe, um ins Erdgeschoss abzusteigen. Auf dem Weg dorthin kam sie am Bad des Obergeschosses entlang. Sie hörte fließendes Wasser und ein Summen, das von der Stimme der Weisheit fabriziert wurde.

Unten betrat sie das Wohnzimmer, dessen Wände bis zur Decke hin mit Büchern gesäumt waren. Hier wollte Teresa ein wenig lesen, bis sie wieder müde genug war, um weiterzuschlafen.

Teresa kannte diesen Raum sehr gut. Viele der Bücher hier hatte sie bereits zuvor zu sich nach Hause ausgeliehen, um sie zu lesen, wenn sie mal wieder wegen Einschlafproblemen die Nacht durchmachen musste.

Bei fast allen Büchern handelte es sich um Belletristik verschiedener Sorten, die die Weisheit im Laufe der Jahre gesammelt hatte. Nur ein einziges Regal von wissenschaftlichen Lehrwerken und Ausgaben von SCIENCE-Magazinen gehörte der Zukunft. Darunter befanden sich unter anderem Arbeiten der Teilgebiete der Physik, Biologie und Mathematik, die Teresa zum überwiegenden Teil bereits kannte, weswegen sie sich eher den Büchern der Weisheit widmete.

Teresa hatte nie einen Grund gehabt, sich Geschichten oder Romane zu Gemüte zu führen, sondern sich von klein auf lieber mit Sachbüchern aller Art beschäftigt. Ihr Lieblingsbuch war ein altes Lexikon, das zusammen mit Bildern und Artikeln bedrohte Tierarten auflistete. Erst jetzt, mit Zugang zu dieser kleinen Bibliothek, hatte Teresa angefangen, sich auch Fiktion zu widmen.

So las sie seit drei Tagen stückchenweise das Kinderbuch *Alice im Wunderland*. Der Name dieses Buchs war ihr zwar schon lange bekannt gewesen, doch sie hatte sich für die Geschichte zuvor nie interessiert und wusste auch nichts weiter darüber.

Doch schon nach ein paar Seiten offenbarte sich Teresa, dass dieses Buch ihr sehr vertraut vorkam. Ihr wurde auch bald bewusst, woran das lag: Sie selbst fühlte sich wie Alice, die plötzlich in ein Land hineinstolperte, in dem die Gesetze der Natur nicht länger aufrichtig mit ihr waren. Noch immer glaubte Teresa, dass es keine sinnvolle Erklärung für die Fähigkeiten der Zukunft gab und sie hatte es aufgegeben, nach einer zu suchen. Stattdessen behandelte sie diese Ereignisse und Begebenheiten wie eine Art neue Welt, deren Regeln Teresa erst lernen musste.

Und das gefiel ihr.

Am Tag davor hatte die Weisheit Teresas Zimmer betreten und das Kinderbuch in ihren Händen gesehen. Teresa legte es beiseite, um dem Gast Aufmerksamkeit zu widmen.

»Oh, du liest *Alice im Wunderland*!«, bemerkte die Weisheit lächelnd.

*Sie ist eindeutig die Grinsekatze*, dachte Teresa und fragte: »Du kennst das Buch also?«

Die Weisheit raufte sich gespielt dramatisch die Haare.

»Dein Ernst? Wer kennt es nicht? Und fragst du mich grad wirklich, ob ich ein Buch kenne, das du dir von mir geliehen hast? Wow, du musst wirklich furchtbar krank sein!«

Sie nahm dabei Teresas Handgelenk, um ihren Puls zu fühlen.

»Aber ja, ich kenne es. Ich finde, es ist ein sehr schönes Buch. Kinderbücher haben immer etwas Magisches an sich, nicht wahr? Sie sind einfach zu lesen und doch erzählen sie oft so viel.«

»Ach ja?«, fragte Teresa monoton. »Und, wie ist das Ende? Lohnt es sich, weiterzulesen?«

»Oh, das Ende?«, fragte sie überrascht. »Meinst du nicht, du solltest es lieber selbst kennenlernen? Wo bleibt denn der Lesegenuss, wenn du alles vorher schon weißt?«

»Wovon sprichst du bitte?«, fragte Teresa und legte sich in ihr Kissen. »In Aufsätzen und Studien steht das Ergebnis, das die Arbeit geliefert hat, sofort im ersten Absatz. Woher soll man denn wissen, ob es sich lohnt, die Studie zu lesen, wenn man nicht einmal weiß, was sie ergeben hat?«

»Schon klar, aber das ist doch etwas völlig anderes. Bei einer Geschichte geht es ja gerade darum, dass man erst langsam herausbekommt, worum es geht. Das ist der Spaß daran.«

»Kein Wunder, dass Lesen mir nie Spaß gemacht hat. Was, wenn das Ende eines Buchs enttäuschend ist? Dann hat man das Buch doch völlig umsonst gelesen. So als würde man eine Katze im Sack kaufen.«

Die Weisheit zog die Augenbrauen hoch. »Du findest also das Ende am wichtigsten und der Rest ist dir egal?«

»Na ja, das Ende ist doch auch das Wichtigste«, bestätigte Teresa. »Das Wesentliche an allem ist doch, was dabei herauskommt. Was bezweckt die Geschichte? Was soll sie aussagen? Wie passt alles zusammen? Wenn das Buch nichts leistet, wenn es zu keinem sinnvollen Schluss kommt, oder schlimmer noch, wenn es gar kein Ende hat, dann ist es wertlos, oder nicht?«

»Ich hab' das Gefühl, dass dir das Ende von *Alice im Wunderland* nicht gefallen wird«, murmelte die Weisheit.

Teresa versank in Gedanken, während ihr Blick im Wohnzimmer umherschweifte. In der Mitte des Raumes stand ein großes Klavier, doch sie hatte nie jemanden darauf spielen hören.

Als ihr Blick auf den Schreibtisch in der Ecke neben dem Eingang fiel, zuckte sie zusammen. Dort saß über einen Haufen Papier gebeugt die Zukunft und schlief. Teresa trat näher heran und erblickte eine Vielzahl von Zeichnungen und Bildern, die den Tisch bedeckten. Es handelte sich dabei anscheinend um biologische Abbildungen – Querschnitte von Zellen und dergleichen.

An der Wand hinter dem Tisch hingen einige Regale, die man bequem erreichen konnte, wenn man davorsaß. Sie waren gefüllt mit allerlei verschiedenen Stiften, Linealen und anderen technischen Zeichengeräten, doch die Ecke erregte Teresas Aufmerksamkeit. Dort lehnte neben einigen Notizbüchern ein eingerahmtes und getrocknetes vierblättriges Kleeblatt. Das zu sehen weckte fast eine von Teresas Erinnerungen.

Doch stattdessen zuckte sie erneut zusammen und fragte sich gleichzeitig, ob ihre Krankheit für die Schrecksamkeit verantwortlich war, als die Weisheit in Unterwäsche den Raum betrat und sie anlächelte.

»Na, hast du noch Fieber?«, fragte sie und legte ohne eine Antwort abzuwarten ihre Hand auf Teresas Stirn.

»Sie war heute wieder alleine unterwegs, nicht wahr?«, fragte sie im Flüsterton weiter, und bedachte die Zukunft mit einem neugierigen Blick. Teresa nickte und als Antwort darauf seufzte die Weisheit. »Ich hoffe, dir geht es bald wieder besser«, sagte sie. »Schau mal, das ist ihr Hobby«, erklärte die Weisheit leise und zog an den Zeichnungen auf dem Schreibtisch herum, um sie Teresa besser zu zeigen. »Da, sie schreibt auch manchmal.«

Sie zog ein Bündel Papier aus einer Schublade hervor, doch Teresa konnte kein Wort verstehen. Die Buchstaben sahen aus, als hätte ein fünfjähriges Kind versucht, orientalische Schriftzeichen zu kopieren und sie dann im Nachhinein schön verziert. »Möchtest du es lesen? Ich bin sicher, sie hat nichts dagegen, solange sie nicht davon erfährt.«

Offenbar schien die Weisheit das Gekrakel entziffern zu können, anders konnte Teresa sich den Vorschlag nicht erklären. Sie lehnte ab.

»Ich glaube nicht, dass sie hier schlafen kann. Magst du sie nicht in ihr Zimmer tragen? Das wäre echt toll von dir.«

»Wieso *ich*?«, entfuhr es Teresa unvermittelt, wobei sie eher ein verhustetes Krächzen zutage förderte als verständliche Worte. Teresa hatte weder ein so inniges Verhältnis zur Zukunft, als dass sie sie einfach so herumtragen würde, noch war sie von der Statur her die bessere Wahl. Die Weisheit war zwar deutlich kleiner als sie, hatte aber ein paar gut sichtbare Muskeln.

»Ich würde ja gern, aber meine Arme sind etwas schlapp, ich habe sie bis eben gebraucht.«

Teresa rollte mit den Augen. Ohne genau zu wissen, wieso – vielleicht hatte die Infektion das Hirn erreicht – gab Teresa letztendlich doch nach. Sie umfasste die Schultern und die Beine der Schlafenden und hob sie auf.

Die Zukunft war viel zu leicht. Teresa schauderte bei dem Gedanken daran, dass so eine leichte Frau überhaupt am Leben sein konnte. Der alltägliche Kleidungsstil verschleierte ihre Figur ein wenig, doch sie wog sogar noch ein paar Kilogramm weniger als Teresa, die es mit dem Essen schon seit einigen Monaten nicht mehr so genau nahm.

Mit schwerem Atem legte sie die noch immer wie ein Stein schlafende Zukunft in ihr Bett. Die Weisheit deckte sie zu und begann ihr die Stirn zu streicheln, während sich die Kranke wieder aus dem Staub machen und selber schlafen gehen wollte.

»Darf ich dir etwas zeigen?«, fragte die Weisheit, um sie aufzuhalten. Teresa fiel nichts ein, das jetzt noch ihr Interesse wecken konnte. Sie wollte einfach nur noch ins Bett. »Schwesterherz hat einen Schuppen. Magst du mal reinschauen?«

Der Schuppen! Klar wollte Teresa reinschauen.

Wenige Minuten später standen sie davor (die Weisheit hatte noch kurz in ihrem Zimmer haltgemacht, um sich einen Strickpullover überzuziehen). Teresa sah zu, wie ihre Begleitung die wuchtige bronzene Klinke herunterdrückte und die Tür öffnete.

»Als ich das versucht habe, ging es nicht auf«, stutzte Teresa.

»Die Tür ist sehr eigenwillig. Sie öffnet sich nur, wenn man sie mit Mut durchschreiten will«, erklärte die Weisheit mit einem Lächeln.

*Ja, ist klar.* Teresa schüttelte genervt den Kopf. Selbst wenn das stimmen sollte, konnte sie sich keinen Kontext vorstellen, in dem so ein Mechanismus überhaupt sinnvoll wäre.

Kaum eingetreten blieb Teresa der Atem weg vor der Flut an verstaubtem, verrostetem und vergilbtem Unrat, der sich an sämtliche Wände und bis an die Decke des gesamten Raums quetschte.

Es handelte sich überwiegend um Alltagsgegenstände allerlei Sorten. Kisten mit Büchern, einige elektronische Geräte. Gemälde, kleinere Zeichnungen, Ordner, Kleidungsstücke. Sehr viel Spielzeug und einige Steine. Als der Staub Teresa in die Nase kroch, begann sie zu husten.

»Das ist ihr noch ungebrauchtes Diebesgut«, klärte die Weisheit auf. »Meistens benutzt sie das, was sie stiehlt, sofort oder binnen weniger Tage. Hier ist das, was sie sich für später aufhebt. Schau –«, fuhr sie fort, als sie einen goldenen Vogelkäfig umstieß, um den Griff einer Bodentür zu offenbaren, »... Der Schuppen hat noch ein paar tiefere Stockwerke. Möchtest du reinschauen?«

»Ich verzichte«, sagte sie mit einer gerümpften Nase.

Die Weisheit stützte ihre Hände auf ihre Hüfte.

»Liebe Teresa. Es raubt dir ein bisschen deine Glaubwürdigkeit, wenn du in so überheblichem Ton auf Unordnung und Dreck reagierst, während deine Nase läuft und du selbst irgendwelche klebrigen Flüssigkeiten auf deinem T-Shirt hast. Ich meine ... was ist das? Ew.«

Teresa wandte sich ab und bedeckte die Honigflecken auf ihrer Brust, indem sie mit einem Arm die gegenüberliegende Schulter griff.

Dann erkannte sie etwas Interessantes. Sie lief ein paar Schritte näher zu einer kleinen, eingerahmten, sehr realistischen Malerei, die eine schöne Frau zeigte, die aussah wie eine etwas gealterte Zukunft. Das Bild stand auf einem antiken Holzschrank neben einem horrend kompliziert gefalteten Origami-Papiermonster, das fast einen Meter groß war.

»Oh, der Drache ist ziemlich cool«, murmelte Teresa und betrachtete die Papierfigur genauer.

»Hm? Meinst du mich? – Oh. Das meinst du. Ja, richtig cool, oder?«

Die Weisheit wandte sich wieder ab.

An der Wand hinter den beiden Objekten hing eine azurblaue Goldfischkugel aus dickem Glas, die groß genug war, als dass ein Kopf hineinpassen würde. Halbdurchscheinende Malereien von Goldfischen und Kois verschiedener Größen schlängelten sich über die Oberfläche, zusammen mit Algen und anderem Unterwassergetier. Zwei Stellen auf dem Glas stachen hervor, da sie nicht bemalt waren. Mit etwas Fantasie konnte man die Form eines Gesichtes in den Zeichnungen ausmachen.

»Das da sieht schön aus«, sagte Teresa und deutete auf das Fischglas. »Waren da mal Fische drin?«

»Das ist eine Maske, mit der die Zukunft ihre Unscheinbarkeit verringern kann«, antwortete die Weisheit.

Diese Ecke des Raumes wirkte deutlich geordneter und ästhetischer als der übrige Teil des Schuppens, den man getrost als Müllhalde bezeichnen konnte. Langsam wanderte ihr Blick zurück zum Porträt der ansehnlichen Frau. Ob es sich dabei um ein altes Bild von der Mutter der Zukunft handelte?

Erst jetzt bemerkte Teresa, dass die Weisheit sie lächelnd beim Betrachten der Fotografie beobachtete. »Schön, oder?«

»Wer ist diese Frau?«, fragte Teresa in der Hoffnung, dieses Mal Glück zu haben und der Weisheit etwas Wissenswertes entlocken können. Den Versuch war es wert.

Sie stellte das Bild zurück und blickte erwartungsvoll in die Augen der Weisheit.

»Das ist eine Verwandte der Zukunft.«

*Toll*, dachte sich Teresa. So weit war sie auch schon gekommen.

Doch die Weisheit fuhr fort: »Soweit ich weiß, hat Schwesterherz ...«, sie zählte mit ihren Fingern nach, »vier nähere Verwandte. Mit Ausnahme ihres Bruders habe ich sie alle schon einmal getroffen, aber ihr Bruder ist sehr schwer zu finden.«

*Also ist sie nicht wirklich die Schwester der Zukunft*, dachte Teresa. »Woher kennst du die Zukunft? Hat sie dich genauso aufgesammelt wie mich?« Teresa stockte. »... Wenn ich so darüber nachdenke, *wozu* habt ihr mich überhaupt hergeholt?«

Die Weisheit wies mit der Hand auf die Tür. »Lass mich dir etwas zeigen. Im Keller.«

Sie verließen den Schuppen. Der kalte Nachtwind zerwühlte Teresas fettige, spröde Haare. Die Welt um sie herum wirkte unnatürlich – die Laternen schienen unermüdlich auf die starre, kontrastreiche Umgebung. Es war still, wenn man vom sachten Rascheln der Blätter der beiden alten Birken absah, die im Garten des Hauses standen.

Sie schluckte und spürte ein Kratzen in ihrer Kehle, die von kränklicher Austrocknung befallen war. Die Weisheit lief deutlich schneller als sie und wartete bereits am Eingang, um ihr die Tür aufzuhalten und dann den Weg zur Treppe zu zeigen, die hinab in den Keller führte.

Am Ende der Stufen lagen zwei Türen: eine, die geradeaus führte und eine andere, die nach rechts abzweigte und – mit zahlreichen Zahnrädern und weiteren mechanischen Einzelteilen versehen – in keiner Weise zum Rest des Hauses passte. Die Weisheit bemerkte Teresas Zögern und beobachtete sie dabei, wie sie mit ihren langen, zerbrechlich wirkenden Fingern über die unebene Oberfläche der Tür glitt.

»Das ist der Tagebau«, murmelte sie zur Erklärung. »Geh lieber nicht hindurch, du wirst dich verlaufen. Außerdem kann es gefährlich sein, je nachdem, wo er dich hinführt.«

Teresa bemerkte am wehmütigen Gesichtsausdruck der Weisheit, dass sie diesen *Tagebau* nicht besonders mochte. »Was ist in diesem Raum?«

»Das ist kein Raum«, gab die Weisheit zurück. »Das ist nur eine Tür. Aber lass dich nicht ablenken, schau lieber, was hier drin ist.« Sie wies hinter sich und verschwand ins dunkle Zimmer.

Teresa huschte hinterher und spürte den Steinboden an ihren baren Füßen. Sie erschauderte wegen der Kältewelle, die der Raum ausstrahlte. Lediglich ein steinernes Becken in der Mitte, das man als Badewanne hätte verwenden können, war auf Anhieb erkenntlich. Es reichte Teresa bis an die Oberschenkel. Am oberen, inneren Rand der Steinschüssel leuchtete im Kreis herum ein schwaches grünblaues Licht.

Sie beugte sich näher heran, bis sie erkannte, dass sich eine dünne Glasscheibe an den Innenbereich des Beckens schmiegte. Erst hielt sie das Gefäß für leer, bis sie direkt am Boden in seiner Mitte eine kleine Flüssigkeitsansammlung bemerkte.

»Das sind wohl die Tränen, die sie schon gesammelt hat«, hauchte Teresa mit vorsichtiger Stimme. Dieser Raum gebot ihr eine gewisse Ehrfurcht.

»Ja«, erwiderte die Weisheit mit einer Spur Stolz in der Stimme.

Teresa blickte auf. »Also, jetzt wo ich schon hier bin, kannst du es mir auch sagen. Was hat sie mit den Tränen denn vor?«

Natürlich war es eine Wunschvorstellung, das Becken jemals

vollständig zu füllen – immerhin bräuchte man dafür nach Teresas Schätzung um die fünfhundert Liter Tränen.

Aus irgendeinem Grund stellte sie sich die nackte Weisheit im gefüllten Becken vor, wie sie ein Bad in Tränen nahm und mit einem Schwamm ihren Rücken tränkte. Teresa schob diese Vorstellung auf die Erkrankung.

»Also. Die Zukunft kommt ja aus einer Familie von Erfindern.«

Irgendwie machte es Teresa wütend, dass die Weisheit so sprach, als wäre das Allgemeinwissen.

»Vor allem ihre älteren Vorfahren haben sehr viel Mühe in einige Apparaturen investiert. Von denen hast du vorhin sogar einige gesehen.«

Ohne Zweifel redete die Weisheit vom Schuppen, auch wenn Teresa nicht sicher war, welche der Gegenstände dort mühevolle Konstruktionen gewesen sein sollten.

»Die Zukunft konnte sich nie so ganz dafür begeistern, etwas zu bauen. Ihr Interesse galt immer eher tatsächlichen Ereignissen und Erlebnissen.«

Teresa nickte. Das erklärte die Reisen der Zukunft.

»Na ja, das war jedenfalls so, bis ihr Anfang des Jahres etwas passiert ist. Ich möchte nicht in die Details gehen. Dieses ... Ereignis hat dazu geführt, dass sie sich dem Erfindertum ihrer Familie anschloss und etwas bauen wollte.«

»Aus Tränen?«, fragte Teresa.

»Ja, genau. Es müssen natürlich keine Tränen sein. Sie hätte auch etwas anderes benutzen können. Honig vielleicht? Ihr war wohl wichtig, etwas zu verwenden, das bei ihren sonstigen Tätigkeiten oft als Abfallprodukt anfällt, also hat sie sich für Tränen entschieden. Sie hätte auch Blut nehmen können – das wäre praktischer gewesen, wenn du mich fragst, davon sieht sie viel mehr.«

»Was für eine Erfindung wird das denn? Es kann ja nichts besonders Großes sein, sonst würde es ewig dauern, genug Material zu sammeln.«

»Sie wird 67 Millionen Tränen brauchen, für das, was sie bauen will.«

Teresa wurde schwindelig. Sie nahm einen Moment lang an, sie hätte die Zahl falsch verstanden.

Es war doch unmöglich, so viele Tränen zu sammeln. Wie lange würde das dauern? Auf ihren Ausflügen sammelten Teresa und die Zukunft meistens zwischen zwei bis drei Tränen, und ein Ausflug dauerte gerne mal einen ganzen Tag. In ihrer Kopfrechnung kam Teresa zu einem schwindelerregenden Ergebnis. *So viel Zeit habe ich nicht*, dachte sie sich.

»Wieso erzählst du mir eigentlich erst heute davon?«, fragte Teresa, die schon seit einer Weile verwundert von der Redseligkeit der Weisheit war. »Ich meine, all die Zeit hast du mich ignoriert. Du hättest mir das doch schon vor Ewigkeiten erklären können.«

Die Weisheit zuckte mit den Schultern. »Wieso sollte ich einer dahergelaufenen Person die Geheimnisse meiner Schwester anvertrauen? Mir ist ja nicht einmal klar, ob du überhaupt bei ihr bleibst.«

»Verstehe.«

»Ja, und heute ist der perfekte Tag, dir davon zu erzählen. Morgen früh wirst du aufwachen und denken, das alles sei einfach nur ein Traum gewesen! Wie *Alice im Wunderland*. Tja, jetzt habe ich dir das Ende doch verraten. Selber schuld! Und wenn du mich drauf ansprichst, werde ich sagen: ›Oh? Wovon redest du? Ich war doch gestern die ganze Nacht mit meinem Besuch beschäftigt.‹ Ganz abgesehen davon hättest du die Zukunft ja auch selber fragen können, was sie baut.«

Teresa rollte mit den Augen.

»... Warte, du weißt also, was sie bauen will? Oder hast zumindest eine Vermutung?«

»Ja! Sie hat mir nicht gesagt, was genau sie bauen will, sondern nur, wie viele Tränen sie braucht. Aber ich habe so oder so eine ziemlich gute Vorstellung davon, was es sein wird.«

»Okay ... und was?«

»Ha! Das verrate ich dir natürlich nicht. Und zwar aus demselben Grund, weshalb ich Schwesterherz nicht einfach danach frage: Das ruiniert den ganzen Ratespaß!«

*Wow, nicht zu fassen*, dachte Teresa und schüttelte unmerklich den Kopf. »Es *gibt* keinen Ratespaß«, presste sie entnervt hervor. »Der ist eine Erfindung von Ahnungslosen und Sadisten. Das angenehme Gefühl sollte entstehen, wenn man die gewünschte Information erhält, ganz unabhängig davon, ob *man selbst* das Rätsel gelöst hat! Alles andere ist nichts weiter als eine Form der Eitelkeit.«

Es verging ein Moment der Stille. Teresa hatte ihr Gegenüber verärgert.

»*Eitelkeit?*«, wiederholte die Weisheit empört.

»Jetzt, wo ich es mir genauer überlege, ja!«, entfuhr es Teresa, die Rätsel wirklich überhaupt nicht ausstehen konnte. »Ihr beide tut so geheimnisvoll, verratet mir rein gar nichts. Ich fühle mich ausgenutzt. Außerdem lässt du mich die Zukunft tragen! *Mich!* Siehst du nicht, wie irre mies es mir geht?«

Wie zur Untermalung tropfte eine Spur Flüssigkeit aus Teresas Nase heraus und floss über ihre Lippen herab. »Und dann kommst du hier an und wälzt dich in deinem Wissen! ›*Ach, wie schön, dass niemand so viel weiß, wie ich, die WEISHEIT! Deswegen heiße ich so!*‹«

Teresa imitierte dabei die gespielt-verführerische Stimme und den umgangssprachlichen Ton der Weisheit auf spektakuläre Weise.

»Weißt du«, entgegnete die Weisheit mit zusammengekniffenen Augen, »... was hältst du davon, wenn ich mich morgen mit meinem *Schwesterherz* unterhalte und ihr davon erzähle, wie du sie im Schlaf ... *berührt* hast?«

»Was – ich – *was*? Berührt?!«

Genau. Man bewarf die Weisheit mit einem Kieselstein und sie schoss mit Kanonenkugeln zurück. Ein absolutes charakterliches Debakel.

»Was meinst du, wem wird sie eher glauben? Einer desillusionierten, kranken Versagerin oder *mir*, der vertrauenswürdigsten Person des Universums und gleichzeitig ihrer besten Freundin?«

Teresa entfuhr ein hölzernes Lachen, das sie ob der Absurdität des Unsinns, den die Weisheit erzählte, nicht unterdrücken konnte. Währenddessen löste sich ein Brocken Schleims in ihrer Nasennebenhöhle, was ein ekelerregendes Geräusch ertönen ließ.

Kaum hatte Teresa dieses Produkt ihrer eigenen Widerwärtigkeit vernommen, begann sie ungehemmt zu lachen, ohne sich das wirklich erklären zu können. Die Weisheit lächelte nun auch und trat an Teresas Seite, um die Frau zu unterstützen, die kaum genug Luft bekam, um zu stehen.

Während ihres Gelächters stieß Teresa die Worte »Ich glaube, du besitzt überhaupt kein Mundwerk, sondern ein Tandwerk« aus, über die sie noch viel mehr lachen musste. So sehr, dass ihr Lachanfall nun zur Hälfte aus Husten bestand. Sie klang so, als würde sie langsam vor Freude sterben.

»Ich hab' dich noch nie so ausgelassen gesehen«, sagte die Weisheit und ließ sich anstecken.

Teresa konnte gar nicht darauf antworten. Sie hielt sich schwach am Arm der Weisheit fest und gerade als das Lachen langsam nachließ und sie dachte, es wäre vorbei ... fing sie wieder von vorne an.

»Alles gut bei dir?«

»Ja, jahaha ...«

Teresa wurde leiser, bis sie nach einigen Minuten tief durchatmete und seufzte.

»Ich kann nicht mehr. Ich bin so müde«, murmelte sie erschöpft. »Ich gehe ins Bett«, sagte sie und schlief auf der Stelle ein.

Die Weisheit ließ sie liegen und verließ den Raum.

Sie kehrte in ihr eigenes Zimmer zurück, weckte den Kerl, den sie von der Party abgeschleppt hatte, und trug ihm auf, die schlafende Frau im Keller in das Bett im Zimmer gegenüber zu tragen.

# Das Wesen der Menschen

Nach zwei Wochen wurde Teresa endlich wieder gesund. Die Nacht mit der Weisheit wirkte nur noch wie ein entfernter Traum, sodass sie sich nicht einmal mehr völlig sicher sein konnte, was tatsächlich passiert war. Dabei half auch kaum, dass die Weisheit unnachgiebig so tat, als hätten sie in jener Nacht überhaupt kein Wort miteinander gewechselt. All diese Gedanken gaben Teresa ein seltsames Déjà-vu.

Schließlich kam der Tag, an dem es ihr gut genug ging, die Zukunft wieder bei ihren Besorgungen zu begleiten. Sie saßen gemeinsam am Frühstückstisch und Teresa würgte einen Bissen nach dem anderen hinunter (die Zukunft legte ihr immer wieder neues Essen auf den Teller, anscheinend in dem Versuch, Teresa das durch die Krankheit verlorengegangene Gewicht wiedergewinnen zu lassen).

»Schau«, erklärte die Professorin zwischen zwei Happen, »Hier, das ist die Zahl 67 Millionen.«

Teresa malte sie in die Luft vor sich.

»Wir sammeln 2,5 Tränen am Tag.«

Sie malte auch diese Zahl in die Luft.

»67 Millionen durch 2,5 ... Sechsundzwanzig Millionen achthunderttausend Tage ... durch 365 ... also ... 73.425.«

Unter die letzte Zahl machte sie in der Luft zwei Striche.

»*73.425 Jahre*. So lange werden wir brauchen. Außerdem,

wenn man dann noch die Verdunstungsrate der Tränen einberechnet …«

Teresa stockte. »Okay, gehen wir einfach davon aus, dass die Tränen, die du sammelst, nicht verdunsten. Sonst wäre das alles ja totaler Unsinn«, seufzte sie. »Sieht aus, als würde ich dich noch eine ganze Weile begleiten, nicht wahr?«

»Apropos!«, rief die Weisheit, die zur Abwechslung auch mit am Frühstückstisch saß. Für gewöhnlich schlief sie bis Mittag. »Ich habe heute Abend ein Date!«

Teresa rollte mit den Augen.

Die Weisheit blickte die Zukunft einen Moment lang an, als würde sie ihr bei etwas zuhören, dann winkte sie ab. »Ach, mach dir keine Sorgen, ich bin immer ganz nett zu ihr. Warum sollte ich Zeit mit einer Person verbringen, nur um dann gemein zu sein?«

*Ja, warum nur?*, fragte sich Teresa.

»Jedenfalls komme ich dann mit, sobald ihr euch auf den Weg dorthin macht. Ich habe schon ewig nicht mehr mit ihr geredet! Was meinst du, wie es ihr geht?«

Teresa fühlte sich fehl am Platz, da sie kaum zu deuten wusste, worüber sich die beiden unterhielten. Sie aß längst übersättigt weiter. Erst als sie ein drittes Brötchen vertilgt hatte, begann die Zukunft, den Tisch abzuräumen.

Eine Stunde später brachen sie auf. Sie liefen eine Weile in der Stadt umher, bis die Zukunft vor einem mehrstöckigen Wohnhaus Halt machte, die Zaunpforte öffnete und zur Klingel schritt. Eine Batterie von über einem Dutzend Namensschildern war neben der Tür aufgereiht. Teresa beobachtete den Zeigefinger der Zukunft, wie er wahllos darüber hinwegschwebte, bis sie schließlich einen Augenblick zögerte und einen der Klingelknöpfe betätigte.

Zunächst geschah gar nichts. Teresa beschlich eine schreckliche Befürchtung. Die Zukunft drückte erneut, und nach ein paar Sekunden hörte man endlich die Stimme einer alten Frau aus der Sprechanlage erklingen.

»Ja, wer da?«, rief sie aufgeregt und durcheinander.

Einige Momente vergingen. Die Zukunft sagte nichts. Wie hätte es auch anders kommen sollen. Stattdessen blickte sie ihre Reisebegleiterin mit ihren riesigen Rehaugen an. Teresa war entsetzt.

»Was soll ich denn sagen, verdammt!?«, zischte sie fast lautlos ins Gesicht der Zukunft, während sich die betagte Dame weiter nach einer Antwort auf ihre Frage erkundigte.

»Äh«, rief Teresa fast panisch ins Mikrophon, »Ich bin – ... Schornsteinfegerin. Ich muss kurz in den Keller. Sie brauchen nur die Tür öffnen.«

Drei furchtbare Sekunden vergingen, bis Teresa das Summen der Öffnungsvorrichtung hörte. Noch ehe sie sich rühren konnte, drückte ihre Begleitung gegen die Tür und hielt sie Teresa auf.

Sie stiegen zwei Stockwerke höher, bis die Zukunft vor einer Wohnung halt machte und in ihrer kleinen Tasche herumwühlte. Erneut überkam Teresa ein unangenehmer Schauer, als sie der Verdacht beschlich, sie wären gerade dabei, in ein fremdes Apartment einzubrechen.

Tatsächlich holte die Zukunft eine Chipkarte aus ihrem Gepäck und hielt sie Teresa hin, dann wies sie mit ihrem Kopf auf die Tür.

»Das kann doch nicht dein Ernst sein«, hauchte Teresa. »Ist dir klar, dass man uns *verhaften* könnte? Schau dich an! Du kannst nicht mal weglaufen, wenn sie uns finden!«

Teresa wollte es nicht direkt ansprechen, doch es war recht eindeutig, dass der Körper der Zukunft mit frischen und alten Wunden und Prellungen übersät war, die alle kaum bis gar nicht zu verheilen schienen.

»Und überhaupt, glaubst du, ich halte so viel Adrenalin aus?«

Die Zukunft schien all das nicht im geringsten zu beeindrucken. Also schnappte Teresa sich die Karte und murmelte ein resignierendes »Na gut, ich mache es«.

Sie wandte sich zur Tür, die, wie Teresa nun bemerkte, zwar an den Rahmen angelehnt, aber wohl durch Nachlässigkeit des Bewohners gar nicht ins Schloss gefallen war. Man konnte sie einfach aufdrücken. Verwirrt schaute sie zurück zur Zukunft, die einen Hauch eines schelmischen Lächelns auf ihren Lippen hatte. Teresa war empört.

Die beiden schlichen durch den Eingang und fanden sich dann in einer recht unordentlichen Zweizimmerwohnung wieder. Das Bad und der Kleiderschrank standen sperrangelweit offen und aus deren Inhalten leitete sich ab, dass hier wohl eine alleinstehende junge Frau wohnte. Anscheinend hatte sie das Haus am Morgen in Eile verlassen und dabei versäumt, die Tür richtig abzuschließen.

Teresa versuchte, das mulmige Gefühl in ihrem Magen zu ignorieren und probierte stattdessen zu erraten, was die Zukunft wohl plante, die gerade einen alten Wandschrank öffnete. Darin befanden sich etliche gefüllte Umzugskisten und anderer Pröll: Beispielsweise ein uralter verstaubter Staubsauger, ein Federball-Schläger mit gerissener Bespannung und eine zerbrochene Festplatte.

Sie zog aus dem hinteren Teil des Schranks eine kleine Schachtel hervor und klappte kurz den Deckel hoch, um sich über den Inhalt zu vergewissern. Teresa misslang zu ihrem Verdruss der neugierige Versuch, einen Blick hinein zu erhaschen.

Die Zukunft verstaute das Geheimnis in ihrer Tasche, während sich ihre Begleitung unbefriedigt auf die Unterlippe biss.

Einige Minuten später verließen beide das Gebäude wieder. Dabei schritten sie an einer Frau vorbei, die vielleicht Anfang 30 war und so aussah, als hätte sie einen anstrengenden Morgen hinter sich gehabt. Die Gedanken über den Inhalt der Schatulle beschäftigten Teresa jedoch so sehr, dass sie diese Frau – ihr Name war Rebecca – nicht bemerkte.

Rebecca lehnte sich kurz ans Mauerwerk, bevor sie die nötige Kraft aufbringen konnte, sich den Schlüssel aus der Tasche zu ziehen und die Eingangstür zu öffnen. Dann schritt sie das Treppenhaus hinauf und fand ihre Wohnung genauso sorgsam verschlossen vor, wie sie sie in der hektischen Früh ganz bestimmt verlassen hatte. Ohne Verdacht zu schöpfen, trat sie ein.

Davon, dass erst wenige Minuten zuvor zwei fremde Menschen in ihre Wohnung eingedrungen waren, bemerkte Rebecca rein gar nichts. Stattdessen dachte sie über ihren Tag nach.

Ihr fiel wieder ein, was sie zuhause hatte tun wollen, also raffte sie sich aus dem Bürostuhl vor ihrem Arbeitstisch auf und schritt durch den kurzen Flur ihrer Wohnung. Im Schlafzimmer angelangt öffnete sie die Tür zur kleinen Abstellkammer, die ihren alten Krempel beherbergte.

Rebecca suchte und suchte nach einer roten Schachtel mit sehr sensiblem Inhalt, von der sie sicher war, sie einst an diesem Ort versteckt zu haben. Immerhin durfte die Schatulle nie in falsche Hände geraten.

*Anscheinend habe ich sie so gut versteckt, dass ich sie selbst nicht mehr finde*, dachte sie sich nach einer ganzen Weile erfolglosen Suchens. Sie seufzte. *Heute läuft echt alles schief.*

Doch dann wanderte ihr Blick auf ein kleines, abgenutztes Büchlein, das in die Ecke eines der Umzugskartons gequetscht war. Sie zog es heraus und blätterte darin. Es handelte sich um ein Fotoalbum mit Bildern aus ihrer Kindheit – aus Zeiten, die sicher schon über 20 Jahre zurücklagen. Schließlich stockte sie bei dem Bild eines zerfurchten Gesichts, das einem herzlich lächelnd Mann gehörte. Zum Zeitpunkt, als man dieses Bild aufgenommen hatte, war er etwa 90 Jahre alt gewesen.

Auf dem Bild stand er vor einem Hügel, in den einige Gänge gegraben worden waren, die Rebecca früher als Spielplatz verwendet hatte. Wie lange war das nun schon her? Sie bekam eine Gänsehaut, als sie daran zurückdachte.

Vielleicht war es an der Zeit, zurückzukehren.


Teresa stand vor einem überwucherten kleinen Berg irgendwo in der Wildnis. Die Zukunft hatte sie in eine Gegend gebracht, die außer diesem schwer zu erklimmenden, steilen Hügel rein gar keine differenzierenden Merkmale aufwies. Teresa war an einem Punkt angelangt, an dem ihre Bereitschaft, der Zukunft einen einzigen weiteren Meter zu folgen, die den negativen Zahlen nächstmögliche Ausprägung annahm. Außerdem taten ihre Beine vom Radfahren weh.

»Was machen wir hier?«, fragte sie wenig enthusiastisch, doch die Zukunft hatte sich längst ins Gras gesetzt und bot ihr ein Stück veganen Kuchen an.

Teresa nahm dieses Friedensangebot widerwillig an, weil es sich immerhin um Zitronenkuchen handelte. »Ich finde es nicht in Ordnung, was du mit mir machst.«

Sie breitete ihre Jacke an einem schattigen Platz im Gras unter einer stattlichen Eiche aus und setzte sich darauf. Dann zog sie ein langweiliges Buch eines ihrer Kollegen hervor und begann darin zu lesen, da ihr Handy keinen Empfang hatte. Dabei hörte sie etwas Musik. Auf diese Weise verging fast eine Stunde, bis Teresa die Motivation verlor und das Buch ins Gras warf, sich streckte und in sich die Sonne legte.

An jenem Tag füllte nicht eine einzige Wolke den Himmel. Es dauerte eine Weile, bis sich Teresas Augen an das Licht gewöhnt hatten.

Eine gewisse Wehmut packte sie, als sie sich das Azurblau ansah, das sich in einem weiten Verlauf über ihr verdunkelte. Einige Flugzeuge durchquerten in großer Höhe ihr Blickfeld, während die dahinterliegenden Kondensstreifen langsam anschwollen. Weder Mond noch Sterne waren zu sehen, doch sie entstanden vor Teresas geistigem Auge ganz automatisch.

Das erinnerte sie wieder einmal an eine ihrer Sehnsüchte: Sie wollte *alleine* sein. Nicht nur bloß alleine, sondern vollkommen und unwiederbringlich abgeschieden und einsam. Sie wünschte sich auf den Mond oder in den Marianengraben – an einem Ort, wo garantiert sonst niemand existierte.

Teresa stellte sich den Weltraum vor, und wie sie, an der Unterseite der unscheinbaren Erdkugel haftend, hineinblickte – mit nichts unter sich als einer gigantischen Leere, die für sie unerreichbar war. Wie gerne sie einfach von der Sphäre abrutschen und ins Weltall hineinfallen würde.

Sie seufzte. Hätte Teresa dem Vorbild ihres Vaters folgen sollen? Sie hatte ihn zum letzten Mal in der zwölften Klasse während ihres Abiturs gesehen. Er war auf eine ein ganzes Jahr andauernde Raumfahrtexpedition aufgebrochen, um auf der Internationalen Raumstation zu leben. Seit seiner Rückkehr arbeitete er auf dem nächstgelegenen Kontinent für eine Raumfahrtbehörde. Mittlerweile musste er in Rente gegangen sein. Nun, wie sie ihn kannte, würde ihn das wohl kaum vom Weiterarbeiten abhalten.

Teresa hatte ihr Heimatland, das auf einer Insel in einem der nördlicheren Ozeane der Welt lag, nie verlassen – im Gegensatz zu den meisten ihrer Freunde aus der Schulzeit. Sie dachte an Joshua und daran, wie lange sie ihn schon nicht mehr gesehen hatte.

*Vielleicht hätte ich Astronautin werden sollen*, überlegte sie, doch außerhalb ihrer romantischen Vorstellungen war ihr Wunsch danach nicht außerordentlich groß. Als Astronaut war man schließlich nicht allein – die Bodenstation überwachte permanent die Gewohnheiten der Astronauten, ihre Essenseinnahme, machte ihnen Verhaltensempfehlungen, und dann waren da noch die anderen Menschen, mit denen man zusammen nach oben geschossen wurde.

Dennoch fühlte sie sich zum Weltraum hingezogen.

Irgendwann bemerkte Teresa, dass sich jemand näherte. Ein Auto war am Horizont vorgefahren und es stieg eine Frau aus, die sich auf dem Weg zu den beiden machte. Sie war schlaksig und groß, hatte eine hohe Stirn und lächelte Teresa schon von weitem an. Kaum in Hörweite öffnete sie den Mund.

»Ich hätte wirklich nicht gedacht, dass ich hier noch andere Leute finden würde. Was für ein Zufall!«

»Ja, *Zufall*«, spottete Teresa leise und blickte zur Zukunft, die auf ihrer Picknickdecke lag und mit einem halbgegessenen Stück Bienenstich in der Hand eingeschlafen war.

»Oh Gott, was ist denn mit ihr passiert?!«, rief die Frau und beugte sich zur Zukunft.

»Lass sie einfach liegen«, sagte Teresa.

»Sie braucht einen Krankenwagen!«

»Stimmt«, sagte Teresa. »Habe schon einen gerufen. Ist auf dem Weg.«

Rebecca sah Teresa angesichts der offensichtlichen Lüge skeptisch an. »Bist du dafür verantwortlich? Du bist doch nicht etwa hier, um die Leiche zu vergraben?«

»Wir sind alle dafür verantwortlich«, sagte Teresa. »Sie schläft nur. Wenn sie will, kann sie sich auch selber vergraben. Ich habe keine Lust dazu. Was führt dich hierher?«

Die Frau stand mit leicht zusammengekniffenen Augen in der Sonne. Die sachte Brise brachte ihre blonden Haare zum Flattern, während sie sich in der Gegend umsah und über Teresas Frage nachdachte. Sie sah sehr selbstbewusst aus, hatte eine gerade Körperhaltung und wirkte wie eine Bankangestellte oder eine Anwältin.

»Hm ... ich habe als Kind viel Zeit hier verbracht. Mein Urgroßvater hat mich mit Freunden regelmäßig hergefahren und wir haben gespielt.«

»Verstehe«, antwortete Teresa und fragte sich, ob sie die Zukunft aufwecken sollte. Andererseits hatte das Mädchen sich bestimmt absichtlich schlafen gelegt. Doch was, wenn sie das in der Zuversicht getan hatte, dass sie geweckt werden würde? ... Nun, es gab ohnehin keine Möglichkeit, das herauszufinden.

Teresa ließ sie einfach schlafen. Sie war etwas frustriert, also begab sie sich zurück an die Stelle, wo ihr Buch lag, um weiter darin zu lesen. Die Fremde ließ sich davon auch nicht weiter beirren und lief umher, um sich diesen Ort voller Erinnerungen an ihre Kindheit anzusehen.

Teresa genoss den sachten Wind, der ihr durchs Haar wehte und den Duft der blühenden Pflanzen, der aber auch ein wenig in der Nase stach. Doch je entspannter sie sich fühlte, desto beklemmter wurde sie gleichzeitig, als ob sich ein kleiner Igel in ihrem Magen zusammenrollte. Unterbewusst befand Teresa, dass sie kein Recht dazu hatte, sich gut zu fühlen, solange sie ihre Pflichten vernachlässigte.

Nach einer Weile endete ihre Playlist und sie nahm die Kopfhörer aus den Ohren. Die Frau schien das als Einladung zu verstehen.

»Ich heiße übrigens Rebecca«, sagte sie und streckte ihre Hand aus.

*Ah.* Da war ja so ein Namensschild an der Tür gewesen. Das war also die Person, die die Zukunft am Morgen ausgeraubt hatte.

»Teresa«, murmelte sie als Antwort und griff die Hand eher unwillig. Daraufhin setzte sich die Frau ihr gegenüber ins Gras.

»Woher kennt ihr zwei euch?«

»Äh ... ich weiß nicht, ob man von *kennen* sprechen kann.«

Rebecca blickte fragend zurück, doch Teresa führte ihre Antwort nicht weiter aus.

»Was bist du von Beruf?«

»Entschuldige, aber bedeutungslose Unterhaltungen gehen mir auf die Nerven«, sagte Teresa deutlich unwirscher als gewollt.

»Tut mir leid, ich bin einfach zu neugierig«, gab Rebecca etwas entmutigt zurück. Auf der Stelle bekam Teresa ein schlechtes Gewissen. Neugierig war sie selbst oft genug. Trotzdem fiel es ihr schwer, Interesse an ihrem Gegenüber aufzubringen.

»Ich bin Professorin an der Atlas-Universität. Teresa Willgenau«, antwortete sie schließlich nach einigen zögerlichen Sekunden. Sie sprach diesen Satz ohne Stolz aus, sondern so, als würde er einen toten, verwesenden Fisch in einem Abwaschbecken beschreiben, das irgendwie saubergemacht werden musste.

»Oh, im Ernst? Welches Fach?«, hakte Rebecca nach.

»Verschiedene Fächer. Aber hauptsächlich im Bereich Umweltschutz und Klimawissenschaften. Ich halte auch regelmäßig Vorträge.«

Sie spürte etwas, das sich wie ein kleiner Piranha anfühlte, der in ihrem Kopf umherschwamm und kräftig in ihren Frontallappen biss, als sie in der Gegenwart von den Vorträgen sprach. In Wahrheit hatte sie seit Monaten keine mehr gehalten.

»Oha, Vorträge? Um ehrlich zu sein, würde ich gerne einen hören.«

Teresa lachte trocken. »Ja, bestimmt.«

»Tut mir leid, wenn ich Ihnen da zu nahe trete, aber irgendwie klingen Sie nicht sehr begeistert von dem, was Sie tun.«

Der plötzliche Wechsel in der Umgangsform irritierte Teresa, die schon seit einer ganzen Weile nicht mehr so distanziert angesprochen worden war. Sie war sich nicht sicher, ob sich Rebecca, die ja immerhin die ältere von beiden war, damit über sie lustig machen wollte.

Doch viel mehr als das beschäftigte sie der Inhalt von Rebeccas Aussage. Sie schluckte und heftete ihren Blick an eine entfernt liegende Baumgruppe, um dem Blick ihrer Gesprächspartnerin auszuweichen. Sie hörte minutenlang nur das Zwitschern aus den Ästen der Bäume über sich.

»Wissen Sie, warum mein Urgroßvater es hier so liebte?«, fragte Rebecca schließlich. »Dieser Ort liegt so weit ab von allem, dass man sich fast fragen kann, ob es ihn überhaupt wirklich gibt. Ich meine, sicher, man kann ihn besuchen, wenn man weiß, wo er ist, aber wenn man dann wieder nach Hause zurückkehrt, dann liegt die ganze Reise dazwischen wie eine Schutzmauer. Er kam manchmal mit mir her, nur um mir Geschichten von seinem Leben zu erzählen, und oft waren das Dinge, die er vorher nie jemandem gesagt hatte.«

Rebecca stand auf und fuhr mit ihrer Hand an der Rinde des Baums entlang, an den Teresa lehnte.

»Es ist ein Ort, der die Reise zu ihm nicht wert ist, und genau deswegen ist er besonders.«

»Weil man sich isoliert fühlt, wenn man hier ist«, murmelte Teresa. »Meinst du das?«

»Ja, ganz genau. Was hier ist, wird hier bleiben. Also, wenn es etwas gibt, das Sie erzählen möchten, dann ist jetzt die perfekte Gelegenheit. Es gibt einfach Dinge, die will man niemandem sagen, den man persönlich kennt, weil es verändern könnte, wie diese Person einen sieht, nicht wahr?«

Teresa fragte sich, ob sie in einer Therapie gelandet war. Vielleicht hätte sie auch fragen sollen, welchen Beruf diese Frau ausübte.

»Woher willst du wissen, dass es etwas gibt, das ich erzählen möchte?«, fragte Teresa. Rebecca zuckte mit den Schultern.

»Jeder Mensch hat etwas, das er erzählen möchte. Und Sie wirken verärgert auf mich. An mir kann es nicht liegen, schließlich kennen wir uns kaum. Also macht Sie irgendetwas anderes wütend.«

*Wirklich sehr selbstbewusst*, dachte Teresa.

»Mich macht etwas wütend, hm?« Sie dachte kurz nach. »Ja, das könnte stimmen.«

»Und was ist es?«

Rebecca wischte sich die Strähnen ihrer Haare aus dem Gesicht und klemmte sie hinter ihre Ohren, während sie Teresa aufmerksam beäugte.

»Sicher, dass du das wissen möchtest? Es könnte dich auch wütend machen.«

Rebecca zuckte mit den Schultern. »Viel wütender kann es mich nicht machen.«

Teresa rutschte ein bisschen am Baum hinab und dachte eine Weile nach.

»Wusstest du, dass es gar nicht so unwahrscheinlich ist, dass es da draußen im Universum noch anderes Leben außer uns gibt?«

»Ach echt?«

»Ja. Das Universum ist wirklich, *wirklich* groß. So groß, dass selbst sehr konservative Berechnungen zu dem Schluss kommen, dass es voller Leben sein muss.«

»Das sind doch gute Nachrichten«, sagte Rebecca. »Wenn es noch andere außer uns gibt.«

Teresa schüttelte sachte den Kopf.

»Das Problem ist, dass wir sie nicht hören können. Und nicht sehen. Obwohl wir seit Jahrzehnten nach ihnen suchen. Komisch, nicht wahr? Ich meine, wir Menschen sind furchtbar laut im Universum. Man kann uns von überall her sehen. Im Umkehrschluss heißt das: Wenn es irgendwo anders im Universum auch Leben gäbe, das unserer Zivilisation vergleichbar wäre, dann müssten wir sie eigentlich bemerken.«

»Also gibt es keine?«

»Sieht nicht danach aus.«

»Und das macht Sie wütend?«

»Nein. Das nicht. Aber die Implikation davon.«

Teresa atmete tief ein und aus, bevor sie weitersprach. »Wir vernichten gerade unseren eigenen Planeten. Wir Menschen, meine ich. Wir machen ihn seit hunderten Jahren für uns selbst unbewohnbar, auf verschiedenste Weise. Zum Beispiel roden wir die Wälder, die unseren Sauerstoff generieren und Heimat sind für Millionen von Lebewesen.

Ein Beispiel: Wusstest du, dass im Laufe der letzten drei Jahrzehnte der Bestand fliegender Insekten in diesem Land um 75 % eingebrochen ist? Nicht nur Bienen sterben aus. Insekten sind das Futter für andere Lebewesen, die in einem Dominoeffekt ihrerseits ausgerottet werden.

Die globale Erwärmung kommt hinzu. Die Enzyme in etlichen Tieren und Pflanzen – und auch bei uns Menschen – brauchen ganz bestimmte Temperaturen, um zu funktionieren. Es gibt sogar Tierarten, bei denen das Geschlecht, das aus einem Ei schlüpft, von der Außentemperatur abhängig ist. Ist es auch nur einen Grad wärmer, dann werden diese Tierarten einfach aussterben.

Übrigens gab es in der Geschichte dieses Planeten schon einmal einen Fall davon, dass eine Spezies im Alleingang die atmosphärische Zusammensetzung gekippt hat. Die sogenannte *Große Sauerstoffkatastrophe*.

Es gab damals Bakterienarten, die in großem Stil Photosynthese betrieben haben und als Abfallprodukt Sauerstoff produzierten. Für die meisten zu dieser Zeit lebenden Organismen war Sauerstoff giftig. Das ganze führte zum größten Massenaussterben in der Geschichte der Erde.

Und jetzt, gerade, befinden wir uns wieder in einem Massenaussterben – einem, das dieses Mal nicht von Cyanobakterien ausgelöst wird, sondern von uns. Nur mit dem Unterschied, dass wir Menschen nicht mehrere Millionen Jahre brauchen, sondern nur ein paar Jahrhunderte.

Und es gibt nichts, das uns davon abhalten wird. Unsere Gehirne und unsere sozialen Strukturen sind nicht auf Nachhaltigkeit ausgelegt. Wir können uns nicht vorstellen, was unser Verhalten in zehn oder zwanzig Jahren bewirken wird, und wir nehmen die Konsequenzen nicht ernst, bis es zu spät ist.

Die Leute, die in ihren Wohnungen sitzen, wollen *jetzt* all den Luxus haben. Luxus wird an Selbstverständlichkeit wahrgenommen, nicht nur auf Kosten der Dritten Welt, deren Rohstoffe wir benutzen, sondern auch auf Kosten der Zukunft.«

»Uff«, sagte Rebecca.

»Ja, uff. Man kann nicht einmal behaupten, dass wir Menschen daran wirklich schuld sind. Es ist einfach ein Naturgesetz, ganz normales exponentielles Wachstum. Es führt kein Weg daran vorbei. Unser Ende wird kommen und wir alle gemeinsam arbeiten in jeder Sekunde unseres Lebens daran, es zu verwirklichen. Und weißt du, genau das ist der Grund, warum wir keine anderen Lebewesen im Universum hören können«, schloss Teresa. »Weil ihnen genau das Gleiche passiert ist und sie alle ausgestorben sind.«

»Und wir können wirklich nichts dagegen machen ...?«

»Keine Ahnung«, sagte Teresa und verzog das Gesicht. »Ich halte seit Jahren immer wieder die gleichen Vorträge mit immer wieder den gleichen Warnungen und Inhalten. Nicht erst seit meiner Habilitation. Und die Studenten und Schüler sind so *Ohh* und *Ahh* und verhalten sich auf einmal total umweltbewusst und nachhaltig, gehen raus auf ihre Demonstrationen und überzeugen ihre Eltern davon, Vegetarier zu werden. Und dann trifft man sie ein paar Jahre nach ihrem Abschluss auf der Straße, wie sie eine Bockwurst runterwürgen und neue Markenklamotten von der anderen Seite der Welt tragen.

Und irgendwann wacht man morgens auf, schaut auf den Wecker und denkt sich: *wozu eigentlich noch?* Ich bin machtlos. Ich kann genauso gut auch einfach weiterschlafen, weil ich eben genau so eine Heuchlerin bin wie jeder andere Mensch auch.

Dann habe ich mir eine Reise zur Antarktis organisiert, wo eine ehemalige Kommilitonin von mir arbeitet, weil ich die Forschungsstationen schon immer einmal sehen wollte.

Ich habe mir ein Auto gekauft, einen neuen PC, eine neue Waschmaschine. Ich habe aufgehört, Pullover zu tragen, und die Heizung aufgedreht. Ich habe aufgehört, beim Einkaufen darauf zu achten, woher die Produkte stammen, und schlicht eingepackt, was mir zuerst ins Auge fiel. Manchmal sitze ich fast eine Stunde lang unter der heißen Dusche und schließe nur die Augen.

Mittlerweile bin ich einfach nur noch fertig mit der Welt. Ich kann nicht mehr.«

Rebecca schwieg einige Sekunden lang, scheinbar unsicher, was sie erwidern sollte. Teresa ergriff die Gelegenheit, um das Thema von sich selbst abzulenken. »Jetzt bist du dran. Warum kommst du an einem Tag wie diesem hierher? Lass mich raten: Es hat mit deinem Großvater zu tun. Du hast dich an etwas erinnert, das er gesagt hat, und dann bist du hergekommen, um in Erinnerungen zu schwelgen?«

»*Urgroßvater*«, korrigierte Rebecca. Sie saß einige Minuten lang einfach da und schien über Teresas Worte nachzudenken.

»Ja, ich habe mich an etwas erinnert, das er gesagt hat. Genau hier an diesem Hügel.«

*

»*Sag mal*«, *begann Rebecca, die versuchte, ihrem Urgroßvater endlich eine Frage zu stellen, die ihr schon lange im Kopf herumschwebte.* »*Du warst ja damals Polizist und im Krieg warst du auch.*«

»*Ja, war ich*«, *antwortete er mit krächzender Stimme. Sein Zustand hatte sich in den letzten fünf Jahren deutlich verschlechtert.*

»*Wie ist es, einen Menschen zu töten?*«

*Die unscharfen, grauen Augen des Mannes huschten über Rebeccas Gesicht.*

»*Bist du sicher, dass du das überhaupt wissen möchtest?*«

»*Keine Sorge, ich halte das aus. Ich bin immerhin schon fünfzehn.*«

*Er lehnte sich gegen die Baumrinde. Seine Knochen rieben aneinander, als wären sie aus Holz. Er überlegte eine Weile, bis er sich eine Antwort zurechtgelegt hatte, mit der er zufrieden war.*

»*Es ist nicht immer gleich*«, *erklärte er schließlich.* »*Und ich weiß nicht, ob ich es dir sehr gut erklären kann. Eine Waffe gibt dir Macht, weißt du? Du hast sie in der Hand und alle tun, was du ihnen sagst.*

*Es ist ganz egal, was für ein Mensch du in Wahrheit bist. Ob sie klüger sind als du, stärker, ob sie mehr Erfahrung haben, wie alt sie sind – und auch, wer du für sie bist, wie gut ihr euch kennt, oder was ihr füreinander seid – all das ist dann egal. Es zählt nur noch, ob du eine Waffe hast oder nicht.*«

»*Also fühlt es sich gut an, eine Waffe zu tragen?*«

»*Nicht immer. Wenn du Angst vor den Menschen hast, vor denen du sie ziehen musst, dann bedeutet die Waffe Sicherheit. Die Frage ist, in welchen anderen Situationen man sie überhaupt ziehen braucht.*«

»*Hast du es je bereut?*«

*Der alte Mann sah auf einen Punkt am Fuß des Hügels. Er betrachtete die Stelle eine lange Zeit, doch Rebecca konnte dort nichts ausmachen, das eines Blicks wert war.*

»*Manchmal denkt man, weil man eine Waffe hat, ist man im Recht*«, *meinte er schließlich.* »*Und ob man es wirklich war oder nicht, das erkennt man erst viel später. Von allen Menschen, die ich getötet habe, sind mir zwei am meisten in Erinnerung geblieben – der erste und der letzte. Beide habe ich mit demselben Revolver erschossen, aber das habe ich nicht so beabsichtigt, es hat sich einfach so ergeben.«*

*

Rebecca stockte in ihrer Erzählung. Sie richtete sich auf und wies Teresa an, mit ihr mitzukommen. Beide standen nun fast genau neben der Zukunft, die noch immer schlief. Rebecca setzte sich auf den Ansatz des kleinen Bergs und schluckte schwer. Ihre Augen wirkten etwas feucht, doch sie gab ihr Bestes, sich zusammenzunehmen. Mit einem verlorenen, zu Boden gerichteten Blick fuhr sie fort.

»Mein Urgroßvater war so ein netter Mensch. Ich habe lange geweint, als er starb, obwohl wir alle schon vorher wussten, dass es passieren würde. Er war sehr gütig.«

Sie blickte Teresa an, als würde sie Bestätigung suchen. »Nach diesem Gespräch habe ich ihn aber in einem ganz anderen Licht gesehen. Ich kann es nicht so richtig erklären, aber irgendetwas fühlte sich ... komisch an. Fast düster.

Nach seinem Tod habe ich sein Haus besucht und in den Dingen gestöbert, die er hinterlassen hat. Und ich habe eine alte, rote Schatulle gefunden, mit einem Revolver darin, der ihm seit seiner Jugend gehört hatte. Aber es hat Jahre gedauert, bis ich es endlich über mich bringen konnte, die Behörden zu verständigen. Sie haben an dieser Stelle zwei Skelette ausgegraben.«

Sie zeigte auf den Boden zu ihren Füßen. »Der eine davon ist seit Anfang des letzten Jahrhunderts tot gewesen, die andere war meine Urgroßmutter.«

Teresa lief es eiskalt über den Rücken – einerseits, weil das Gespräch eine völlig unerwartete Richtung eingeschlagen hatte, und andererseits, weil der Revolver, der diese beiden Menschen getötet hatte, gerade in der Tasche der Zukunft lag.

Sie störte sich weniger daran, dass die Zukunft die Waffe gestohlen hatte, sondern mehr daran, dass sie die Gegenstände, die sie an sich nahm, früher oder später an andere Menschen weitergab.

»Ich habe keine Ahnung, warum er sie getötet hat«, sagte Rebecca schließlich. »Aber ich habe seinen Revolver immer noch. Und ich setze mich oft einfach hin, sehe ihn mir an, und frage mich, wie es gewesen sein könnte. Wie es sich angefühlt hat. Irgendwie gelingt es mir erst, mir das vorstellen, wenn ich ihn in der Hand halte.«

Während sie sprach, begann sie zu weinen. Teresa blickte zurück zur Zukunft, die immer noch schlief.

Sie kniete sich zur Tasche der Zukunft nieder und zog ein Reagenzglas daraus hervor. Dann setzte sie sich neben Rebecca und streichelte ihr den Rücken, um sie aufzumuntern.

Teresa berührte die feuchte Wange und fing eine Träne davon auf, die sie dann unbemerkt hinter ihrem Rücken verkorkte. Ihr wurde fast ein wenig schwindelig, als sie daran dachte, wie tief sie gesunken war.

Rebecca blieb noch etwa zwanzig Minuten, bis sie sich auf den Heimweg machte.

Kaum hatte sie die Szene verlassen, stand Teresa auf und stupste der Zukunft missmutig mit der Schuhspitze in den Bauch. »Steh auf, verdammt. Wenn du mich nochmal mit sowas alleine lässt, siehst du mich nie wieder.«

Die Zukunft öffnete ihre Augen und ließ sich von Teresa aufhelfen. »Hier hast du dein Wasser«, erklärte sie und reichte das Glas hinüber. »Ach ja. Falls es der Sinn des Ganzen sein soll, dass ich deine *Nachfolgerin* oder etwas in der Art werde, kannst du dir das abschminken.«

Selbstverständlich hat meine Schwester dergleichen nie vorgehabt.

Dritter Teil

# Das Verständnis der Zukunft

# Das Museum der Gewaltgeschichte

Die nächste Station des Tages, der sich nach den zwei Stunden Rückweg dem Abend neigte, war mein allerliebster Ort auf der Welt: das Museum der Gewaltgeschichte.

Da es sich um einen Wochentag handelte, brauchten sie am Eingang nicht lange zu warten, um das überwiegend leere Innere des Museums, das sich auf einem riesigen Grundstück in mehrere Gebäude aufteilte, zu betreten. Eines der Gebäude war selbst ein Ausstellungsstück, da man es nach einem Brand nicht restauriert, sondern unberührt hatte stehen lassen. Abgesehen davon fanden sich hier Kriegsreliquien, Waffen, Beweise für vergangene Schandtaten, Bomben, Videoaufnahmen und Photos von Schwerverbrechen und sogar ein paar Kriegserklärungen aus allen Zeiten menschlicher Geschichte – ein ganzer Flügel beschäftigte sich beispielsweise mit einem Verbrechen aus der Eiszeit, das man anhand einer gut erhaltenen Mumie nachweisen konnte.

In der Eingangshalle wartete die Weisheit wohlgelaunt auf die beiden. Sie umarmte die Zukunft und redete ihr motivierend zu, als würde ihr etwas Großes bevorstehen. Die Weisheit plauderte über alltägliches Zeug, während sie sich in den Innenhof begaben, in dem eine Unzahl verschiedenster

Pflanzenarten wuchsen, die früher häufig zur Herstellung tödlicher Gifte verwendet worden waren.

In der Mitte des Hofs befand sich ein schöner Pavillon, an dem man wunderbar seine Zeit verbringen konnte, wenn das Museum gerade geschlossen war und einen niemand störte.

Teresas Stimmung war gedämpft. Sie ließ sich etwas außerhalb der inneren Tischgruppe nieder, sodass sie die Zukunft und Weisheit nicht sehen konnte. Erschöpft lehnte sie sich zurück. Vier Stunden Fahrradfahren am ersten Tag nach der Krankheit hatten ihren Tribut gefordert, und außerdem war Teresa noch von der Begegnung mit Rebecca ausgelaugt.

Doch auch dieses Mal war ihr nicht allzu viel Ruhe vergönnt. Aus dem Ostflügel des Museums sah Teresa durch das Blattwerk hindurch eine Person heraustreten, die sich ihr immer weiter näherte: Ein auf kurzen Beinen stolzierendes Mädchen, das ein dunkles, aufgedunsenes und teuer anmutendes Kleid trug.

Sie hatte pechschwarze, lockige Haare und einen Haufen Emo-Schminke, die sie in Teresas Augen wie eine sechzehnjährige Friedhofsprinzessin wirken ließ. Dennoch gab es etwas an ihrer Erscheinung, das diesem Eindruck deutlich widersprach: Eine alte, zerbrechlich wirkende Kreidetafel hing, an einem um den Hals führenden Lederband befestigt, vor ihrem Oberkörper.

Dieses Mädchen war *ich*.

Je näher ich ihr kam, desto enger kniffen sich Teresas Augen zusammen – mit einem neugierigen Blick, der zwischen meinem Antlitz und meiner Kreidetafel hin und her sprang. Teresa studierte mich genau. Ich kam ihr bekannt vor, und obwohl ich natürlich äußerlich gewisse Ähnlichkeiten mit meiner Schwester habe, erinnerte ich sie zuerst an das aschgraue

Mädchen, dem sie damals auf dem Schulhof des jubiläumsfeiernden Gymnasiums begegnet war.

Ich hatte bereits davon erfahren, dass die Zukunft eine Begleitung mit sich herumschleppte. Natürlich interessierte mich, was für einen Menschen sie sich ausgesucht hatte, also sah ich mir Fräulein Willgenau eingehend an.

»Hallo, ich bin Teresa. Ich nehme an, du willst zu *ihr*?«, fragte sie schließlich mit einem betont freundlichen Ton. Sie sah furchtbar müde aus. Ihre naturgelockten Haare waren stumpf und splissig, sie hatte kaum Make-up aufgetragen und war schrecklich dünn, sodass man die Knochen an ihren Gelenken heraustreten sah. Dazu kam ihre graue, unscheinbare Leinen-Kleidung, die ganz deutlich machte, dass sie keine Aufmerksamkeit bekommen wollte.

Ich nahm meine Kreidetafel hervor und schrieb:

JA. MAN NENNT MICH VERGANGENHEIT.

Teresa freute sich, auch wenn es einen Moment brauchte, bis ihre Gesichtsmuskeln das widerspiegelten. »Mit dir kann man ja reden!«

Ich wischte die alten Worte weg, um neue zu schreiben.

MIT DIR OFFENBAR AUCH.

Teresa nickte. »So gehört es sich schließlich. Es freut mich, dich kennenzulernen.«

Ihre Augen wanderten über mein Gesicht, mein Kleid, meine Tafel und analysierten mein Äußeres ganz genau.

DAS VERGNÜGEN IST GANZ MEINERSEITS.

»Ich wusste gar nicht, dass wir *dich* treffen würden. Die beiden haben mir nichts erzählt. Das Einzige, was die Weisheit gesagt hat, ist, dass sie heute ein Date hat. Damit meinte sie also dich.«

EIN DATE MIT IHR?
NUR ÜBER MEINE LEICHE.

»Wow. Wollen wir zu ihnen gehen? Sie sitzen hinter den Bäumen in der Mitte des Parks.«

Ich nickte.

Kaum waren wir in den inneren Kreis des Hofs gelaufen, riss die Weisheit ihren Arm in die Höhe, um uns zu sich zu winken. Teresa fiel etwas hinter mir zurück, beobachtete die Zukunft und mich aber aufmerksam.

»Sie ist da«, sagte die Weisheit dann an die Zukunft gewandt, die im Stuhl neben ihr saß. Daraufhin kramte die Zukunft in ihrer Tasche und zog ein riesiges Fischglas hervor, das sie sich über ihren Kopf stülpte. Es handelte sich um die mit einer Unterwasserlandschaft bemalte Goldfischkugel aus ihrem Schuppen, die Teresa zuvor gesehen hatte. Sie drehte das Glas auf ihren Schultern, bis die zwei unbemalten Punkte genau über ihren Augen lagen, sodass sie problemlos hinausschauen konnte. Ihr Kopf wirkte durch das Glas etwas aufgedunsen und verzerrt und ihre ohnehin schon großen Augen waren nun gigantisch. Sie sah ein bisschen aus wie ein Fisch.

HALLO SCHWESTER.

Selbstverständlich antwortete sie mir nicht. Also schrieb ich weiter:

ES FREUT MICH, DASS DU MICH BESUCHEN KOMMST – UND, DASS DU TERESA MITGENOMMEN HAST. SIE IST REIZEND.

Ich wischte den Text weg und schrieb weiter:

EUCH BEIDE ZU SEHEN IST SEHR ANGENEHM.

Die Weisheit hörte sich an, was meine Schwester zu sagen hatte, und meinte dann: »Ja, glaube ich auch. Süß, nicht wahr?«

NIEMAND HAT NACH DEINER MEINUNG GEFRAGT. WIEDERHOLE EINFACH, WAS SIE SAGT.

Die Weisheit lehnte sich zurück und nahm die Rolle der Übersetzerin ein.

WIE GEHT ES DEM DRACHEN?

»Oh, mir geht es gut –«, plapperte die Weisheit los, doch ich unterbrach sie mit einem Tritt gegen den Tisch.

ICH MEINE OFFENSICHTLICH NICHT DICH!

Es lag auf der Hand, dass die Weisheit versuchte, mich zu ärgern. Ich versuchte, mich im Zaum zu halten.

WIE GEHT ES UNSEREM BRUDER?

»...«, übersetzte die Weisheit.

VERSTEHE.

Ich nickte und blickte zwischen der Weisheit und der Zukunft hin und her.
»...«, fasste die Weisheit schließlich zusammen.

SAMMELST DU IMMER NOCH TRÄNEN?

»...«

MUTTER FINDET, DU SOLLTEST AUFHÖREN. ICH GLAUBE AUCH, DASS DU DARUNTER LEIDEST.

»...«, sagte die Weisheit knapp. Etwas anderes hatte ich natürlich nicht erwartet. Ich machte mir ohnehin keine besonders großen Hoffnungen, sie bei ihrem Projekt aufhalten zu können, doch aus persönlichen Gründen interessierte mich der Fortschritt natürlich trotzdem.

IST DEINE TOCHTER DENN BALD FERTIG?

Teresa schreckte auf. Hatte sie das gerade richtig verstanden? Die Zukunft wollte sich aus den Tränen eine *Tochter* machen?
»Sie kommt langsam voran«, erklärte die Weisheit, ohne auf eine Antwort zu warten. »Sie geht immer wieder in den Tagebau. In letzter Zeit noch öfter als sonst.«

SCHLIESS DIESES VERDAMMTE DING ENDLICH AB.

»Freust du dich schon darauf, Tante zu werden?«, fragte mich die Weisheit und lenkte damit vom Thema ab.

Ich zögerte einen Moment. Ich ahnte bereits, wer ihre Tochter sein würde, daher war die Antwort auf diese Frage nicht leicht zu finden.

NUN, ES TUT MIR LEID WEGEN UNSERER MUTTER. WAS DENKST DU DARÜBER?

Die Weisheit rührte in ihrem Tee. »Ich freue mich, dass sie sich entschieden hat, aber es macht mich auch ein bisschen traurig. Andererseits ... Schwesterherz wird es selbst am besten wissen.«

Ich quetschte meine Zähne aufeinander, als dieses Biest das Kind meiner Mutter als *Schwesterherz* bezeichnete. Ich ließ mir nichts anmerken, während ich mir vorstellte, wie sie von vier Metzgern lebendig gehäutet wurde.

Das Gespräch dauerte noch ungefähr eine halbe Stunde. Teresa saß stillschweigend da und sagte kaum ein Wort. Stattdessen versuchte sie, so aufmerksam wie möglich jeden Satz in sich aufzunehmen, den irgendjemand am Tisch sagte (oder schrieb), bis ich mich von ihr und der Weisheit verabschiedete, um noch ein wenig Zeit alleine mit meiner Schwester zu verbringen, und so ließen wir die beiden in der Dunkelheit zurück.

Eine Weile lang sagte keine von beiden ein Wort. Die Weisheit lächelte lediglich vor sich hin und spielte mit ihrer grünen Haarsträhne. Teresa war dabei, das Gesagte zu verarbeiten. Dennoch musste sie sich eingestehen, dass sie einige Fragen hatte, die nur die Weisheit ihr würde beantworten können, sodass sie sich gezwungen sah, irgendwie das Gespräch zu eröffnen.

»Warum benutzt die Zukunft keine Kreidetafel?«, war

schließlich die harmloseste Frage, die ihr in den Kopf kam.

»Wozu sollte das gut sein?«

Teresa stutzte einen Moment. »Na ja, damit auch andere ... *außer dir* ... verstehen können, was sie zu sagen hat?«

Die Weisheit ließ ihren Blick langsam in den Himmel aufsteigen, so als wüsste sie nicht, was sie auf diese Frage erwidern sollte.

»Die Vergangenheit kann nicht in Echtzeit kommunizieren. Alles, was wir über die Vergangenheit wissen können, müssen wir daher aus indirekten Quellen beziehen. Sobald sie einen Satz zu Ende geschrieben hat, können andere Menschen ihn lesen und wissen dann, was sie gesagt hat. Sie könnte auch ihre Stimme aufnehmen und uns dann vorspielen, aber das ist etwas umständlicher. Deswegen schreibt sie auf eine Tafel. Sie kann niemals wirklich in einem Gespräch *dabei sein*. Sie kann nur ihre Spuren in der Zeit hinterlassen und hoffen, dass jemand sie entdeckt.«

»Und bei der Zukunft ist das anders?«

»Wenn du sie nicht verstehst, wenn sie mit dir spricht, wirst du wohl auch nicht lesen können, was sie schreibt.«

Jetzt, wo sie das sagte, erinnerte sich Teresa an die Unterlagen der Zukunft, die sie ja auch nicht hatte lesen können.

»Ich hätte gedacht, dass wenigstens ihre Familienmitglieder mit der Zukunft reden können ... wer außer dir kann noch mit ihr sprechen?«

»Die Zukunft sagt, ich bin die Einzige.«

Diese Worte schienen der Weisheit schwerzufallen. Sie formulierte sie langsam und vorsichtig. Teresa vermutete, dass die Weisheit nicht gerne damit prahlte. Dann fuhr sie fort: »Als ich sie kennenlernte, konnte ich sie genauso wenig hören wie jeder andere. Damals traf ich auch auf ihre Schwester. Die Vergangenheit ist ein liebes Mädchen.«

Teresa nickte. »Irgendwie habe ich den Eindruck, dass die Vergangenheit etwas gegen dich hat.«

»Ach ja?«, fragte die Weisheit. Ihr Blick verlor den Fokus. »Woran könnte das liegen?«

»Ohje«, seufzte Teresa, als ihr eine Vermutung in den Sinn kam. »Vielleicht mag sie dich nicht, weil sie eifersüchtig ist, dass du mit ihrer Schwester reden kannst und sie nicht.« Teresa schürzte ihre Lippen. »Entweder das, oder es liegt an deiner Persönlichkeit. Tja, wer kann das schon sagen.«

Die Weisheit antwortete nicht, sondern schaute nur gedankenverloren in Teresas Augen, der bei dieser Gelegenheit noch eine Frage einfiel, die sie beschäftigte.

»Was war das eigentlich für ein Fischglas, das die Zukunft auf dem Kopf hatte? Ich habe dich ja schon im Schuppen danach gefragt, aber ich verstehe es immer noch nicht so richtig. Die Zukunft sah damit zwar irgendwie niedlich aus, aber ...«

»Oh, die Maske«, murmelte die Weisheit. »Ich sagte ja, die Familie der Zukunft ist eine Familie von Erfindern. Du musst wissen, die Zukunft und die Vergangenheit haben einen älteren Bruder, die Gegenwart. Manche nennen ihn auch das Jetzt. Als seine beiden Schwestern noch ganz klein waren, hat er bemerkt, dass sie einander nicht sehen können. Sie wussten voneinander, aber sie konnten nicht miteinander reden und sich auch nicht begegnen. Irgendwann hat er dieses Fischglas gebaut, die *Maske der Gegenwart*. Erst wenn eine der beiden die Maske trägt, können sie einander bemerken.«

»... Was ...?«, entgegnete Teresa mit zusammengezogenen Augenbrauen. »Das ist ja richtig traurig.«

Es entstand ein Schweigen, das einige Minuten anhielt. Die Weisheit richtete sich auf und schlug vor, dass sie sich wieder auf den Heimweg machten. Noch immer brannten Teresas Beine von der langen Reise, doch sie versuchte, sich nichts anmerken zu lassen.

»Die Vergangenheit ist mir sympathisch«, murmelte Teresa, als sie in der Eingangshalle an einem großen Gemälde vorbeiliefen, das hunderte Menschen zeigte, wie sie sich gegenseitig die Kehlen mit glühenden Eisenstangen ausbrannten.

»Sie ist sehr süß«, stimmte die Weisheit zu. »Was magst du an ihr?«

Teresa überlegte eine Weile.

»Ich weiß nicht. Sie ist so ehrlich und direkt. Das mag ich. Sie schreibt, was ihr einfällt und wirkt furchtlos. Scheint auf jeden Fall älter zu sein, als sie aussieht.«

»Ich glaube nicht, dass ihr Alter so viel damit zu tun hat. Immerhin kann ich dir sagen, dass sie die kleine Schwester der Zukunft ist. Aber auf eine Weise ist sie doch viel älter.«

»Was meinst du damit?«

Sie liefen an weiteren Gemälden vorbei und machten ab und zu Umwege, um sich einzelne Werke genauer anzusehen, während sie miteinander sprachen.

»Im Grunde ist es ja egal, wie alt du bist. Was zählt, ist die Fülle der Erinnerungen, über die du verfügst. Die Vergangenheit ist im Grunde so alt wie die addierte Lebensspanne jedes denkenden Wesens, das jemals existiert hat, denn auf all deren Erinnerungen hat sie Zugriff, sobald ein Ereignis geschehen ist. Und sie sieht jedes Ereignis aus den unterschiedlichsten Blickwinkeln, immer wieder dasselbe, und alles wiederholt sich. Und das sorgt dafür, dass sie sich langweilt.«

»Macht Sinn. Sie wirkt auf mich etwas zynisch.«

»Es gibt viele Leute, die finden das Leben toll, und viele andere, die finden das Leben furchtbar. Und die Vergangenheit kennt alle Leben.«

Teresa nickte und schaute auf ein Renaissancegemälde, das einen Adeligen zeigte, der den Kopf eines Hirsches von einer Flussbrücke hielt, während sich zu beiden Seiten dutzende Menschen über das Gelände lehnten und hinabblickten.

»Sie scheint dieses Museum zu mögen.«

»Ja. Siehst du das Gebäude da?« – die Weisheit stand neben einem Fenster und wies hinaus auf die andere Seite des Hofes, wo sich eine Brandruine befand.

»Früher waren dort auch Gegenstände ausgestellt. Vor allem solche, die als verflucht galten. Im Keller und im Erdgeschoss gibt es noch ein paar Räume, die vom Feuer verschont geblieben sind. Auch wenn es gefährlich ist, kommt man noch irgendwie dorthin, wenn man herumklettert.«

Teresa nickte und ließ ihren Blick über die Ruine wandern.

Die Weisheit fuhr fort: »Da drin wohnt die Vergangenheit.«

Teresa sah sich die Mauern genauer an.

»Übrigens, was mir aufgefallen ist«, sagte die Weisheit. »Wegen dem, was du vorhin gesagt hast, über die Vergangenheit. Du bist auch ehrlich und direkt. Und Angst scheinst du auch keine zu haben.«

Teresa zuckte mit den Schultern. »Nun ja ... Angst zu haben setzt eben voraus, dass man etwas zu verlieren hat. Nicht wahr?«

# Zwei Mal täglich, drei Wochen

Mittlerweile war der Herbst ins Land eingezogen. Teresa lebte noch immer im Haus der Zukunft.

Eines Tages suchte sie gerade nach ihrer Reisegefährtin und lief deswegen im Erdgeschoss herum. Dabei hörte sie ein dumpfes Poltern aus dem Keller, als hätte jemand etwas aufgestoßen. Sie öffnete die Tür, die nach unten führte, und sah die Zukunft zusammengebrochen vor dem Tagebau liegen.

Sofort stieß Teresa einen Hilferuf nach der Weisheit aus. Sie eilte hinunter zur Verletzten, die schwer blutete. Da waren zwei Einschusslöcher in ihrem Bauch und einige Messerstiche in der Brust. Ein mit Blut vollgelaufenes Auge, aufgerissene Lippen und eine große Platzwunde an der Stirn, sodass ihr eine Augenbraue fehlte.

Die Zukunft kehrte oft mit neuen Verletzungen nach Hause, doch so schlimm hatte sie noch nie zuvor ausgesehen.

Endlich war auch die Weisheit zum Keller gelangt. Ohne große Worte rannte sie hinunter und zog die Zukunft gemeinsam mit Teresa nach oben. Gemeinsam brachten sie sie in ihr Bett. Danach eilte Teresa ins Badezimmer und suchte Verbandszeug zusammen.

»Danke«, murmelte die Weisheit und versorgte die Verletzungen. Es dauerte ein paar Minuten, doch als sich auch die dicksten Verbände in tiefes Rot verfärbten, wischte sich die Weisheit den Schweiß von der Stirn und verteilte dabei eine Menge Blut in ihrem Gesicht.

»Ich denke, wir sollten sie ins Krankenhaus bringen«, schlug die Weisheit vor.

»Wird sie ...?«, begann Teresa, doch sie brach sich selbst im Satz ab.

»Oh, mach dir keine Sorgen. Sie überlebt so oder so. Schwesterherz ist sehr robust.« Die Weisheit seufzte. »Es fällt mir nur sehr schwer, sie so zu sehen, weißt du. Sie weigert sich immer, einen Arzt aufzusuchen, weil diese Narben für sie Erinnerungsstücke sind. Oder Mahnmale.«

Daraufhin wies sie Teresa an, ein Telefon und ein nasses Handtuch zu holen. »Danke. Hier, ruf bitte einen Krankenwagen, solange sie noch bewusstlos ist. Dann kann sie wenigstens nicht protestieren.«

Teresa war nicht sicher, wie der Protest der Zukunft hätte aussehen sollen und tippte die Nummer in ihr Telefon ein. Währenddessen tupfte die Weisheit mit dem Handtuch im Gesicht der Zukunft herum. Teresa erschrak kurz, als zusammen mit dem Dreck und Blut auch die Verwundungen in ihrem Gesicht abgewaschen wurden.

»Was zum –«

Die Weisheit zuckte mit den Schultern. »Frag mich nicht. Ich nenne es Eitelkeit«, antwortete sie. »Das funktioniert nur bei ihrem Gesicht. Die anderen Verletzungen sind beständig.«

Es dauerte nicht lange, bis die Ärzte eintrafen und die Zukunft mit sich nahmen. Teresas Herz pochte noch immer wie wild. Sie schaute sich hilfesuchend nach der Weisheit um.

»Lass uns zum Krankenhaus gehen. Wir können dann dort fragen, wie es ihr geht«, sprach sie Teresa aus der Seele.

»Aber vorher sollten wir noch ihre Beute in den Keller bringen.«

Sie lief zurück zum Tagebau und zog einen verkorkten Erlenmeyerkolben mit einem Fassvermögen von einem Liter aus einer blutverschmierten Tasche hervor. Das Gefäß war vollständig mit einer glasklaren Flüssigkeit gefüllt.

»Sag bloß, das sind Tränen?!«, fragte Teresa.

»Natürlich sind das Tränen. Oder glaubst du, sie rennt mit Salpetersäure durch die Gegend?«

»Wo hat sie die alle her?«

»Na aus dem Tagebau? Weißt du nicht, was das ist?«

Teresa spürte einen Anflug von Verärgerung in sich aufkeimen. Woher sollte sie das denn wissen? Die einzige Person, die ihr davon hätte erzählen können, stand vor ihr.

»Anscheinend haben wir eine meiner Wissenslücken gefunden«, entgegnete Teresa trocken.

»Den Tagebau hat die Mutter der Zukunft errichtet. Wie der Name schon sagt, ist es ein Gerät, mit dem man neue Tage herstellen kann.«

»Du meinst ... eine Zeitmaschine?«

»... Nein. Nehmen wir an, du hast zwei aufeinanderfolgende Tage. Wenn du in den Tagebau gehst, kannst du beliebig viele Tage erleben, die dazwischenliegen. Schwesterherz geht da regelmäßig hinein und erlebt Tage auf der ganzen Welt.«

»Auf der ganzen Welt?«

»Ja! Dachtest du, sie geht nur hier in der Stadt nach Tränen suchen? So viele Leute gibt es hier gar nicht, wie sie Tränen bräuchte!«

Teresa blickte fassungslos zwischen der Weisheit und dem Erlenmeyerkolben hin und her, den sie gerade in das Becken entleerte. Dann sah sie zurück zum Tagebau.

»Sie geht da einfach rein und lebt wochenlang in einer anderen Zeitebene?«

»Hörst du mir überhaupt zu? Es ist keine *andere Zeitebene*. Aber ja, manchmal erlebt sie dort Wochen. Manchmal nur Stunden. Aber bei der Menge an Tränen, die sie mitgebracht hat, war sie dieses Mal sicher mehrere Jahre lang drin.«

Sie legte den Kolben zurück in die Tasche, die sie dann in das Zimmer der Zukunft brachte.

Teresa verstand nicht vollständig, was die Weisheit zu ›erklären‹ versuchte, aber ihr wurde unangenehm bei dem Gedanken, dass die Zukunft so viel Zeit ohne die beiden abseits von ihrem Zuhause verbrachte.

»Warum macht sie das alles?«, fragte Teresa, während sich die beiden im Bad ihre Hände wuschen und die Kleidung wechselten. »Niemand kann mir erklären, dass sie nicht gerade aus einem Kriegsgebiet gekommen ist. Warum mutet sie sich das zu?«

Die Weisheit legte das Handtuch nieder und zog sich eine neue Bluse über. Die blutbeschmierte warf sie in den Wäschekorb.

»Nun ... es gibt jemanden auf dieser Welt, der sich langweilt«, erklärte sie mit ihrer tiefen Stimme. »Jemand, der hier gefangen ist und findet, dass diese Welt zu viele Fehler hat.«

»Okay«, entgegnete Teresa der ominösen Eröffnung, während sie das Bad verließen und sich abreisefertig machten.

»Die Zukunft hat mit ihrer Geburt ein Schicksal vererbt bekommen, vor dem sie davonläuft. Statt sich mit dieser Aufgabe zu befassen, hat sie von klein auf versucht, die Welt zu verbessern – sie zu einem lebenswerten Ort zu machen, an dem die gelangweilte Person weiter existieren möchte. Und damit wollte sie einen alten Konflikt beenden, einen Krieg, der innerhalb ihrer Familie tobt.«

»*Wollte?*«, wiederholte Teresa beunruhigt.

»Ja«, sagte die Weisheit bitter. Gerade zog sie sich eine Mütze über den Kopf und bückte sich dann, um ihre Schuhe anzuziehen.

»Ich kenne die Details nicht, da sie mit mir nie darüber gesprochen hat. Es geschah Anfang des Jahres. Es ging um ein Konzert – irgendetwas ist geschehen, das ihren Willen restlos gebrochen hat. Seitdem vegetiert sie dahin und sammelt diese Tränen.«

Sie öffnete die Haustür, nahm Teresas Arm und ging mit ihr hinaus.

Ein paar Kilometer entfernt schlug die Zukunft ihre Augen auf. Wegen des hellen Lichts brauchte sie eine Sekunde, um die zahlreichen Schläuche zu erkennen, die in ihre Adern und Muskeln eingeführt waren.

Sie blickte sich mit interessiertem Blick in ihrem Zimmer um. Darin standen viele medizinische Geräte – unter anderem ein Pulsmesser, an den sie angeschlossen war.

Sie hörte Personen auf dem Gang entlanglaufen, aber keine von ihnen machte Anstalten, ihr Zimmer betreten zu wollen. Also zog sie langsam ihre Decke von sich, um anzusehen, was die Leute mit ihr angerichtet hatten. Lauter Verbände umwickelten große Teile ihres Körpers. Sie erkannte sogar eine Schiene an ihrem Oberschenkel. Bis auf ein weißes Nachthemd war sie unbekleidet.

Regen prasselte gegen die Fensterscheiben, während sie einige Bandagen von ihrem Körper entfernte, die ihre Bewegungsfreiheit einschränkten.

Sie richtete sich auf, hängte einen Beutel mit Medikamenten, der seinen Inhalt in ihre Blutbahnen goss, an eine Metallstange auf Rollen und humpelte damit aus ihrem Zimmer. Dort hinterließ sie einen kleinen Berg aus roten Kompressen und Verbandsteilen.

Nach einigen Minuten erreichte sie die Umkleide der Krankenschwestern. Sie blickte sich kurz nach anderen Menschen um und als sie niemanden sah, stahl sie sich in das Zimmer, griff in einen Schrank, um sich einen blauen Kittel und eine grüne Haube für die Haare herauszunehmen und zog sich beides über.

Im gleichen Atemzug nahm sie sich den Rest der Verbände ab, entfernte die Beinschiene und zog die Infusionsnadel aus ihrem Arm, um den Raum einige Minuten später als Krankenschwester getarnt wieder zu verlassen. Kaum war sie die Tür hinter ihr ins Schloss gefallen, trat ihr eine Kollegin entgegen, die scheinbar gerade Schichtende hatte.

Die Zukunft wurde lediglich mit einem Zunicken begrüßt, doch sie sputete sich mit dem Davonkommen, da die Schwester wohl Verdacht schöpfen würde, wenn sie den unachtsam hinterlassenen blutigen und vereiterten Rest des Verbandszeugs im Umkleideraum finden würde.

Die Zukunft nahm das Treppenhaus, um einige Stockwerke hinabzulaufen und dann über einen Glasverbinder in ein anderes Krankenhausgebäude einzutreten, in dem sich die Apotheke befand.

Sie musste einige Minuten warten, bis niemand durch den Gang lief, der ihr Eintreten bemerken könnte und stahl sich dann in die Abteilung für die Herstellung von Medikamenten. Bevor sie den Raum betrat, in dem die Zutaten zu Pillen zusammengemischt werden konnten, wusch sie sich einige Minuten lang die Hände mit einem Desinfektionsmittel. Mindestens zwei Leute liefen in der Zeit hinter ihr vorbei, doch sie nahmen von ihrer Gestalt keine besondere Notiz.

Helle Lampen beschienen die Schränke, in denen unterschiedlichste Zutaten für verschiedene Arzneimittel zu finden waren. Die Zukunft öffnete mindestens acht von ihnen und suchte auch in anderen Schubladen herum, bis sie fand, wonach sie suchte, und es in eine kleine Halle brachte, die wie eine sehr sterile Küche wirkte.

Dort schüttete sie einige der Pulver und Flüssigkeiten aus den weißen Plastikbehältern, die sie gefunden hatte, in eine Reibschale zusammen und zerschlug sie. Als sie zufrieden war, kippte sie den Inhalt in eine kleine Maschine, der eine Metallplatte mit vielen pillenförmigen Einbuchtungen zugrunde lag.

Eine halbe Stunde und eine Reihe weiterer Arbeitsschritte später hielt sie einen mit länglichen, grünen Pillen gefüllten Plastikbecher in der Hand, mit dem sie das Abteil verließ. Jemand rief ihr aufgebracht hinterher, doch sie kümmerte sich nicht weiter darum, sondern lief zurück ins Treppenhaus, wo sie die Krankenschwesterkleidung auszog und auf den Boden warf, sodass sie wie eine verloren gegangene Patientin aussah.

Sie brauchte fast zehn Minuten, um das Krankenhaus zu durchqueren und zum Flügel mit Langzeitpatienten zu gelangen. Je länger sie sich hier befand, desto unangenehmer wurde die Erinnerung, die das Krankenhaus in ihr Gedächtnis rief, doch sie versuchte das zu ignorieren und sich auf ihr Vorhaben zu konzentrieren.

Schließlich gelangte sie an eine Tür zu einem Patientenzimmer und blieb reglos stehen. Das Rauschen der Durchsagen, umherlaufenden Menschen und der Diskussionen des Krankenhauspersonals drang nur noch aus weiter Ferne an sie heran, während sie einige Minuten lang vor der verschlossenen Tür stand. Ihre Hand, die sie schon seit einer Weile zum Klopfen erhoben hatte, zitterte unmerklich.

Es sah so aus, als würde sie sich jeden Moment umentscheiden und diesen Ort fluchtartig verlassen. Ihr Herz pochte so stark, dass ihre Patientenkleidung vor ihrer Brust sachte auf und ab flatterte.

Schließlich, nach einer gefühlten Ewigkeit, klopfte sie an und betrat das Zimmer sofort, ohne eine Antwort abzuwarten.

Drinnen stand ein einziges Bett, umgeben von einer Zusammenkunft der verschiedensten Geräte, die alle durch Kabel und Schläuche mit einem jungen Mann verbunden waren. Wer es nicht besser wusste, würde denken, er hätte alle Macht über diese Maschinen und nicht umgekehrt.

Ein Atemgerät lag auf seinem Mund. Seine Augen waren müde, als sie einen Blick auf das Mädchen erhaschten, das sein Zimmer an diesem neuen langwierigen und schmerzerfüllten Tag betrat.

Sie sah aus wie ein armseliges Wrack. Es überraschte ihn nicht, zu sehen, dass ihr rechtes Bein, das einen ungesunden Knick hatte, nach zwei Schritten nachgab und sie zum Sturz verdammte. Sie fiel zu Boden und ihr Kopf klatschte gegen die Kante eines Eisenschranks, der sich ein Stück weit in ihren Schädel schnitt. Blut quoll aus der Wunde hervor.

In Schock weiteten sich seine Augen. Er nahm reflexartig seine Atemmaske ab und wollte etwas rufen, doch stattdessen verließ nur ein eigenartiges Husten seine Kehle.

\*

»Wow, Aaron, du siehst ja elend aus«, rief Chris – Arbeitskollege und Freund – als er zu ihm kam. Er hatte kräftige Arme, einen dicken, roten Bart und trug eine Brille und war im selben Alter wie Aaron, der jedoch vergleichsweise mager aussah.

Der Polier hatte Chris scheinbar aufgetragen, Aaron beim Mauern der Westwand zu helfen, die schon in zwei Tagen fertig werden musste.

Auf diese Weise abgelenkt blickte Aaron hinter der riesigen Kreissäge hervor, an der er gerade ein paar Ziegel zurechtschnitt. Er schob die Diamantscheibe hoch, nachdem er den Stein zertrennt hatte und legte ihn dann zu den anderen.

»War auch die ganze Nacht wach«, gab er zurück, griff den Kragen seines schweißnassen T-Shirts und ließ es ein paar Mal flattern, damit es nicht mehr an ihm klebte. Tiefe Ringe umkreisten lauernd seine Augen – es war abzusehen, dass er jede Sekunde in Schlaf ausbrechen würde. »Kannst schonmal den Mörtel auftragen«, meinte er dann. »Ich schneid' noch kurz zu Ende.«

»Na, ob das 'ne gute Idee ist? Soll ich das nicht lieber machen?«

»Junge, das kriege ich ja wohl noch hin«, gab Aaron zurück. »Ich hab' heute eh schon stundenlang an der Mauer gearbeitet. Keine Lust mehr.«

»Dir ist schon klar, dass du Maurer bist, oder?«, fragte er und grinste. »Na meinetwegen.«

Chris wandte sich ab und begann mit seiner Arbeit, schaffte es aber trotzdem irgendwie, sich in den Schneidpausen mit Aaron zu unterhalten.

»Was hast du denn die Nacht lang getrieben?«

Mittlerweile hatte Chris sein Muskelshirt ausgezogen und arbeitete oberkörperfrei.

»Ach, das weißt du doch. Paps trinkt den ganzen Tag nur noch. Also lass ich meinen kleinen Bruder bei mir wohnen, das heißt ich muss 'n bisschen mehr Haushalt erledigen.«

Chris blickte skeptisch drein. »Ja und?«

»Mann, und ihm bei seinen Hausaufgaben helfen, einkaufen, checkst du's nicht?«

»Das sagt mir immer noch nicht, was du nachts treibst, Schwachkopf!«, sagte Chris. Dann öffnete er den Mund, als würde ihm ein Licht aufgehen. »Hast du etwa eine Freundin?«

»Nein, verdammt.« Aaron ließ die Diamantsäge kurz los, um seine Schultern hochzuziehen. »Ich arbeite halt nachts, okay?«

»Und was?«

Er schüttelte widerwillig den Kopf. Was musste sein Freund auch so aufdringlich sein? Aaron wusste ganz genau, wie Chris darauf reagieren würde.

»Ich hab' halt alles durchgerechnet, okay?«, sagte er. »Wie viel Kohle ich brauch, um einen Lebensmittelladen aufzubauen, wie den, den mein Paps damals verloren hat. Dann kann er wieder arbeiten. Und so wie es momentan läuft, kann ich dann auch ein eigenes Geschäft aufmachen, und dann brauch' ich nicht mal mehr auf den Bau.«

Chris schien es zu dämmern. »Sag bloß, du hast die ganze Nacht an deinen Puppen gebastelt?«

Aaron nickte. Chris schüttelte den Kopf.

»Wenn du's mal noch so lange schaffst, Alter. Du siehst echt schlimm aus. Man braucht halt Schlaf, ja? Und was dein Vater macht, was geht dich das an? Du brauchst doch echt nicht für ihn sowas abzieh'n. Wenn der gewollt hätte, wär' er doch längst wieder auf die Beine gekommen.«

Chris winkte ab und drehte sich wieder zur Säge um. »Du verstehst das nicht. Ich hab' echt einige Leute, die kaufen die

*Puppen, die ich mache. Ich mein, ich mach' das immerhin seit Jahren. Ich bin gut darin!«*

*Stolz schwang in seiner Stimme mit. »Das hiesige Theater hat mir 'nen Auftrag gegeben, ich mache denen sogar Marionetten! ... Willst du auch eine?«*

*»Ne lass mal, Aaron«, gab Chris mit einem halben Lächeln zurück. Er hörte das schwere Atmen seines Kollegen und machte sich Sorgen.*

*Das laute Geräusch der Kreissäge hinter ihm dröhnte erneut. Er drehte sich um und sah gerade noch, wie Aaron vornüberkippte. Kaum hatte er die Maschine losgelassen, hörte sie durch den Sicherheitsmechanismus auf, sich zu drehen. Er fiel um wie ein Stein und schlug mit dem Kopf gegen einen der fertig verarbeiteten Ziegelsteine. Sein Helm bekam eine Delle.*

*Aaron lag eine Weile am Boden und hatte nicht die Kraft, sich aufzurichten. Er sah Chris zu ihm springen und nach Hilfe rufen.*

\*

Mit Schrecken sah Aaron das Mädchen reglos am Boden liegen, während sich eine Blutlache unter ihrem Kopf ausbreitete. Er machte sich bereits Sorgen, dass er gerade jemandem beim Sterben zusah und suchte nach seinem Panikknopf.

Endlich zuckte einer ihrer Arme. Aaron beobachtete, wie sie langsam quer durch den Raum kroch. Sie drückte die angelehnte Tür zum Bad auf, schob sich hinein, zog sich am Waschbecken hoch und wusch sich das Gesicht. Als sie humpelnd wieder aus dem Zimmer zurückkehrte, konnte er keinerlei Verletzung mehr an ihrem Kopf erkennen.

»Jag' ... mir doch nicht ... so eine Angst ein, Mädchen«, sagte er mit schwacher Stimme. »Ist etwa ... Halloween? Man verliert hier drin ... echt den Überblick ...«

Er nahm einen tiefen Atemzug. »Im falschen Zimmer ... gelandet ...?«

Die Zukunft setzte sich auf einen Stuhl neben seinem Bett. Dann griff sie in den Obstkorb, der als Besuchermitbringsel zwei Tage zuvor von Chris vorbeigebracht worden war, und zog eine Orange heraus.

Aaron schluckte mit furchtsamem Gesichtsausdruck und beobachtete sie dabei, wie sie einen Teil der Frucht schälte. Dann brach sie ein Stück ab und führte es an Aarons Mund, als wollte sie ihn füttern. Er nahm es zwischen seine Lippen und kaute es, was ihm nur unter Mühen gelang.

Als er das Stück heruntergeschluckt hatte, flüsterte er: »*Du* bist es.«

Seine Besucherin schloss daraufhin ihre Augen und wandte den Kopf ab. Jetzt war er sich sicher. »Du *bist* es. Weißt du eigentlich ... dass ich darauf gewartet habe ... dass du kommst? ... Ich wollte mich dafür bedanken ... dass du dabei warst.«

Er zögerte einen Moment. »Du weißt schon ... Du hast meinem Vater eine Orange gebracht, als er in der Winternacht ... erfroren ist.« Aaron lächelte schwach. »Paps hat Orangen geliebt.«

Er schaute sich die weißhaarige Frau mit ihrer blassen Haut und kleinen Stupsnase eine Weile lang an, während er ruhig atmete.

»Du bist ein *Todesengel* ... nicht wahr? Du hilfst den Menschen ... wenn sie sterben.«

Sie öffnete ihre Augen wieder und blickte über all die Schläuche und Kabel, die aus ihm herauskrochen.

»Sie haben keine Ahnung, was mit mir los ist«, murmelte er. »Ich glaube, sie wissen bloß ... dass ich bald tot bin. Das alles hier ist nur dafür da, um die ... Symptome ... zu behandeln.

Sie sind sich nicht mal sicher, ob ich ... krank bin, weil ich mich überarbeitet habe, oder ob ich mich überarbeitet habe ... weil ich krank bin, oder ... unabhängig? Keine Ahnung.«

Er machte einen Moment Pause. »Die haben ... diese riesigen Geräte. Und haben jahrelange Erfahrung. Eins von diesen Teilen heißt *Ganzkörperscanner*.«

Er sprach das Wort vorsichtig aus, als könne er sich nicht entscheiden, ob er es verurteilen oder anerkennen sollte.

»Die können deinen ganzen Körper scannen, sich alles anschauen, was in dir drin ist ... sie haben auch etwas, das heißt MRT ... und einen Röntgenapparat auch. Vielleicht sind die beiden auch dasselbe, keinen Schimmer ... Sie können dich komplett durchleuchten.«

Er zeigte mit seinem Finger auf den Kopf seiner Besucherin und führte ihn ihren Körper entlang hinab. »Scannen alles und haben trotzdem keine Ahnung, was los ist, und wissen nur ... dass du bald den Löffel abgibst ... Komisch, was?«

Diese paar Sätze kosteten ihn einiges an Anstrengung und Zeit.

»Ich wollte noch so viel machen«, erklärte er. »Paps ist tot, ich bin tot, ... mein kleiner Bruder, ganz alleine. Er braucht wen. Hängt seit fast einem Jahr mit solchen Schlägertypen ... am alten Bahnhof ab, das ist echt furchtbar ... konnte es ihm nicht ausreden. Seit ich hier liege ... wer weiß, was er jetzt macht.«

Aaron atmete resignierend aus. »Weißt du ... man denkt halt, da ist noch was. Man denkt, man hat noch Zeit. Man will es einfach nicht wahrhaben, aber irgendwann merkt man, dass das Ende längst in Sicht war ... und dann trifft es einen wie ein Schlag ... und man weiß: Oh, das ist es, das ist das Ende.«

Er schüttelte seinen Kopf und schlug kraftlos seine Faust in die Decke. Seine Stimme wurde langsam schwächer, als könnte sie jeden Moment in sich zusammenfallen. »Kannst du mir nicht den Gefallen tun ... und meinem Bruder ... ein bisschen auf die Sprünge helfen? Dass er nicht mehr so viel Unsinn macht? Tiberio ... heißt er ... hab ja schon gesagt, wo du ihn findest. Wäre echt nett von dir, so als ... Abschiedsgeschenk ...«

Nachdem er dieses letzte Wort ausgesprochen hatte, fing er an zu weinen.

Die Zukunft versuchte währenddessen weiter die Orange zu schälen, doch ihre mitgenommenen Finger schafften es nicht richtig, die Fruchthaut abzulösen und verteilten stattdessen nur Blutspuren darauf. Schließlich biss sie einfach hinein.

Sie kaute durch Schale und Fruchtfleisch. Es brauchte einen Moment, bis die Kaubewegungen langsamer wurden. Dann warf sie den Rest der Orange wieder zurück in den Korb, wo der Saft auslief

Sie stand unter Anstrengung auf und nahm den Behälter mit dem Medikament aus einer kleinen Tasche an ihrem Krankenhemd und stellte es auf den Tisch, der halb über Aarons Bett ragte.

Aus einer der Schubladen an der Wand neben dem Bad zog sie eine Pipette hervor und las damit eine der Tränen auf, die sich bereits den Weg hinunter zu Aarons Hals gebahnt hatten. Dann öffnete sie den Becher und nahm eine Pille, um sie in den Mund des Kranken zu legen. Er schluckte sie.

Mit einer bedeutsamen Geste stellte sie den Rest der Tabletten direkt vor Aaron hin. Daran war schief ein Etikett geklebt, das anscheinend von einem anderen Medikamentbecher stammte. Darauf hatte eine Krankenschwester »2xtgl, 3W« geschrieben.

Aarons Augen weiteten sich.

»*Kümmer dich selbst ... um den Lümmel*, was?«, fragte er und verzog sein Gesicht zu etwas, das entfernt einem Lächeln ähnelte. »Hab ... kapiert.«

Ihm wurde schwindelig. Er drückte die Atemmaske wieder auf seinen Mund.

Die Zukunft verließ das Zimmer und vernahm dabei ein leises *Danke*. Sie schloss die Tür hinter sich. Ein paar Sekunden lang lag ihre Hand noch auf der Klinke. Sie atmete aus, als wäre eine Last von ihr abgefallen.

»Hey!«, vernahm sie dann eine bekannte Stimme. Sie drehte sich um und sah am Ende des Gangs die Weisheit, die ihr zuwinkte. »Da bist du also! Wir haben dich ewig gesucht!«

Kurz danach fiel der Blick der Zukunft auf Teresa. Sie sah erleichtert aus und kam mit großen Schritten näher. Ihre Augen wirkten etwas gedunsen. Sie war kurz davor, in Tränen auszubrechen. Kaum war sie nah genug herangetreten, nahm sie die Zukunft in eine vorsichtige, aber feste Umarmung.

# Ich präsentiere: Professorin Teresa

Der erste Schnee des Winters fiel im November. Dieser November – wie viele seiner Vorfahren – tat sich schwer mit dem Sonnenschein und barg somit eine gewisse Melancholie.

Teresa hatte aufgehört mitzuzählen, wie oft sie seit ihrem ersten Treffen mit der Zukunft gedacht hatte, sie wäre endlich *über den Berg* und es würde ihr nun besser gehen. Diese Momente hielten dann nur maximal ein bis zwei Tage an, und dann kehrte sie zu ihren alten Gewohnheiten zurück.

Insgesamt ging es ihr nur dahingehend besser, als dass sie nicht mehr tagein, tagaus zuhause in einem Bett neben vergammelnden Essensresten lag, ohne die Kraft zum Aufstehen zu finden. Ein derartiges Verhalten wäre unter den konstanten Belästigungen durch die Weisheit auch gar nicht möglich gewesen.

Doch nicht nur Teresa ließ sich von der Jahreszeit beirren. Auch ich selbst erlebte in diesem November einen Moment der Schwäche und tat etwas, von dem ich mir fest vorgenommen hatte, es zu unterlassen: Ich mischte mich in die Belange meiner Schwester ein und steckte meine kleine Nase damit in Angelegenheiten, die mich nichts angingen.

Es passierte an einem Samstag, an dem ich mich mit der Zeit unterhalten hatte. Nach jedem Treffen mit ihr bekomme ich Sehnsucht danach, Neues zu erleben: Sie bereitet einem ein schlechtes Gewissen dafür, das eigene Dasein zu verschwenden.

Teresa lag an jenem Vormittag in ihrem Bett im Haus meiner Schwester. Der Wecker hatte längst geklingelt, doch da Teresa heute nicht mit der Zukunft unterwegs sein würde, hatte sie ihn ignoriert.

Nun lag sie bereits seit über zwölf Stunden unter ihrer Decke. Zwar schlief sie schon seit einer Weile nicht mehr, doch sie konnte sich nicht überwinden, das Bett zu verlassen.

Schließlich hörte sie, wie der nächtliche Besuch der Weisheit (dieses Mal eine Frau) das gegenüberliegende Zimmer verließ. Teresa wartete ein paar Minuten, bevor sie sich mühselig über die Matratze schob und aufstand.

Ohne zu klopfen und noch immer im Nachthemd bekleidet trat sie in das Zimmer der Weisheit ein, die in Unterwäsche auf ihrem Bett lag und ein Buch las.

Scheinbar war Teresa nicht die einzige, die nur schwer aus dem Bett kam. Doch dann dachte sie daran, dass die Weisheit heute mit Sicherheit bereits gefrühstückt, die Zukunft geweckt und Sex gehabt hatte.

Kaum bemerkte die Weisheit ihren Besuch, richtete sie sich auf, drückte ihren Rücken durch und präsentierte stolz ihre neuen wunderschönen cremefarbenen Dessous mit in kräftigem Karminrot aufgestickten Schleifchen und Blüten.

»Hübsch«, sagte Teresa schlaftrunken.

Sie öffnete eine Tür des großen Wandschranks, der eine große Fläche des Zimmers einnahm. Die Weisheit hatte dort für Teresa ein Fach mit Kleidung der Zukunft eingerichtet.

Sie schämte sich dafür. Da sie nach wie vor nicht offiziell bei der Zukunft einziehen wollte, weigerte sie sich Zu viele ihrer eigenen Sachen aus ihrer Wohnung mitzunehmen, denn dann käme sie sich wie eine Schmarotzerin vor. Und doch – wenn es Abend wurde, konnte sie sich nicht dazu aufraffen, noch nach Hause zu fahren, und dann fehlte nur noch ein wenig Überzeugungsarbeit der Weisheit, und sie verbrachte eine weitere Nacht in diesem Haus.

Erst hatte ihr die Weisheit sogar Kleidung von sich angeboten, die Teresa jedoch nicht passte (sie hatte einen kleineren Brust- und Hüftumfang und dafür viel längere Beine als die Weisheit), sodass sie nun schon seit ein paar Wochen fast ausschließlich Kleider der Zukunft trug.

»Ich fahre übrigens gleich weg«, erklärte die Weisheit. »Du bist den Tag über alleine hier. Mach es dir gemütlich!«

Teresa kam nicht umhin, einen Anflug von Erleichterung zu empfinden – allein zu sein minderte ihren Stress.

Nachdem sie sich alle nötigen Kleidungsstücke zusammengesucht hatte, lief sie ins Badezimmer, um sich die Zähne zu putzen. Sie überlegte, ob sie duschen sollte. Andererseits ... lohnte sich das, wenn sie ohnehin den ganzen Tag nur weiter im Bett liegen würde?

Sie schob die Entscheidung auf und kehrte in ihr eigenes Zimmer zurück, wo sie sich wieder auf ihr Bett legte, ihr Smartphone zur Hand nahm und ein paar Seiten besuchte.

Unter anderem las sie einige neue Publikationen ihrer Fachgebiete – eher aus Gewohnheit als aus Interesse –, überprüfte Wettervorhersagen und die Neuigkeiten, die die Nacht über so angefallen waren. Ihre Statusnachricht im Messenger war seit ein paar Wochen »*just let the world end*«, doch sie änderte sie zu »*saw my neighbour in her underwear today and now i feel like jogging but it's too cold outside, fml*«.

Nichts von alldem tat Teresa mit großem Eifer. Es hielt sie einfach vom Nachdenken ab, denn nachzudenken führte fast immer zu unbehaglichen Ergebnissen.

Schließlich warf sie das Gerät in ein Kissen, drehte sich stöhnend um und blickte an die Wanduhr. Sie erschreckte sich ein wenig. Es war schon nach sechzehn Uhr.

Sie trug noch immer das Nachthemd. Den kleinen Stapel mit der frischen Wäsche hatte sie auf einem Stuhl im Badezimmer vergessen. Teresa blickte nach draußen in die dunkelgrauen Wolken, die schon den ganzen Tag den Himmel unkenntlich machten.

Sie war allein. Zwar hatte sie nicht mitbekommen, wie die Weisheit das Haus verlassen hatte, doch das war nicht weiter verwunderlich, da sie vollkommen in ihre Lektüre vertieft gewesen war. Teresa fiel auf, dass sie noch nichts gegessen hatte, also verschob sie das Sichanziehen und machte sich auf den Weg in die Küche.

Sie dachte kurz darüber nach, ob sie sich etwas tatsächlich Nahrhaftes zu Essen machen sollte, öffnete dann aber den Schrank mit dem Süßkram und zog einige Tafeln Schokolade hervor.

Ein näherer Blick verriet ihr, dass es sich um Kaffeeschokolade handelte, die sie nicht ausstehen konnte, also warf sie sie zurück. Ein paar geöffnete Schranktüren weiter fand sie vegane Schmelzschokolade, die zur Glasur von Backware bestimmt war. Sie schob sich ein Stück nach dem anderen in den Mund.

Teresa hatte den größten Teil des Tages vergeudet, daher kam in ihr der Verdacht auf, dass sie heute ohnehin nichts mehr schaffen würde. Daraus schloss sie, dass es sich vermutlich nicht lohnen würde, doch noch unter die Dusche zu steigen.

Stattdessen malte sie sich aus, wie sie den Rest des Abends in ihrem Bett liegen würde, ohne genau zu wissen, was sie dort tun sollte. Jetzt wo sie aufgestanden war, fiel ihr auf, dass es in ihrem Zimmer auch nichts Interessanteres gab als irgendwo anders. Sie kaute weiter genusslos auf dem großen Brocken Schokolade herum.

Als Teresa so viel davon gegessen hatte, dass ihr fast übel wurde, stand sie auf und machte eine Runde durch das leere Haus. Sie schob jede Zimmertür auf und blickte sich überall um, doch sie fand nichts Außergewöhnliches.

Das Wohnzimmer mochte Teresa am liebsten. Sie fühlte sich wohl darin, und wenn es ihr nicht gerade schlecht ging, saß sie oft auf der Couch und las Bücher aus den Regalen an den Wänden. Einmal hatte sie auch ein bisschen auf dem weißen Piano herumgeklimpert, das an der Fensterwand stand, doch die Töne waren ihr zu laut gewesen. Obwohl sie nie jemanden darauf spielen hörte, war das Instrument stets staubfrei und gut gesäubert.

Auch der Schreibtisch der Zukunft hatte sich nicht sonderlich verändert – nur vermutete Teresa mittlerweile, dass es sich bei den Zeichnungen um Pläne für den Bau ihrer Tochter handeln musste. Das brachte sie auf die Idee, hinab in den Keller zu steigen und nach ihr zu sehen.

Dort angelangt sorgte der kühle Raum bereits nach wenigen Minuten dafür, dass Teresas Oberschenkel auf Zimmertemperatur herabkühlten, doch sie konnte nicht anders, als in das Becken zu schauen, das mittlerweile fast bis zur inneren Füllkante voll war. Die Tränen schimmerten glasig darin.

Noch befand sich die Zukunft in der Phase der Materialsammlung, doch Teresa schätzte, dass sie sich schon sehr bald daran setzen würde, mit der Arbeit am Körper zu beginnen.

Die Temperatur des Raumes lag deutlich unter dem Punkt, der für eine Person im Nachthemd empfehlenswert gewesen wäre, doch Teresa machte lange Zeit keine Anstalten, ihn zu verlassen, und begann bald zu zittern.

Es deprimierte sie, die ganzen Tränen zu sehen. Jede einzelne von ihnen enthielt das unermüdliche Herzblut der Zukunft. Sie erinnerte sich beschämt daran, wie sie den beiden damals vorgerechnet hatte, wie *unmöglich* es wäre, das Becken je ganz zu füllen.

Was hätte Teresa in der Zeit seitdem wohl erreichen können? Stattdessen saß sie herum, tat nichts und bemitleidete sich selbst. Doch jede sinnlose Minute, die sie hinter sich brachte, stellte nur eine neue Möglichkeit dar, der Welt zu entfliehen. Einer Welt, die sie weder akzeptieren noch verändern konnte.

*Ach, was soll's*, dachte sie sich und richtete sich unter knackenden Knöcheln wieder auf. Ihre Füße brannten vor Kälte. Sie dachte darüber nach, wie angenehm es sein würde, sich jetzt unter drei Decken zurück in ihr Bett zu kuscheln. Doch als sie im Flur angekommen war, sah sie zu ihrer Linken die offene Tür zum Bad.

Teresa zog sich das Nachthemd aus, während sie darauf zulief. Dann trat sie ein, warf es achtlos auf den Boden, schloss die Tür ab und stellte das Wasser in der Dusche an, das sich nur langsam erwärmte.

In der Zwischenzeit schraubte sie den Hahn am Waschbecken auf. Sie spritzte sich das Gesicht ab. Der Spiegel offenbarte ihr ihren müden, von Lustlosigkeit zerdrückten Blick, spröde vertrocknete Lippen und die beiden Schönheitsflecken auf ihrer Wange.

Sie wunderte sich, dass ihre Haut einen dunklen Teint behalten hatte, obwohl sie kaum das Haus verließ, wenn sie nicht gerade mit der Zukunft mitlief. Ihre unordentlichen, viel zu langen Haare kräuselten sich in absurden Winkeln durch ihr Gesicht.

Nach einer Weile drehte sie sich um, ohne den Hahn wieder zu schließen und betrat die Duschkabine. Das über ihre Haut strömende Wasser brannte, als es auf die ausgekühlten Muskeln traf. Teresa genoss das Gefühl, obwohl es schmerzte. Sie stand minutenlang einfach da und ließ sich berieseln, bis ihr etwas schwindelig von der Hitze wurde und sie sich auf den Boden der Kabine setzte, wo das Wasser etwas kühler war.

Ein Schluchzen entfuhr ihrer Kehle. Erst wusste sie nicht recht, ob sie weinte, da das Wasser der Dusche sofort ihr Gesicht abspülte. Sie rieb sich die Augen. Ja, doch.

Sie weinte.

Das war der einzige Ort, an dem sie sich das leisten konnte. Die Zukunft würde nicht plötzlich auftauchen und ihre Tränen stehlen, und niemand war im Haus, der von ihrem Kummer Notiz nehmen würde.

Teresa saß noch lange da, ohne irgendeinen klaren Gedanken zu fassen. Ein entferntes Geräusch von draußen holte sie irgendwann wieder in die Realität zurück. Sie realisierte erst jetzt richtig, wo sie sich befand. Das Wasser rollte noch immer unaufhaltsam ihren Körper hinab, doch der Raum war nun stockfinster.

*Ich sollte wohl mal wieder nach Hause gehen*, dachte sie sich und seufzte. Sie richtete sich wieder auf und wusch sich Haare und Körper. Erst dann fühlte sie sich wieder angenehm in ihrer Haut. Ein gutes Stück der Motivationslosigkeit fiel von ihr ab, wenn auch nicht genug, um sie zu tatsächlich konstruktiven Taten zu bewegen.

Stattdessen nutzte sie den Kraftschub, um ihre Haare zu föhnen, sich neu einzukleiden und sogar rudimentär zu schminken. Als sie dann wieder in die Spiegel blickte, ähnelte sie schon eher wieder der Ordinaria, die bis vor einem Jahr Vorlesungen an einer Universität gehalten hatte.

Sie verließ das Bad – inzwischen um 19 Uhr – und begab sich in ihr Zimmer, um einen Mantel zu holen. Im Kleiderschrank fiel ihr Blick auf eine hellblaue Mütze. Noch immer trauerte sie ab und zu ihrer tollen gestrickten Long Beanie nach, die damals auf dem Schulhof verloren gegangen war, als die Weisheit sie vor diesem mysteriösen Mädchen ›gerettet‹ hatte. Nun musste sie mit einer anderen Kopfbedeckung Vorlieb nehmen.

Nachdem sie sich auch mit einem Schal bestückt hatte, trat sie nach draußen in die klirrende Kälte. Sofort schob sie ihre Hände in die riesigen Manteltaschen und war insgesamt so dick bekleidet, dass sie sich wie eine kleine Festung fühlte, die sich durch den Schnee hindurchbewegte.

Während sie die Straße hinabtrottete, überlegte sie sich, ob sie den Bus nehmen oder zu Fuß laufen sollte – doch als sie an der Haltestelle feststellte, dass der nächste Bus noch eine Viertelstunde auf sich warten lassen würde, entschied sie sich für Letzteres. Zwar dauerte das länger, doch sie tat es lieber, als in der Kälte zu stehen.

Während sie spazieren ging, dachte sie über einige Dinge nach, die sie normalerweise in ihr Unterbewusstsein verbannte. Wie lange wollte sie der Zukunft und Weisheit noch zur Last fallen? Teresa war allein deswegen nicht längst über alle Berge verschwunden, weil die beiden ihren Verbleib im Haus der Zukunft als Selbstverständlichkeit ansahen.

Zudem versteckte Teresa regelmäßig Geld in einem Reisglas in einem Regal der Küche, um die durch sie verursachten

Nebenkosten zu decken – sie hatte zwar auch versucht, es der Weisheit direkt zu geben, doch die hatte lachend abgelehnt.

Was genau war es, das die beiden dazu antrieb, sich um Teresa zu kümmern?

Darüber nachzudenken, dass sie nichts zu bieten hatte, deprimierte sie noch ein Stück mehr, doch zumindest war sie dieses Mal tatsächlich traurig darüber. Das war ihr angenehmer als die sonstige Apathie.

Langsam nahmen auch die Menschenmengen ab, die ihres Weges durch die Innenstadt schritten. Vereinzelt standen noch Schlangen an Imbissständen und die Bushaltestellen wirkten hier voller als in den äußeren Gebieten der Stadt. Auch die Ampeln stellten noch einen Magneten für Personen dar, doch die Sitzbänke, Brunnen und Seitengassen schienen völlig aus dem Wahrnehmungskreis der Menschen verschwunden zu sein.

Teresa konnte es ihnen nicht verdenken. Ihr selbst fiel es wohl nur deswegen auf, weil sie gar kein klares Ziel hatte, das sie bald erreichen wollte. Ob sie nun bei sich zuhause ankam oder bei der Zukunft im Haus geblieben wäre – es machte keinen Unterschied. Nichts machte irgendeinen Unterschied.

Schließlich kam sie beim mehrstöckigen Apartmenthaus an, in dem ihre Wohnung zu finden war. Sie schob den Schlüssel ins Schloss, um hineinzugelangen. Die Treppen im Aufgang waren in der Zwischenzeit renoviert worden und wirkten wenig vertraut. Vielleicht hatte man bei der Gelegenheit ihr Apartment ja gleich mit wegrenoviert.

Direkt beim Eintreten in ihre Wohnung erkannte Teresa das katastrophale Chaos, das sich schon durch ihren Flur zog. Jetzt, wo sie eine Weile nicht mehr da gewesen war, kam ihr der Müll ein ganzes Stück widerlicher vor als zu dem Zeitpunkt, als sie ihn selbst verursacht hatte.

Sie stieg über die Klamotten, über die ausgepackten Kartons, die mit Unrat gefüllt waren, über Unterlagen, Briefe und Magazine und allerlei anderes Zeug, das sie irgendwann kurz verwendet und dann an Ort und Stelle liegen gelassen hatte.

Im Wohnzimmer auf dem Boden vor ihrem Nachtschrank erblickte sie neben einem unkorrigierten Stapel Testate eine offene Tablettenschachtel, die ihren Inhalt auf den Teppich und in ihren Klamottenhaufen übergeben hatte. Nachdem sie damals krankgeschrieben worden war, hatte ihr der Arzt allerlei verschiedene Medikamente verschrieben – vorwiegend Antidepressiva und einige Beruhigungsmittel, die nach Teresas Ansicht allesamt wirkungslos waren.

*Vielleicht sollte ich den Arzt nochmal anrufen,* dachte sie. Doch dann erinnerte sie sich daran, dass sie irgendwann ohne Meldung aufgehört hatte, die Termine wahrzunehmen. Sie wollte vermeiden, damit konfrontiert zu werden, also schob sie die Angelegenheit für den Moment auf.

Teresa lief durch die Wohnung und las einige Kleidungsstücke auf, die sie vielleicht ab und zu anziehen würde und die sie zur Wohnung der Zukunft mitnehmen konnte. Es würde ein parasitäres Gefühl in ihr auslösen, egal ob sie ihre eigene Garderobe mit dorthin nahm oder weiter die Kleidung der Zukunft anzog, also konnte sie wenigstens Ersteres tun, um nicht so sehr zur Last zu fallen.

Sie warf die zusammengesuchte Kleidung in ihre Waschmaschine und stellte sie an. Nun hieß es warten. Vielleicht wäre es klüger gewesen, das Waschen der Weisheit zu überlassen (Teresa hatte keinen Schimmer, wie die Waschmaschine der Zukunft funktionierte, oder wo sie sich überhaupt befand), doch das kam ihr irgendwie unhöflich vor. Nun musste sie die nasse Wäsche entweder zum Haus der Zukunft bringen oder sie bei sich aufhängen und später wiederkehren, um sie abzuholen.

Während sie über derlei Unwichtigkeiten nachsann, fiel ihr Blick auf eine Reihe eingerahmter Dokumente an der Flurwand zwischen Küche und Badezimmer. Dabei handelte es sich um ihr Abiturzeugnis, ihren Studienabschluss, die Urkunde für die Fertigstellung ihrer Doktorarbeit und ihre Habilitationsurkunde. Um zu prahlen, hatte sie bis vor einiger Zeit Briefe oder sonstige Schriften gelegentlich mit ihrem voll ausgeschriebenen Namen signiert. Der stand sogar in einer Goldplakette über den Urkunden:

PROF. DR. RER. NAT. HABIL. TERESA RAPHAELLA MARGOT SELENE WILLGENAU

Teresa musste lachen, als sie diesen lächerlich großen Namen nach so langer Zeit mal wieder zu Gesicht bekam. Da war sogar das überflüssige *habil* dabei, nur damit er noch länger wurde.

Seit ihrer Krankschreibung hatte sie überall nur noch mit *T. Willgenau* unterschrieben.

Das Läuten ihrer Türklingel warf sie aus den Gedanken. Einen Moment lang stand sie einfach starr da und überlegte sich, wer denn ausgerechnet jetzt bei ihr auftauchen würde, doch sie kam zu dem Schluss, dass sie das am besten würde herausfinden können, indem sie die Tür öffnete.

»Wer da?«, fragte sie an der Fernsprechanlage, doch sie erhielt keine Antwort. Ihr dämmerte, um wen es sich handeln könnte, also drückte sie den Knopf zum Öffnen der Hauspforte und ließ die Wohnungstür einen spaltbreit offen.

Bei der Gelegenheit fragte sie sich, wie die Weisheit und die Zukunft immer so problemlos in ihre Wohnung eingedrungen waren. Ob sie einen Schlüssel besaßen? Teresa fand es nicht unwahrscheinlich, dass die Zukunft ihren Schlüssel irgendwann einmal geklaut hatte.

Nun, es war nicht so, als hätte es Teresa je wirklich gestört oder überhaupt besonders interessiert.

Sie dachte kurz darüber nach, ob sie panisch anfangen sollte, die Wohnung aufzuräumen, doch die Zukunft kannte diesen Anblick bereits sehr gut und hatte nie irgendwelche Anzeichen von Verurteilung gezeigt, also machte es wohl keinen Unterschied.

Deswegen wirkte Teresa ziemlich überrascht, als nicht die Zukunft in ihre Wohnung eintrat, sondern ich. Sie stammelte eine flüchtige Begrüßung, dann lotste sie mich ins Wohnzimmer und warf einige Bücherstapel von einem Sessel, damit ich mich hinsetzen konnte. Ich blickte mich in der verstaubten Wohnung um, in der es nach ungewaschener Kleidung roch. Dann zückte ich meine Kreidetafel und schrieb:

HIER DRIN IST ES WIDERLICH.

# Was mag die Zukunft wohl bringen?

Teresa schaute betreten zu Boden, doch sie antwortete nicht. Sie kam nicht einmal auf die Idee, mich daran zu erinnern, dass ich buchstäblich in einer Brandruine lebte.

Stattdessen rätselte sie darüber, wieso ich sie besuchte. Dass sie zu viel Zeit mit meiner Schwester und der Weisheit verbrachte, erkannte man daran, dass sie mich nicht einfach danach fragte.

Da es mühselig geworden wäre, mein Anliegen auf einer Kreidetafel zu erklären, hatte ich es in einen Brief geschrieben. Sie nahm den Umschlag behutsam entgegen und schaute ihn sich aufmerksam an, bevor sie ihn öffnete. Dann setzte sie sich auf einen Wäscheberg und fing an zu lesen.

*Verehrte Teresa,*
*ich muss zunächst einmal zugeben, dass es mir sehr unangenehm ist, mit dieser Angelegenheit an dich heranzutreten. Es ist nur leider so, dass du die Einzige bist, die momentan bei der Zukunft frei ein und aus geht – natürlich mit Ausnahme der sogenannten Weisheit. Die ist jedoch nichts weiter als ein willenloses Schoßhündchen meiner Schwester und daher nicht zu eigenständigem Denken fähig.*
*Wie dem auch sei: Das Anliegen, mit dem ich an dich heran-*

trete, betrifft die Tochter der Zukunft. Wenn du die Tränen, die die Zukunft als Material gesammelt hat, so aufmerksam mitgezählt hast wie ich, wirst du wissen, dass sie jeden Moment genug von ihnen zur Verfügung haben wird, um mit der tatsächlichen Arbeit an ihrem Körper beginnen zu können.

Die aus dem Erwachen des Kindes folgenden Konsequenzen sind mir nach einem Gespräch tiefer ins Bewusstsein gerückt worden, das ich unlängst mit einer mir am Herzen liegenden Person geführt habe. Die Tochter wird ihre Kräfte erhalten, sobald sie ihren wahren Namen erfährt. Da die Zukunft wohl nicht in der Lage sein wird, ihn auszusprechen, fällt mein Verdacht für diese Zuständigkeit auf die Weisheit.

Es wäre mir lieb, wenn du dich darum kümmern würdest, dass die Weisheit beschäftigt ist, sobald die Zukunft ihre Arbeit abgeschlossen hat. Ich werde mich dann selbst um alles Weitere kümmern. Den genauen Zeitpunkt, wann das passiert, wirst du natürlich noch erfahren.

Wie du dir bestimmt denken kannst, kann ich dir nicht verraten, wer das Kind ist und auch nicht, welche Fähigkeiten es besitzt, da wir kein Risiko eingehen können. Im gleichen Zuge: Falls es dir gelingen sollte, den Namen der Tochter in Erfahrung zu bringen, so sprich bitte mit niemandem darüber. Es wäre zudem eine schlechte Idee, zu versuchen, den Namen zu erraten und die Rateversuche anderen Personen mitzuteilen.

Um das mit unmissverständlicher Deutlichkeit zu sagen: Im Interesse aller darf die Tochter der Zukunft auf keinen Fall erwachen.

Ich wäre dir undenkbar verbunden, falls du dich darauf einlassen solltest, mir in dieser Angelegenheit zur Seite zu stehen.

Mit ehemaligen Grüßen,
die Vergangenheit.

Teresas Stirn runzelte sich zunehmend, je mehr Zeilen meines Briefes sie las. Bei den letzten Zeilen rollte sie mit den Augen.

»Das ist ein seltsamer Briefabschluss«, sagte sie. »Und ... ähm ...«

Teresa schaute an die Decke und dachte ein paar Sekunden lang nach.

»Schau, ich würde dir wirklich gern helfen, aber leider geht aus dem Brief nicht hervor, *wozu*. Das wäre schon wichtig zu wissen. Ich meine, was wenn die Tochter der Zukunft *Weltfrieden* heißt? Oder wie wäre es mit *Freundschaft*? ... *Hoffnung*? Ich würde deine Sorge ja verstehen, wenn es die *Steuererklärung* wäre oder *die Zeit, in der edgy Goth-Lolita Outfits endlich in den Schränken bleiben*.«

HÖR AUF ZU RATEN!

Sie hörte tatsächlich auf, blickte mich aber weiter erwartungsvoll an, während ich mir darüber den Kopf zerbrach, was mit meinem Kleidungsstil nicht stimmte.

WIR WISSEN BEIDE, DASS DIE ZUKUNFT KEINEN *WELTFRIEDEN* HERVORBRINGEN WIRD.

Teresas Schultern erschlafften. »Kannst du mir nicht wenigstens einen Tipp geben, wer sie ist? Wie soll ich entscheiden, ob ich dir helfen soll, wenn ich nicht einmal weiß, was sie anrichten wird?«

ICH KANN DIR NICHT NOCH MEHR SAGEN. WENN DU ERFÄHRST, WER SIE IST, KÖNNTEST DU SIE SELBST AUSLÖSEN.

»Aha! Du vertraust mir also nicht, aber ich soll dir vertrauen. So ist das also.«

Sie blickte mir vielsagend in die Augen. »Und ich dachte ja, wir könnten Freundinnen werden ...«

Ich musterte sie und musste mir ein Lächeln verkneifen. Ihr vormaliger Respekt war verflogen, seit sie festgestellt hatte, dass ich etwas von ihr brauchte.

Ich dachte eine Weile darüber nach, wie ich ihr weismachen könnte, dass es mir ernst war. Dann schrieb ich:

GIBT ES ETWAS, DAS DU MAGST?
DAS DU VERMISSEN WÜRDEST?

Vor Teresas geistigem Auge leuchtete das Bild der Zukunft auf. Die Weisheit stand im Hintergrund und winkte in die Kamera. Teresa biss sich selbst auf die Unterlippe beim Eingeständnis, dass sie die Weisheit irgendwie mochte.

»Ja schon«, antwortete sie mir.

NA SIEHST DU. WENN DIE ZUKUNFT DIR WICHTIG IST,
DANN SOLLTEST DU MIR HELFEN.

»Man wird echt aus euch allen nicht schlau«, murmelte Teresa. »Ich werde drüber nachdenken. Gib mir einfach etwas Zeit. Ich weiß ja, wo du wohnst. Ich schreibe dir dann einen Brief.«

NEIN. KEIN BRIEF. GIB MIR DEINE ANTWORT PERSÖNLICH.

»Du übertreibst ... soll ich dann extra zu dir laufen oder wie? Ich schreibe dir einfach.«

NEIN.

Teresa lachte ungläubig. »Kannst du etwa nicht lesen?«, machte sie sich über mich lustig. Ich stand wütend auf, um das Haus zu verlassen.

»Warte noch«, rief sie mir nach. »Ich habe nachgedacht, seit wir uns das letzte Mal getroffen haben, über etwas, das mir die Weisheit erzählt hat.«

Ich blickte sie fragend an.

»Sie sagte, dass du metaphorisch gesehen so lange existiert hast, wie alle Lebewesen bisher zusammen, weil du all ihre Geschichten kennst.«

Teresa zupfte nervös an ihrer Hose herum.

»Wenn das stimmt ... dann kannst du mir bestimmt sagen, wovon es mehr gibt. Gibt es mehr Gutes oder mehr Schlechtes? Wenn man alles zusammennimmt, also wirklich alles ... welche Seite gewinnt?«

Ich habe schon so einiges erlebt, doch jener Moment war einer von den wenigen, die mir eine Gänsehaut verpasst haben. Meine Hände verkrampften sich um meine Tafel und ich zerbrach versehentlich das Stück Kreide zwischen meinen Fingern.

Ich kann mich nicht daran erinnern, wie unvorstellbar viel Zeit ich damit verbracht habe, meine Archive durchzugehen und zu katalogisieren, um auf genau diese Frage eine Antwort zu erhalten.

Natürlich ist es nicht so, als hätte ich wirklich nachzählen müssen. Die Antwort kannte ich schon vorher und Teresa kannte die Antwort auch. Dennoch entschied ich, mir die Zeit zu nehmen und Teresa um einen Stift und ein Blatt Papier zu bitten, um ihr meine Antwort aufzuschreiben. Sie beobachtete mich dabei neugierig, ohne dass ich ihr erlaubte mitzulesen, und ich brauchte insgesamt fast eine halbe Stunde.

Als ich fertig war, blickte ich die geschriebenen Seiten unschlüssig an. Ich haderte mehrere Minuten lang mit mir, ob ich es ihr wirklich geben sollte. Es wunderte mich ein bisschen, dass ich überhaupt noch einmal eine Geschichte aufgeschrieben hatte. Bevor ich Teresa das Papier schließlich zum Lesen gab, schrieb ich auf meine Tafel:

SIEH ZU, DASS ICH NICHT BEREUEN WERDE, DIR DAS HIER ZU ZEIGEN.

Etwas verwundert nahm Teresa den Text daraufhin entgegen und begann zu lesen:

*Liebe Teresa,*
  *ich möchte dir nichts vormachen. Du bist Wissenschaftlerin, und das weiß ich zu respektieren. Ein Einzelfall sagt nichts darüber aus, wie die objektive Wahrheit aussieht, aber ich möchte dir trotzdem von einem Ereignis erzählen, dem ich in der ein oder anderen Form beigewohnt habe, eben als Veranschaulichung. Eine konkrete Antwort auf deine Frage wirst du aber später auch bekommen.*

*Ich war einmal, an einem angenehmen Spätsommerabend, ein kleines Reh. Gemeinsam mit 29 anderen meiner Art hatte man mich in einen aus Holzlatten provisorisch angefertigten Stall gepfercht, der zusammen mit Dutzenden weiteren auf einer Lichtung stand, die festlich ausgeschmückt war.*
  *Einer der beiden Menschen, die uns hergetrieben hatten, schloss gerade die Schwingpforte und verhinderte so unseren*

*Ausbruch. Ich konnte die Männer nicht sehen, war aber aufgewühlt durch ihre Anwesenheit, während ihre Stimmen gedämpft ins Innere des Stalls drangen.*

*»Himmel, sind das viele«, meinte der eine.*

*»Ja, und es kommt noch eine Gruppe aus Halmen. Irrsinn, wenn du mich fragst, Konrad. Absoluter Irrsinn.«*

*Ein Lachen. »Ja, der König will es seinem Sohn wirklich recht machen. Wer hat das schon einmal gehört? So viele Rehe auf einer Festinjagd? Ich meine ... das werden noch um die dreihundert Stück sein, nicht wahr?«*

*»War klar, dass sie sich für den letzten Tag noch etwas Großes überlegen. Aber dass die achtzig Sauen von gestern nicht schon genug waren.«*

*»Was soll man machen, wenn der junge Heinrich Rehe nun einmal am liebsten mag. Anscheinend wollen sie die Tiere nicht einmal essen oder verkaufen. Er hatte irgendeine eine andere Idee. Wollte ein Spektakel.«*

*Schließlich verebbten die Stimmen, aber es dauerte lange, bis auch das Bellen meiner Artgenossen wieder nachließ. Der Stress des Transports brannte noch in unseren Gliedern, doch schließlich setzte ich mich hin und zerkaute ein paar Grasreste, die ich ein paar Stunden zuvor an einem kurzen Stopp hinuntergeschlungen hatte.*

*Noch immer witterte ich die Anwesenheit von Menschen auf der Lichtung, doch selbst wenn keiner mehr von ihnen da wäre, würde ihr Geruch den erbauten Einrichtungen weiter anhaften. Neben ihnen trug die Luft den gut wahrnehmbaren Harn dutzender Rehböcke mit sich, die trotz dieser unnatürlichen Umstände Urinspuren verbreiteten, um ihr Revier zu markieren.*

*Ich verspürte die Wärme der anderen Tiere, mit denen ich hier zusammen festsaß. Stunde um Stunde, die ganze Nacht hindurch. Irgendwann gebar ein Alttier vor mir ein kleines*

*Kitz. Sie verbrachte eine Stunde damit, die glitschige Fruchtblase aufzufressen und das Tier sauber zu lecken. Das Kind stakste unsicher zwischen den Beinen anderer Rehe umher, während es laufen lernte.*

*Schließlich, als am nächsten Morgen die Sonne bereits ein paar Stunden lang die Welt mit Licht flutete, kroch mir erneut der frische Gestank eines Menschen in die Nase, als die ersten Treiber zurück auf die Lichtung kamen und langsam einen der Ställe nach dem anderen öffneten.*

*Wieder wurde ich furchtbar unruhig. Unter unsere Mahnrufe mischte sich bald auch das Gebell einer anderen Sorte von Tier, und als mir der Wind von ihrer Ankunft berichtete, spannte sich jeder Muskel in meinem Körper an und ich machte mich sprungbereit.*

*Das waren die Hunde. Eine Foxhound-Meute, die ich zwar noch nicht sehen, aber riechen und hören konnte. Dutzende von ihnen.*

*Die Tür zum Stall öffnete sich, und ein paar der vorderen Rehe sprangen sofort hinaus. Ich drückte mich im Schutz der Dunkelheit des Stalls zu Boden, doch als einer der Menschen hineinkam, um uns aufzuscheuchen, sprang ich auf und hüpfte hinaus an die frische Luft. Sofort erkannte ich die Hunde auf der anderen Seite des Platzes, die sich in meine Richtung stürzten. Neben mir hechteten etliche Rehe zur anderen Seite des Platzes, wo ein Fluchtweg zu sehen war – eine Grasschneise, die durch den Wald führte und zu beiden Seiten mit Mauern gesäumt war.*

*Ich rannte mit dem Strom. Einige Rehe versuchten vergeblich, über die Mauern hinein ins Dickicht des Waldes zu springen. Auf der Suche nach Deckung rannten die anderen weiter geradeaus, doch der Weg war lang und das Gras war kurz.*

*Ich sprang panisch voran und schlug dabei meine Hufe jedes Mal so fest in den Grund, dass kleine Fetzen von Pflanzenteilen in der Luft herumflogen.*

*Schließlich schlossen noch mehr Menschen auf großen Pferden bedrohlich zu uns auf, machten Lärm und heizten uns an. Ich hatte kaum noch Kraft. Einige der Hunde hatten aufgeschlossen und vergruben ihre Zähne in die Schenkel und Bäuche der Rehe, die sie zu fassen bekamen, nur um dann von den Menschen zurückgepfiffen zu werden.*

*Völlig außer Atem erkannte ich schließlich die Rettung: Ein Fluss, der sich am Ende der Schneise befand und mit starker Strömung dahinfloss. Als ich näher kam, sah ich bereits Hunderte andere Rehe darin schwimmen, neben mehreren Booten, in denen sich Menschen befanden.*

*Das Wasser spritzte um mich herum, als ich, mit Gliedern schwächer als eine tote Zunge, kraftlos in den Fluss hüpfte und sofort von der strengen Strömung des Gewässers mitgezogen wurde. Langsam erkannte ich das Schauspiel, das hier stattfand. Etwas weiter flussaufwärts über dem Wasser war eine große, steinerne Brücke, von der aus dutzende Menschen hinabblickten und jubelten. In den Booten um mich herum saßen Männer mit aufwändig gearbeiteter Kleidung.*

*Unter der Brücke, befestigt durch Seile, hingen fünf riesige Hirsche mit einigen Einschusslöchern an ihren Geweihen befestigt zur Schau und bluteten dort aus.*

*Flussabwärts hing ein großes Netz, das sich quer durch das ganze Gewässer zog und alles auffing, das vom Wasserlauf mitgerissen wurde.*

*Die starke Hand eines Mannes packte mich an der Rückseite des Halses und hob mich dann aus dem Wasser heraus. Er legte die Spitze seines Messers gegen meinen Bauch, und dann schob er es hinein.*

*Ein quietschender Laut drang aus meiner Kehle. Es fühlte sich an wie ein schwerer Faustschlag. Bald spürte ich Blut und Teile meines Körpers aus mir herausquellen.*
*Er drückte das Messer noch eins, zweimal in mich hinein – genau konnte ich es nicht ausmachen. Mein Körper verzog sich vor Schmerzen und er ließ mich los, sodass ich zurück ins Wasser fiel und kraftlos strampelnd die Strömung hinabfloss. Es trieb mich hinein in das Netz, wo bereits etliche andere festhingen und langsam an ihren Verletzungen starben.*
*Ich konnte, zwischen andere Rehkörper gequetscht, nichts mehr sehen, und nach einer Weile wurde ich hinabgedrückt. Meine Lungen füllten sich mit Wasser und fühlten sich an, als würden sie zerreißen.*
*Es dauerte zu lange, bis ich starb.*

*Hinter dem Netz färbte das Blut der Tiere den Fluss tiefrot. Diese Spur war so weit sichtbar, dass sie zu einem Spektakel wurde, das noch viele Kilometer flussabwärts von neugierigen Leuten beobachtet werden konnte.*
*Die Prunkjagd war derart gewaltig und gelungen, dass man sie von da an jährlich wiederholte.*
*So erhielt dieser Fluss den Namen ›Rehfülle‹.*

Teresa hatte die Lektüre schließlich beendet und schaute mit ausdruckslosem Gesicht und verkrampften Händen auf. Sie hatte das Papier beim Falten ein Stück weit zerknüllt. Ich schrieb auf meine Tafel:

>ICH WAR JEDES DIESER TIERE.
>ICH WAR JEDER DIESER FÜRSTEN.
>ICH WAR ÜBERHAUPT ALLES
>UND HABE GEZÄHLT.

Ihr Rücken sackte zusammen.

DIE NATUR IST GRAUSAM.
DAS LEID GEWINNT.

»... Bist du deswegen so traurig?«, fragte sie und legte meine Geschichte behutsam wieder ab. Ich setzte die Kreide auf meine Tafel, schrieb aber nichts.

Eine Weile lang saßen wir nur da und schließlich entschied ich mich, wieder zu gehen. Teresa stand auf, um mir eine Hand anzubieten, damit ich mich besser aufrichten konnte. Ich nahm das Angebot an. Wir umarmten uns zum Abschied kurz.

Sie wirkte ein wenig gedankenverloren und machte sich, nachdem ich die Wohnung verlassen hatte, daran, ihre Kleidung aus der Waschmaschine zu räumen, bis sie später am Abend wieder zum Haus der Zukunft zurückkehrte.

# Das Schaf

Zuhause angelangt wurde Teresa von der grinsenden Weisheit in ihrem Zimmer erwartet. Teresa stellte den Flechtkorb, der ihre in der Kälte zerfrorenen Anziehsachen enthielt, auf ihr Bett.

»Ich werde sie später für dich trocknen«, versprach die Weisheit. Teresa bemerkte, dass ihr Zimmer etwas ordentlicher aussah als vor ihrem Aufbruch – offenbar hatte die Weisheit es aufgeräumt. »Aber erstmal gibt es etwas zu feiern! Genau genommen sind es sogar zwei Anlässe.«

»Habe ich deinen Geburtstag vergessen?«

»Nein, aber du warst heute das erste Mal draußen, seit du hierhergekommen bist!«

»Was?«

Teresa nahm die Weisheit sorgfältig in Augenschein, um festzustellen, ob sie den Verstand verloren hatte. »Das stimmt doch gar nicht. Ich gehe oft raus.«

»Ja, wenn dich andere dazu bringen. Wenn du es mit der Zukunft oder mir zusammen machst, dann schon. Aber ich meine, du warst heute das erste Mal seit langem *von ganz allein* draußen unterwegs.«

Teresa ließ die letzten Monate in ihrem Kopf Revue passieren. Sie konnte es nicht abstreiten.

»Was soll's ... ich war nur kurz zuhause. Hör auf, Wind darum zu machen. Irgendwie kommt ihr heute alle mit so wirrem Zeug an. Stell dir vor: Ich gehe *alleine* nach Hause, sage *niemandem* Bescheid, und *trotzdem* macht mich die Vergangenheit ausfindig und will mich für irgendeine Sabotage-Aufgabe rekrutieren.«

»Oh, dann hat sie dich gefunden! Sie war zwischendurch kurz hier und hat nach dir gefragt. Ich habe ihr ein paar Tipps gegeben, wo du sein könntest, scheinbar hat es geklappt. Sie wollte dich also rekrutieren? Soso!«

Teresa ärgerte sich über ihre Vorhersehbarkeit und entschied sich, das Thema zu wechseln.

»Die Vergangenheit hat beiläufig etwas davon erzählt, dass die Tochter der Zukunft eine Fähigkeit haben wird«, erwähnte Teresa. »Und ich weiß, dass auch die Vergangenheit eine Fähigkeit hat. Dann nehme ich an, die Zukunft hat ebenfalls eine, nicht wahr? Eine Fähigkeit, die sie tun lässt, was sie tut. Ist sie so etwas wie eine Wahrsagerin ...?«

»Ja, du hast recht«, antwortete die Weisheit, und strich ihre grüne Haarsträhne aus dem Gesicht. »Sie hat eine Fähigkeit, aber es ist nicht Wahrsagerei. Möchtest du es sehen? Dann müsstest du mitkommen. In ihren Schuppen.«

Die Weisheit stand auf und begab sich zur Tür, dann winkte sie Teresa zu sich, die sich fragte, was sie in dieser Kammer voll wertlosem Gerümpel Wichtiges übersehen hatte. Während sie nach draußen schritten, begann die Weisheit mit ihren Erklärungen.

»Schwesterherz hat keine so coolen Fähigkeiten wie die anderen aus ihrer Familie. Die Vergangenheit beispielsweise ›archiviert‹ jedes Ereignis, das je passiert ist, sozusagen wie einen Film oder einen Text in einer Bibliothek vor ihrem geistigen Auge und kann sie sich alle ansehen, so oft sie will, ohne dass es sie Zeit kostet. Das habe ich dir ja schonmal erzählt.

Ihr Bruder ist eine Person ohne eigene zeitliche Ausdehnung – er lebt unverändert an beliebigen Orten, doch man kann keine Spuren von ihm finden, deswegen taucht er in den Erzählungen der Vergangenheit auch nie direkt auf. Du kannst ihn zwar treffen, aber du wirst dich nur an das Treffen erinnern, während du sein Fischglas aufgesetzt hast.

Außerdem gibt es eine Person in der Familie – eine der mächtigsten –, die *immer und überall* existiert, egal ob in der Vergangenheit, Gegenwart oder Zukunft. Wenn du ihr in zwei Jahren etwas erzählst, würde sie es heute schon wissen. Oh, und wo wir dabei sind: Lass mich gar nicht erst von *ihrer* Mutter anfangen –«, und sie fing auch gar nicht davon an, sondern öffnete die Tür zum Schuppen, an dem sie angelangt waren.

»So.«

Sie schob Teresa hinein, bevor sie hinterherhüpfte. Einen Moment lang konnte Teresa nichts sehen, bis die Weisheit das spärliche Licht des Schuppens anschaltete, das aus ein paar vereinzelten Glühbirnen bestand, die irgendwo an quer durch den Raum verlaufenden Stromkabeln hingen.

»Hm ... Wo ist es denn?«, wunderte sich die Weisheit, bis sie irgendwann den hoch auf einem der Regale stehenden Origami-Papierdrachen erblickte, der Teresa schon beim letzten Besuch hier aufgefallen war.

»Vielleicht hat es schon geahnt, was ihm blüht«, murmelte sie vergnügt und suchte sich ein paar Hocker, die sie gefährlich wacklig übereinanderstapelte, um den Drachen hinunterzuholen.

Teresa blickte vorsichtig hinauf. Sie wurde beim Anblick der schwankenden Weisheit nervös, also trat sie näher heran und griff ihre Hüfte, um ihr einen festeren Stand zu geben.

»Oh!«, rief die Weisheit, als sie die Berührung spürte. »Du kannst ruhig etwas tiefer fühlen, wenn du willst – upps!«

Teresa hörte ein Rascheln von oben. Die Weisheit zuckte kurz zusammen.

»Also«, sagte sie daraufhin. »Die Zukunft hat die Fähigkeit, sich alles merken zu können, was sie einmal gesehen oder gehört hat. Sie hat im Grunde ein absolutes Gedächtnis.«

Währenddessen holte sie den Drachen hinunter und gab ihn Teresa in die Hand. »Sei vorsichtig, es kann beißen.«

Das Papier fühlte sich unwirklich leicht und dünn an, wie Pergament ohne eigene Dicke. Der Drache bestand aus unzählig vielen Knicken und Falten. Er sah wesentlich komplizierter aus als alle Origami-Figuren, die Teresa zuvor gesehen hatte.

Über das Papier zogen sich seltsam aussehende Zeichen und Symbole. Die Weisheit stieg von den Hockern herunter, legte ihre Hände an die Flügelansätze des Drachen und griff zu.

Teresa ließ ihn los. Die Flügel schienen kurz zu flattern. Sie waren wesentlich größer als erwartet.

Jetzt, wo die Weisheit ihn festhielt, verschoben sich die Segmente, aus denen Rücken und Schwanz bestanden – der ganze Körper war beweglich.

Mit dem Geräusch von reißendem Papier zog die Weisheit die Flügel des Drachen auseinander.

»Die Großmutter der Zukunft hat es gebaut.«

Zwischen den Flügeln, im Bereich des aufgerissenen Rückens, zeigte sich nun die wahre Natur des Drachens – denn anstelle, dass das Papier zerstört worden war, hatten sich nur eine unzählige Menge weiterer Falten und Kniffe offenbart. So, als wären die Falten allesamt auch nur gefaltet worden.

»Man kann ihn so weit aufmachen, wie man möchte. Er ist unendlich groß. Aber es gefällt ihm nicht, er wehrt sich dagegen.«

»Was steht da?«

Nun, da einige Teile zusammenhängender waren, konnte Teresa viele Linien mit einigen Knötchen ausmachen. An den verschieden großen Knotenpunkten sah sie Buchstaben eines ihr unbekannten Alphabets. »Ist das eine Karte? ... oder ein Stammbaum?«

»Genau«, antwortete die Weisheit. »Es ist eine Karte, die beschreibt, was jeder Mensch in jedem Moment seines Lebens getan hat, noch tun wird oder gerade tut. Dieser Drache ist das sogenannte *Schicksal*.«

Sie flüsterte die letzten Worte und ließ ihnen durch eine dramatische Pause besonderes Gewicht zukommen. Offenbar hatte sie großen Spaß daran, Teresa dieses Geheimnis zu offenbaren.

»Je weiter man ihn öffnet, desto genauer verrät er einem das Schicksal einer Person – oder eines Tiers. Ich habe es mal geschafft, ihn bis auf ein paar Sekunden genau zu öffnen, dann sieht man sogar einzelne Finger und was sie im Verlauf der Zeit bei einem Menschen machen ... hehe. Ihn weiter zu öffnen war zu anstrengend – ich habe mir sogar ein paar Zerrungen geholt. Die Zukunft behauptet aber, dass er einem später sogar einzelne Zellen zeigen kann, bis hin zu Atomen und noch viel kleineren Teilchen. Verrückt, oder?«

Teresa blickte über die Symbole, die sie jetzt bereits erkennen konnte, doch ihr war unverständlich, was dort stehen sollte.

»Das, was du gerade siehst, ist nur das Schicksal einiger längst verloschener Völker. Das Schicksal benutzt Originalsprache, wenn möglich. Wenn du ihn weiter öffnest, findest du irgendwann vielleicht eine Übersetzung.«

»Wurde das Ding von Affen auf Schreibmaschinen geschrieben?«, fragte Teresa.

»Red' keinen Unsinn, ich sagte doch schon, wer es gebaut hat. Hier, nimm mal!«

Sie reichte den Drachen zurück. Teresa spürte sofort einen schweren Zug an den Flügeln des Drachen – es musste die Weisheit sehr viel Kraft gekostet haben, ihn die ganze Zeit so weit geöffnet zu halten. Teresa hockte sich hin, um einige Teile des rechten Flügels auseinanderzuziehen, doch der Drache begann zu zappeln, als würde ihm diese Behandlung nicht gefallen.

»Das Schicksal sieht übrigens für jeden, der es liest, ein bisschen anders aus«, merkte die Weisheit an, die Teresa über die Schultern schaute, während sie vergeblich versuchte, im Drachen zu lesen.

»Ergibt Sinn«, antwortete sie. »Er zeigt einem nur das Schicksal der anderen, nicht das eigene, habe ich recht?«

Anders war die Angelegenheit, ohne Paradoxien zu verursachen, schlecht zu lösen, vermutete Teresa.

»Ja«, bestätigte die Weisheit und streichelte den Drachen behutsam. »Die Zukunft hat ihn mit ihrem *Absoluten Gedächtnis* auswendig gelernt. Sie weiß daher was wann wo passiert ist, passiert und passieren wird – aber sie weiß das nur in dem Ausmaß, in dem sie selbst nicht involviert ist.«

»Sie kann also sagen, was jemandem passieren wird und sie kann es auch ändern ... also nehme ich an, dass das Schicksal nicht feststeht?«

»Ja, ungefähr so. Das Schicksal ist letztendlich nur eine Empfehlung, oder auch so etwas wie ein Bauplan, es ist keine Vorschrift. Sobald man das Schicksal einer Person verändert, werden die Notizen im Drachen erneuert.

Deswegen steht das eigene Schicksal auch nicht drin. Es wäre total sinnlos. Man würde lesen, was einem passieren wird, aber durch das Lesen würde sich das eigene Schicksal sofort ändern. Es wäre nur Kauderwelsch. Daher wird es der Einfachheit halber gleich ausgelassen. Man kann dafür das Schicksal anderer Leute ändern, entweder direkt, oder dadurch, dass man ihnen erzählt, was man im Drachen über sie gelesen hat.«

Teresa fühlte sich bei diesem Gedanken unwohl. »Dann kann man mit einem Menschen ja tun und lassen, was man will«, sagte sie. »Man ändert sein Schicksal, dann liest man das Schicksal erneut, und wenn es nicht das richtige ist, dann mischt man sich wieder ein. Die Zukunft macht Leute doch nicht etwa zu ihren Sklaven, oder ...? Bin ich eine Sklavin?«

»Keine Sorge«, lachte die Weisheit. »So einfach ist es nicht. Wenn man das Schicksal eines Menschen liest, und es dann bewusst beeinflusst, so wird es zu einem Teil des eigenen Schicksals.«

»Also kann man es nicht mehr lesen«, folgerte Teresa.

»Genau. Nach einer Weile werden die Worte wieder klarer und man kann erneut Einfluss nehmen, aber bis das Schicksal so detailliert ist wie vorher, kann es Jahre, wenn nicht Jahrzehnte dauern. Schwesterherz weiß daher nicht immer, was mit den Leuten nach der Begegnung mit ihr passiert ist und ob sie erreicht hat, was sie erreichen wollte. Meistens merkt sie es sofort, aber sie besucht auch oft Personen, die sie früher einmal getroffen hat, um zu schauen, wie es ihnen mittlerweile geht.«

Die Weisheit schaute traurig auf den Drachen. »Wobei sie Anfang des Jahres damit aufgehört hat.«

»Verstehe«, entgegnete Teresa. »So macht sie das alles also.«

»Tja, beantwortet das deine Frage?«

»Vermutlich.«

Teresa sah der Weisheit dabei zu, wie sie den Drachen wieder zurück auf das Regal stellte, wo sie ihn das erste Mal gesehen hatte.

»Ich gehe wieder rein«, kündigte sie an. »Wenn du Lust hast, kannst du hier bleiben und dir die Sachen ansehen. Oh, ach ja! Bevor ich es vergesse, ich sagte ja, es gibt zwei Dinge zu feiern.«

Teresa schaute auf.

»Die Zukunft ist jetzt fertig mit dem Tränensammeln! Sie hat vor ein paar Stunden mit den Arbeiten an ihrer Tochter begonnen ...!«

Teresa konnte an diesem Abend nicht einschlafen. Zu viel ging ihr durch den Kopf. Zwar hatte die Sache mit dem Schicksal ihr grundsätzliches Verständnis der Situation erleichtert, dennoch blieben viele Fragen offen.

Natürlich war es immer noch möglich – und aus Teresas Sicht auch am wahrscheinlichsten –, dass sie sich alle einen riesigen Spaß mit ihr erlaubten und eine Unmenge an Ressourcen verschwendeten, nur um sie auf den Arm zu nehmen.

Doch diese Erklärung lehnte Teresa ab. Eher wollte sie daran glauben, dass die Aussagen der Weisheit tatsächlich stimmten, selbst, wenn sie nur metaphorisch zu verstehen waren. Aber je länger Teresa an diesem Abend hellwach im Bett lag und sich Gedanken über alles machte, desto weniger Sinn konnte sie sich aus irgendetwas davon erschließen.

Warum war sie noch hier? Teresa war davon ausgegangen, dass die Zukunft ihr auf lange Sicht eine Träne hatte entlocken wollen, doch nun war die Tränensammlung vollständig. Teresas Träne wurde also gar nicht gebraucht. So oder so –

die Zukunft müsste nicht mehrere Monate in eine einzige Träne investieren, wenn sie die meisten anderen in wenigen Minuten sammeln konnte.

War sie dann überhaupt noch in irgendeiner Weise vonnöten? Teresa fielen die Worte des kleinen Mädchens auf dem Schulhof wieder ein:

»*Was hast du hier zu suchen?*«

Teresa wälzte sich so lange in ihrem Bett, bis die Decke in ihrem Bezug unbequem verrutschte. Das störte sie so sehr, dass sie aufstand, um sie durchzuschütteln.

Bei der Gelegenheit konnte sie auch gleich den Lippenpflegestift aus der Schublade des Nachtschranks holen, denn ihr Mund war wieder mal fast vollständig ausgetrocknet.

Nur die Aufladediode ihres Handys und die entfernten Straßenlaternen leuchteten in ihren Raum, sodass sie wenig erkennen konnte, während sie die Schublade durchsuchte.

Sie sah etwas Glänzendes darin. Als sie danach griff, bemerkte sie, dass es sich um die Perle von ihrer ersten Begegnung mit der Zukunft handelte. Daneben fühlte sie ein kleines Blatt Papier. Sie schaltete das Licht an, um lesen zu können, was darauf stand.

Es handelte sich um eine Eintrittskarte für ein Planetarium in einer Küstenstadt, die fast einhundert Kilometer entfernt lag. Der Termin war der zwölfte Januar.

*Das ist in ein paar Wochen,* dachte sie nach einem Blick auf ihr Handy. Offenbar wollte jemand, dass sie diese Veranstaltung besuchte.


»Tja«, offenbarte die Weisheit eine Woche später »... und deswegen gehen wir jetzt in ein Aquarium, Süße! Gut, ich hätte eigentlich gedacht, dass sie dich in eine Sternwarte schicken würde oder so etwas.«

Sie zuckte mit den Schultern. Teresa verschwieg den Zettel aus ihrem Nachtschrank.

»Worauf es ankommt, ist einfach nur, dass du anfängst zu weinen, also macht es keinen Unterschied.«

Sie saßen zu zweit in einem Zug, und aus irgendwelchen Gründen schien die Weisheit ihre Antizipation nicht bremsen zu können.

»Du tust so, als würde sie meine Träne noch brauchen. Sie ist doch längst fertig mit dem Sammeln, oder nicht?«

»Ach, die Zukunft macht es doch nicht wegen der Tränen. Sie tut das alles für die Menschen und nicht für sich.«

»Ah ja. Und du glaubst also, heute ist mein großer Tag?«

»Ganz genau. Was sonst? Stell dir vor: Die romantischen Aquarien, die süßen Fische, eine überaus reizende Begleitung ... und schwupp! Du wirst gar nicht wissen, wie dir geschehen ist.«

Sie grinste. Teresa konnte sich ein Lächeln nicht verkneifen, so fröhlich, wie die Weisheit aussah.

»Findest du das Wetter nicht auch schön? So hell hat die Sonne schon seit Wochen nicht geschienen. Es ist gar keine Wolke zu sehen!«

»Dann hätten wir wohl etwas an der frischen Luft unternehmen sollen?«, fragte Teresa. »Die Aquarien sind doch alle nur in dunklen Gängen.«

»Was soll's. Es geht um das Gefühl, das entsteht, wenn du bei so einem Wetter durch die Welt reist.«

So einen Unfug musste sich Teresa noch für den Rest des Weges anhören. Anscheinend hatte die Zukunft dieses Aquarium empfohlen und darum gebeten, dass die beiden es zusammen besuchten. Teresa hinterfragte die Taten der Zukunft schon seit langem nicht mehr so genau, also lehnte sie sich mit geschlossenen Augen zurück und ließ sich vom zuckersüßen Geplauder der Weisheit beregnen, bis sie am Ziel ankamen.

»Wow, ein Tiefsee-Anglerfisch«, rief die Weisheit aus, als sie in einem düsteren Gang an einem riesigen Exemplar vorbeiliefen, das gemächlich durch sein Aquarium schwamm.

»Ein ganzer Tank voll mit Leuchtfischen! Wie haben sie die hier überhaupt hergeschafft? Wie machen sie das, dass sie die hier halten können? Oh, sind solche Orte nicht wundervoll?«, fragte die Weisheit und drehte mit ausgebreiteten Armen eine Pirouette. Dann wandte sie sich wieder dem Fisch zu und lief ihn interessiert beobachtend nah an der Scheibe neben ihm her.

Teresa beobachtete das kindlich-vergnügte Gesicht der Weisheit in der Reflexion an der Glasscheibe, wie es sich mit dem des Anglerfischs überlappte.

Wenn ihr mich fragt: Der Fisch wurde dadurch hässlicher.

»Ohne Zoos würden die Menschen vielleicht den Bezug zu solchen Tieren verlieren«, murmelte Teresa beim Anblick der Freude auf dem Gesicht ihrer Begleitung.

»Mag sein. Komm, lass uns weitergehen!«

Sie brauchten trotzdem noch fast eine Stunde, bis sie die Halle mit den Leuchtfischen wieder verließen, da die Weisheit nicht aufhören konnte, sie sich anzusehen.

Langsam stießen sie jedoch in die Gebiete anderer Meeresfische vor, bis Teresa eine Menschentraube sah, die in einer Einbuchtung eines runden Aquariums stand. Es handelte sich wohl um eine Führung. Die Gruppe beobachtete einen großen Fisch, der langsam vor ihnen hin und her schwamm. Teresa lief, dicht von der Weisheit gefolgt, näher heran.

»… wodurch er zu einem der berühmtesten Beispiele des sogenannten *Lazarus-Effekts* wurde. Sie gehören zu den Knochenfischen und leben in hunderten Metern Tiefe.

Wenn man den Geschichten Glauben schenken möchte, so ist unsere Melody hier einer der ersten Quastenflosser, die je wiedergefunden wurden. Bevor sie zu uns kam, befand sie sich im Besitz eines alten Nomaden, der ein Tiergeschäft führte und damit durch viele Länder reiste. Es ist aber unwahrscheinlich, dass sie tatsächlich eine lange Zeit in seinem Besitz hätte überleben können.«

Der Fisch, über den sie sprach, maß sicher an die zwei Meter, trug fleischige Flossen und ein Schuppenkleid, das ihn panzerartig umspannte. Er wies eine graugrüne Färbung mit einigen hellen Punkten auf, die über seinen Körper verstreut waren.

»Das gibt es doch nicht«, murmelte die Weisheit, die sich mit fassungslosem Blick langsam auf den Fisch zubewegte. Teresa schlich ihr nach, bis sie direkt vor dem Tier standen, das nur noch eine dünne Glasschicht von ihnen entfernt war. Die Weisheit legte ihre Hände auf die Scheibe, als wolle sie den Quastenflosser berühren.

»Dieses doofe Schaf!«, flüsterte sie und wandte sich mit weit geöffneten Augen und einem ungläubigen Lächeln zu Teresa um. Es sah aus, als würde sie jeden Moment in Tränen ausbrechen. »Ich dachte, es würde hier um dich gehen!«

# Aus den Erinnerungen der Weisheit

*Es war einmal ein altes Wesen.*
Ich kann mich weder an meine Kindheit erinnern, noch an meine Eltern, und auch nicht an irgendeine Form von Familie.

Seit ich denken kann, war ich Artistin in einem Zirkus, und wenn man mich fragt: *Was hast du davor gemacht?*, dann fällt mir jedes Mal etwas als Antwort ein. Ich habe dies gemacht, ich habe das gemacht, doch immer ist es etwas anderes, und die Wahrheit könnte alles davon sein oder nichts. Ich habe keine Ahnung.

So lebte ich mein Leben für eine lange Zeit, in einer Welt, die sich wie eine kleine Idylle anfühlte. Bis zu einem gewissen Tag, an dem diese Idylle einen kleinen Kratzer bekommen sollte.

Hunderte Menschen waren im Zirkuszelt versammelt, aßen Popcorn und beobachteten aufmerksam die Geschehnisse auf der Manege. Eben hatte ein Messerwerfer seinen Auftritt beendet.

Die Helfer schippten die Kunstblutreste der Schauspielerin auf, während der Zirkusleiter im Ring entlangstolzierte und die Ankündigung für meinen Auftritt ausrief.

»Begrüßen Sie also mit mir ... das unglaubliche Drachenmädchen, die fliegende, die speiende, die atemberaubende WEISHEIT!«

Kaum hatte ich das gehört, rannte ich hinter dem Vorhang der Bühne hervor und begann mit meiner Vorführung.

Zuerst schlug ich mit brennenden Fackeln in der Hand ein paar Räder, dann hielt ich mir eine davon vor mein Gesicht und prustete die giftige Flüssigkeit in meinem Mund aus.

Vor mir flammte ein gewaltiger Feuerball auf.

In der Zwischenzeit waren die hängenden Trapeze weit genug hinuntergefahren. Ich zündete einige Kolben an, die ich während meiner Sprünge in zehn Metern Höhe durch die Luft werfen würde. Es gibt wenig, das mir je so viel Spaß gemacht hat wie meine Auftritte. Über den Köpfen der Menschen herumzufliegen, mit brennenden Schwertern in den ausgestreckten Armen, und Flammensäulen bis unter die Spitze des Zelts zu spucken ... Ich vermisse das schon.

Als ich die Tribüne nach dem Auftritt durch den Hintereingang verließ, begegnete ich dem schmierigen Zirkusdirektor, der dort mal wieder auf mich wartete.

»Hey, Teuerste ...!«, begrüßte er mich mit seiner öligen Auf-und-Ab-Stimme. Er streckte die Hand aus und legte sie behutsam um meine Schulter, um mich nach vorne zu schieben und einen Spaziergang mit mir zu machen. Wir liefen im Backstage-Bereich an den anderen Darstellern vorbei, die sich auf die kommenden Vorführungen vorbereiteten.

»Ich habe nachgedacht – Sie machen Ihre Auftritte gut! Sehr gut, ja! ... Aber wie wäre es damit: Lassen Sie uns aus Ihrer Unsterblichkeit eine Nummer machen! Sowas wie ... Ja, ich schneide das Seil durch! Oder wir verbrennen Sie auf einem Scheiterhaufen! Das wäre doch *wundervoll*.«

»Ich bin *nicht* unsterblich!«, wiederholte ich zum hundertsten Mal. »Und hören Sie auf, das zu behaupten, am Ende glaubt das noch jemand. Das könnte außergewöhnlich unangenehm für mich ausgehen.«

»Sie können aber nicht abstreiten, dass Sie noch nicht gestorben sind«, versuchte der Direktor mich zu überzeugen. »Ich meine, sehen Sie es doch mal so ... Mir ist ja schon klar, das mit dem Drachen ... und Drachen sind weise ... und Sie sind die Weisheit ... deswegen sind Sie eine Feuer-Artistin. Das haben Sie grandios durchdacht!«

Er rieb nervös seine Hände. Wir standen jetzt am Ausgang des Zirkuszeltes, und er blieb stehen, da er gleich wieder hineingehen musste, um einige Ankündigungen zu machen.

»Nur leider glaube ich eben kaum, dass irgendein Zuschauer diesen Zusammenhang begreift. Die denken sich doch eher ›Was? Sie heißt Weisheit? Wieso spielt sie mit Feuer?‹ Nun – nicht, dass Feuer etwas Schlechtes wäre. Nur haben wir ja schon die Clowns, und –«

»Die *Clowns*?«, zischte ich. Die *drei furiosen Clowns* waren die andere Gruppe innerhalb des Zirkusses, die mit Feuer arbeitete. »Diese drei *Clowns* sind doch die allergrößten Angsthasen. Sagen Sie lieber denen, dass sie ihren Auftritt ändern sollen!«

Immerhin arbeiteten die nur mit kleinen Flammen, anstelle bei jedem Auftritt um Haaresbreite das gesamte Zelt in Brand zu stecken. Kopfschüttelnd ließ ich den Direktor stehen und lief davon.

Die meisten der Akrobaten des Standzirkusses lebten auf dem Grundstück in kleinen Aufbauten, weswegen stets ein großes Treiben auf dem Gelände herrschte.

Dicke, graue Wolken plusterten sich am Firmament über mir auf. Ich lief an meinen Kollegen vorbei – Messerschluckerinnen, Dompteure und andere Athleten und einiges mehr.

Schließlich erblickte ich Felltower, einen wandernden Händler aus dem Ausland, der seit ein paar Monaten hier lebte und versuchte, seine exotischen Tiere zu verhökern, unter denen sich Affen, Chamäleons und sogar eine Giraffe befanden. Er hatte mir direkt nach seiner Ankunft einen Fisch namens Melody verkauft – einem Freund von ihm war das junge Quastenflosserweibchen angeblich in einer Höhle vor Afrika ins Netz gegangen.

»Hallo, Weisheit!«, rief er, während ich an ihm vorbeihuschen wollte. »Wie geht es ihr?«

»Melody geht es wundervoll«, sagte ich. »Sie ist saumselig wie immer. Und wie geht es deinen Tieren so?«

»Hervorragend. Bist du auf dem Weg zu deinem Wagen?«, fragte er, als würde er sich etwas davon erhoffen.

»Was? Hast du das nicht gehört? Ich darf seit letztem Monat nicht mehr hier wohnen!«

»Wie bitte? Hast du dich etwa wieder wie eine offene Brause benommen?«

»Was willst du denn damit sagen? Ich wurde vom Direktor rausgeschmissen, weil er mich dabei erwischt hat, wie ich nachts eine Orgie mit ein paar Zirkusbesuchern veranstaltet habe. Ist das zu fassen?«

Ich spürte einen Regentropfen auf meiner Hand landen.

»Jetzt muss ich in einer Höhle abseits wohnen, habe mich aber schon eingerichtet. Da ist man sowieso ungestörter.«

»In einer *Höhle*? Dann musst du jetzt erst noch nach Hause laufen? Fängst du nicht an zu frieren, so wenig, wie du anhast?«

Er betrachtete meine entblößten Beine.

»Es fängt gerade an zu regnen«, murmelte ich nachdenklich. »Ich sollte mich wohl wirklich beeilen. Der Weg ist zwanzig Minuten lang.«

»Du kannst auch in meinem Zelt unterkommen, bis der Regen vorbei ist.«

»Schon in Ordnung.«

Er zuckte mit den Schultern.

»Na gut, aber fang dir keinen Schnupfen ein.«

»Bis dann«, lächelte ich.

»Bis dann!«

Ich kehrte dem Zirkus den Rücken zu. Es dauerte nur wenige Minuten, bis ich völlig durchnässt war. Meine Füße platschten durch den matschigen Boden des Weges, der in Richtung der Wälder führte – weg von der großen Stadt, an deren Rand sich der Zirkus eingenistet hatte.

Etwas machte mich stutzig, als ich von weitem an einer Felswand den schmalen Eingang in mein Heim erkannte, doch ich bemerkte nicht sofort, was es war.

Ich trat ein und zündete einige Kerzen an. Ein Zimmermann hatte mir geholfen, den Stein im Inneren der Höhle auszuschlagen und mich behelfsmäßig einzurichten, sodass der Ort als Platz zum Schlafen, zum Lesen und zum Aufbewahren meiner Gegenstände genügte.

Die Holzregale an der Wand hatte ich mit zahlreichen Büchern gepflastert. Der Zimmermann hatte mir gesagt, ich solle mir so schnell wie möglich eine andere Lösung einfallen lassen, die Höhle zu beleuchten, als mit offenstehenden Kerzen ... wegen so etwas wie Brandgefahr, oder so.

Ich stimmte ihm zwar zu, aber besonders große Angst vor Feuer hatte ich nun wirklich nicht. Ich achtete nur darauf, dass die Kerzen nie ganz herunterbrannten.

Gerade flackerten sie sanft und friedfertig. Ich betrachtete die träge Melody, die in ihrem großen Becken schwamm, das sich in einer Biegung hinter meinem kleinen Höhlenraum noch ein bisschen weiterzog. Darin befand sich stets frisches Wasser, da es aus einer kleinen Öffnung in der Felswand heraustrat und über einen schmalen geschlagenen Gang hinaus ins Freie plätscherte.

Ich entledigte mich meiner Kleidung, warf mich auf mein Bett und zog mir die Decke um den Körper, um mich aufzuwärmen. Eine Weile lag ich zitternd da.

Noch immer rauschte der Regen außerhalb der Höhle und die Kälte kroch in den Raum, sodass ich bald in einen leichten Schlaf fiel.

Ein klackendes Geräusch vor mir weckte mich wenig später. Ich öffnete vorsichtig eins meiner Augen und sah, wie eine Person sich an meiner Schublade zu schaffen machte. Es tropfte Wasser von ihr herab. Die Gestalt hatte eindeutig eine weibliche Figur. Hatte sie sich im Wasserbecken versteckt oder war sie gerade von draußen gekommen?

Ein paar Sekunden später verschwand sie lautlos wieder aus meiner Höhle. Ich richtete mich sofort auf, schlüpfte in meine Holzschuhe und nahm einen warmen Umhang von meiner Garderobe. Dann schaute ich in der Schublade nach.

Die Gaunerin hatte mein Gold gestohlen! Wütend stieß ich die Schublade zu und rannte hinaus. Ich betrachtete den Boden und erkannte ihre Fußabdrücke im Schlamm.

Ich schaute auf. Ihre hellen, weißen Haare und ihr hübsches Kleid blitzten zwischen ein paar Büschen auf und verschwanden im Dickicht. *Ihr nach*, dachte ich und folgte den Fußspuren, wobei ich mich regelmäßig vergewisserte, ob sie nicht wieder in Blickweite war.

Ich folgte ihr bestimmt eine Stunde lang. Der Regen hatte kaum nachgelassen. Die Sonne ging hinter den Wolken jeden Moment unter. Würde ich sie nicht bald entdecken, wäre mein

Gold auf ewig verloren. Seit Jahren schuftete ich in diesem Zirkus, in der Hoffnung, irgendwann ausreichend Vermögen für eine schöne Zukunft verdient zu haben.

Ich würde um jeden Preis verhindern, dass mir das zunichtegemacht wird! Um jeden Preis *außer* meinem Goldbarren, versteht sich.

Es war alles andere als einfach, ihren Spuren zu folgen. Ich musste immer wieder hin und her laufen und kam wegen der Dunkelheit langsamer voran. Vermutlich war sie längst an ihrem Ziel angelangt. Ob sie ahnte, dass ich sie verfolgte?

Meine Glieder schmerzten, auch wenn der dicke Umhang, den ich schon oft hatte flicken lassen, mich ausreichend warm und trocken hielt. Die Kapuze hing tief in meinem Gesicht.

Letztendlich erkannte ich den Schein einer Hütte zwischen den Bäumen. Ich schluckte. Mein Blick wanderte über die vielen schwarzen Kästen, die auf einer Wiese direkt neben dem Haus standen und vom Licht aus dem Fenster beleuchtet wurden. Das waren doch eindeutig Imkerstöcke, oder?

Ich kannte diesen Ort – es war die Hütte eines städtischen Honigmachers, dem Onkel eines der drei Clowns.

Für einen Moment ging mir durch den Kopf, ob sie mich zu sabotieren versuchten, doch irgendwie kam mir das nicht besonders plausibel vor. Woher sollten die überhaupt wissen, dass ich einen Goldbarren in meiner Wohnung versteckte?

Und wo wir schon dabei sind: Woher sollte das *irgendjemand* wissen?

Ich trat an das Fenster heran und blickte hinein. Die Vorhänge verwehrten mir einen klaren Einblick, doch ich hörte sanfte Plätschergeräusche. Das musste die Diebin sein. Vielleicht war der Imker ja auch nur eines ihrer Opfer. Er wohnte schließlich nicht hier, sondern verwendete das Haus nur tagsüber während der Arbeit.

Ich lief zur Vordertür. Ein Rascheln erklang neben mir. Da stand ein Papierdrache unweit der Hütte auf einem großen Baumstumpf. Die Regentropfen polterten unbarmherzig auf ihn.

Armes Ding. Bald würde es für immer zu Pappmaché werden.

Ungeachtet dessen schlug ich kräftig auf das Holz der Tür und riss sie auf.

»Gib mir mein Gold zurück!«, forderte ich. Doch direkt, nachdem ich den Satz beendet hatte, blieben mir alle weiteren Worte in der Kehle stecken. Der Anblick, der sich mir bot, verschlug mir schlichtweg die Stimme.

Hunderte leere Honiggläser – einige von beachtlicher Größe – standen auf dem Boden der gesamten Hütte verteilt. In einer Wanne unter dem Fenster, in das ich zuvor hineingeblickt hatte, lag eine Frau in einer zähflüssigen, goldenen Flüssigkeit.

Sie badete *in Honig*.

Ich öffnete meinen Mund. Ich brauchte einige Sekunden, bis ich wieder sprechen konnte. »Ist ... ist dir eigentlich klar, *wie vielen* Bienen das wie viel Stunden *Mühe* bereitet hat, diesen Honig herzustellen?«

Ich habe das übrigens seitdem einmal von Teresa ausrechnen lassen. Die meinte: *Während der Sommersaison lebt eine Sammelbiene ungefähr ein bis zwei Monate. In der Zeit produziert sie ungefähr dreieinhalb Milliliter Honig. Das bedeutet, um eine Wanne von zwischen einhundert und zweihundert Litern Größe zu füllen, braucht man ungefähr viertausenddreihundert Bienenleben, das sind fast 540 Bienenlebensjahre.*

Sie schwamm also in 540 Jahren Bienenmühe.

»Das ist das Verschwenderischste, das ich je in meinem Leben gesehen habe.«

Die Diebin saß mit unschuldigem Blick nackt in ihrer Wanne, umgeben vom Kerzenschein. Mit glasig schimmernder Haut und ihren wunderhübschen grünen Augen. Dann tunkte sie einen Finger ins Bad und leckte ihn ab, wobei ein guter Teil des Honigs hinabtropfte und über ihre Brust perlte.

»Das ist das Erregendste, das ich je in meinem Leben gesehen habe.«

Ich hob meinen Umhang nach oben, damit er nicht in die Honiggläser geriet und näherte mich der Frau ein paar Meter weit, indem ich sorgfältig in die kleinen Lücken zwischen den Gläsern stakste, bis mir ein Schauer über den Rücken fuhr, als ich erkannte, wie viele blaue Flecken sich über ihren Körper zogen. Außerdem fehlten ihr der linke Arm sowie die dazugehörige Schulter.

Da die Person mir nicht antwortete, wandte ich meinen Blick ab und ließ ihn auf der Suche nach meinem Gold durch das Zimmer wandern, bis er auf einen Raumteiler fiel, der eine kleine Küche mit einem Fenster aus dem großen Raum der Hütte schnitt.

In dieser dunklen Nische, in die man nur von der Tür aus hineinblicken konnte, saß eine junge, in ein schwarzes Kleid gehüllte Frau und beobachtete mich. Ich hatte sie bis zu diesem Zeitpunkt überhaupt nicht bemerkt.

»Was zum Teufel«, entfuhr es mir. Ich trat vor Schreck einen Schritt zurück und warf dabei zwei der Honiggläser um.

Sie schrieb auf eine Tafel: »Psst! Sie soll nicht wissen, dass ich hier bin!«

»Verfolgst du sie etwa? Hat sie dir auch etwas gestohlen? Warte ... *beobachtest du sie beim Baden?*«

Energisch und mit lautem Tocken schrieb sie sichtlich verärgert auf ihre Tafel: »NEIN! Ich kann sie nicht sehen!«

Ich schüttelte den Kopf. Dieses Mädchen war sehr seltsam.

»Ich – Ich bin nur hier, um mein Gold zurückzubekommen. Wo ist es? Hast du gesehen, wohin sie es gebracht hat?«

Ich schritt auf die Küche zu und betrachtete das Mädchen eindringlich.

»Gebt mir mein Gold zurück, und ich bin fertig mit euch! Ich werde euch nicht einmal köpfen lassen! ... Moment mal.«

Ich betrachtete ihr Gesicht. Es kam mir auf irgendeine Weise bekannt vor. Dann trat ich kurz hinter dem Zimmerteiler hervor und sah mir die Diebin an. Beide sahen einander ähnlich, sie schienen gar verwandt zu sein.

»Ich kenne dich doch«, sagte ich, als ich mich wieder umwandte. Ich blickte sie perplex an. »Ich habe von dir in Büchern gelesen ... In den Geschichtsabteilungen. Du bist die *Vergangenheit*.«

Das verwirrte mich. Ich hatte immer angenommen, die Vergangenheit wäre einfach eine Metapher gewesen, für die Gesamtheit vergangener Ereignisse. Nicht, dass es sie wirklich als Person gab. Ich blickte zurück zur Frau in der Badewanne.

»Dann ist das dort also ...«

»Die Zukunft«, schrieb die Vergangenheit auf ihre Tafel.

»Genau. Also zeig etwas Respekt vor meiner Schwester.«

Ich verzog meine Mundwinkel. »In erster Linie ist sie die Diebin meiner Mitgift. Wie soll ich nun jemals heiraten?!«

»Nach allem, was ich über dich weiß, gibt es ganz andere Gründe, die dich von einer Heirat abhalten würden!«

»Wie bitte?«, empörte ich mich. »Das stimmt nicht. Ich bin ein ganz reizender Backfisch.«

»Wie kannst du das behaupten, ohne rot anzulaufen?«, fragte die Vergangenheit. Sie hielt ihre Tafel dabei aufdringlich in mein Gesicht.

»Kannst du nicht sprechen? Ist es bei deiner Schwester genauso? Ich würde gerne mit ihr persönlich reden. Leihst du mir deine Tafel?«

»Tafeln helfen ihr nicht«, schrieb sie. »Und meine Tafel müsstest du mir meinen kalten, toten Fingern entreißen, wenn du sie jemals haben möchtest.«

»Das ist ein beeindruckender Satz für so ein kleines Mädchen«, meinte ich und winkelte meine Arme an meine Hüfte, um meine Gestalt aufzuplustern. »Aber wenn keine Tafel, was hilft ihr dann? Wie spreche ich denn nun mit ihr?«

»Gar nicht«, schrieb die Vergangenheit. »Mit der Zukunft kann man nicht reden. Das ist offenkundig, oder?«

Ich fand das alles andere als offenkundig. Ich begann, die Schubladen im Haus eine nach der anderen zu öffnen, schaute in Schränke und unter das Bett, in die Ritzen zwischen aufgestelltem Imkergut, hinter ein paar Bücher und durchsuchte alle weiteren Orte, wo man etwas hatte verstecken können, doch ich blieb erfolglos.

»Das ist wirklich nicht in Ordnung«, seufzte ich schließlich. Mein Herz sackte mir in die Hose bei der Vorstellung, dass das Gold tatsächlich verloren sein könnte.

»Womit habe ich denn das verdient? Ich habe nichts Böses getan! Ich habe so lange gespart. Ich wollte in entfernte Gegenden reisen, die Welt sehen, ich wollte mein Leben genießen, reich werden, mir kaufen, was mein Herz begehrt. Ich wollte mir das Gold einfach für eine schöne Zukunft aufheben –«

*Schöne Zukunft.* Mein Blick fiel auf das Mädchen im Honigbad. »Na toll.«

Die Vergangenheit hatte anscheinend genug von meinem Gerede, stand auf und verließ die Hütte. Das brachte mich auf den Gedanken, dass das Gold ja vielleicht auch draußen versteckt sein könnte, also lief ich ihr nach. Das Mädchen wurde durch ihre schwarze Kleidung regelrecht von der Dunkelheit verschlungen. Ich wartete eine Weile, während sich meine Augen an die Finsternis gewöhnten. Dann mache ich mich auf die Suche.

Die Vergangenheit hingegen verließ den Ort. Sie schrieb nicht auf, wohin sie sich begab und ich hielt sie nicht ab. Der Gedanke, dass sie im Besitz meines Goldes hätte sein können, war mir in jenem Moment völlig fremd.

Nach einer Weile verließ mich der Mut. Das unangenehme Gefühl des Verlustes krabbelte über meinen Rücken. Die Vorstellung, noch Jahrzehnte in diesem Zirkus arbeiten zu müssen ... meine Zukunft, die ich mir immer bunt ausgemalt hatte, ergraute.

Ich ertappte mich, wie ich den Pergament-Drachen betrachtete, der noch immer nicht zu Pappmaché geworden war.

Plötzlich hörte ich das schwere Holz der Tür hinter mir über den Boden schaben. Die Zukunft verließ die Hütte – noch immer vollkommen mit Honig bedeckt. Sie hatte sich eine viel zu große Bluse aus dünnem Stoff übergeworfen, die nun an ihrem Körper klebte. Außerdem trug sie eine dicke, lederne Männerhose, die sie anscheinend irgendwo aus einem Schrank in der Hütte herausgeholt hatte.

Sie griff in die Hosentasche und holte etwas unbeholfen meinen Goldbarren heraus. Meine Augen weiteten sich in Dankbarkeit, als sie ausholte und ihn in meine ungefähre Richtung warf. Er landete vor meinen Füßen.

»Danke!«, rief ich und wollte mich nach ihm bücken.

Ein lautes Platschen erklang, dann ertönte ein erschreckendes Kreischen. Ich zuckte kurz zusammen. Vor mir stürzte sich der Drache auf mein Gold! Im Bruchteil einer Sekunde verschwand es in seinem Schlund.

»Nein!«, brüllte ich. Reflexartig sprang ich auf den Drachen zu und wollte in seinen Rachen greifen, doch er wich aus und versuchte zu fliehen.

Ich trocknete meine Hand an einem Tuch in der Tasche meines Umhangs ab, wühlte weiter umher und zog meine Feuerspuckertinktur hervor. Ich nahm viel zu viel davon in meinen Mund. Ein Streichholz, entzündet an der Innenseite meines Mantels, und ...

Dann brach ein riesiger Feuerball aus meinem Mund hervor, zischend durch den Regen. Ich würde dieses verdammte Papiermonster solange rösten, bis nichts mehr von ihm übrig war – außer mein Gold!

Vor lauter Dampf und Regenlärm und Feuerlicht schloss ich meine Augen und sprühte meinen Flammenatem auf mein Opfer, bis mir ein unerwarteter, beißender Geruch in die Nase trat: verbrennendes Fleisch.

Sofort warf ich das Streichholz von mir und spuckte die Überreste der Feuertinktur aus. Dampfschwaden versperrten mir einen Moment lang die Sicht. Irgendjemand ... die Zukunft ... hatte sich schützend über den Drachen geworfen.

»Was zur Hölle!«, rief ich erschrocken.

Ihr Rücken war vollkommen verbrannt. Ihr Arm zitterte, während er sie über dem Papieruntier unbeholfen abstützte.

Die noch brennenden Teile ihrer Kleidung wurden bald vom Regen gelöscht. Ich duckte mich unter ihren Arm, sodass ich sie Huckepack nehmen konnte. In der Hütte legte ich sie bauchseits aufs Bett. Eines der Handtücher auf der Wäscheleine sah groß genug aus, also griff ich danach, um es im Waschbecken kurz einweichen zu lassen. Dann lief ich zurück zur Zukunft und betrachtete die Wunden genauer.

Verkohlter Stoff hatte sich in ihre Haut gefressen, die Verbrennungen waren vom dritten Grad. Ich griff eine kleine Zange vom Werkzeugregal, die ich über einer Flamme notdürftig sterilisierte, um damit die gröbsten Stoffreste und tote Haut aus den Wunden zu ziehen. Dann legte ich das nasse Handtuch auf ihren Rücken, damit die Wunde abgedeckt war.

Ich atmete schwer und überlegte fieberhaft, was ich als Nächstes tun sollte, während ich in der Hütte auf und ab lief. Hoffentlich kehrte die Vergangenheit bald zurück. Meine Hände zitterten.

Sie brauchte einen Arzt. Nur die kaum merklichen Auf- und Abbewegungen ihres Oberkörpers verrieten, dass sie bewusstlos war oder schlief. Ich wollte sie nicht alleine lassen, doch eine andere Wahl blieb mir nicht.

Auf dem Weg zum Dorf waren meine Gedanken schweigsam, bis ... *Die Kerzen.* Ich hatte vergessen, die Kerzen in meiner Höhle zu ersticken.

Ich schluckte. Die Zukunft hatte Vorrang. Es dauerte etwas länger als erwartet, den Arzt herbeizusuchen, doch als ich ihn erreichte, sagte er, ihm sei die Hütte bekannt, und er würde mit einem Automobil und einigen Helfern sofort losfahren.

Ich machte mich derweil wieder auf den Weg nach Hause. Die Schritte fielen mir nicht leicht. Der Schlamm erschwerte meine Beine, doch viel eher zog mich mein Gemüt herunter. Mein größter Besitz war von einem Drachen verschlungen worden, ich hatte eine Frau schwer verletzt und nun schwebte die üble Vorahnung über mir, dass ich auch mein Heim verloren haben könnte.

Mir war übel. Ich kämpfte den ganzen Weg über gegen meinen Brechreiz an. Mittlerweile hatte auch die Innenseite meines Umhangs dem Regen gegenüber nachgegeben.

Schließlich kam ich zuhause an, doch ich roch schon von Weitem, dass meine Befürchtung eingetreten war. Als ich meine Höhle betrat, sah ich an bestimmten Stellen noch die Glut flimmern.

Verzweifelt suchte ich im Dunkeln nach einem nicht völlig durchweichten Stück Holz, das ich anzünden konnte, bis ich mich an meine Truhe in einer Nebenhöhle erinnerte, die einiges an Notfallkram beherbergte – so auch ein paar Fackeln. Ich zündete eine an und betrat mein verkohltes Heim.

Die meisten Bücher waren verbrannt, doch erstaunlicherweise schien das Feuer nicht alles zerfressen zu haben. Nicht nur das – die Bücher waren nass. Hatte sie jemand gelöscht?

Ich lief durch die Höhle, um nach Melody zu schauen und erschrak mich sehr, als ich gegen ein Bein stieß. Neben dem Wasser saß die Vergangenheit und blickte mich mit einem emotionslosen Gesichtsausdruck an. Sie nahm ein Stück Kreide zur Hand und schrieb auf ihre Tafel:

»Tut mir leid, ich war zu spät. Ich bin hergekommen, als ich durch Melodys Augen bemerkt habe, was vor sich geht, doch als ich ankam, war das meiste bereits verbrannt.«

Ich biss auf meine Lippe und mied ihren Blick.

»Melody geht es gut. Sie hat sich, als es heiß wurde, weiter nach hinten in die tieferen Bereiche der Höhle begeben.«

Mir war nicht klar, was ich tun sollte. Ich vermutete, dass mich die Vergangenheit einen Kopf kürzer machen würde, sobald sie von der Zukunft erfuhr ... wobei, da sie die *Vergangenheit* war, wusste sie vermutlich längst davon.

Zu diesem Zeitpunkt wusste ich noch nicht, dass die Zukunft, als der Arzt bei der Hütte ankam, längst nicht mehr dort gewesen war. Sie hatte sich, wie ich später erfuhr, zusammen mit dem Schicksal in ihren Tagebau verzogen und dort ein paar Monate herumgelegen, bis ihre Brandwunden ›verheilt‹ waren. Selbstverständlich sind diese Narben bis heute sichtbar, auch wenn sie jetzt größtenteils von neuen Wunden überdeckt werden.

Ich saß zusammengekauert vor meiner Höhle, während der Regen auf meine Füße prasselte. Meine Unterlippen litten sehr unter den Bissspuren, die ich in meiner Nervosität verursachte.

Irgendwann spürte ich eine sachte Berührung an meiner Schulter und schaute auf. Neben mir stand die Vergangenheit und blickte mich erwartungsvoll an, dann lief sie einen Schritt vorwärts, ohne ihre Hand von mir zu nehmen. Sie wollte, dass ich ihr folgte. Ich stand auf und in dem Moment ließ sie von mir ab.

Wir liefen nicht weit. Nach wenigen Minuten traten wir unter den Baumkronen hervor und liefen auf eine große Lichtung, deren Anblick mir den Atem verschlug:

Inmitten der Wiese brannte ein großes Feuer, und einige Meter darüber hing ein riesiger Heißluftballon, der mit einigen Seilen am Boden befestigt worden war.

»Ach du meine Güte!«, rief ich entgeistert. Das brennende Feuer fachte heiße Luft durch die runde Öffnung des Korbs, der unten am Ballon hing. Die Zukunft war bereits über eine Leiter dort hingetreten und winkte uns zu.

»Komm mit, wir wollen dir etwas zeigen«, schrieb die Vergangenheit auf ihre Tafel und wies mir an, mit auf den Ballon zu steigen.

Kaum dass wir beide im Korb saßen, betätigte die Zukunft einen Hebel und löste so die Seile, die uns am Boden festhielten. Ich konnte einen Schrei nicht unterdrücken, als wir mit einem Ruck völlig frei hinauf in den Himmel stiegen.

Die Welt unter uns wurde immer kleiner und kleiner. Die Bäume und Wiesen sahen mittlerweile aus wie Moos, das ein paar Steine bedeckte. Ich sah das Zirkusfeld, erkannte ein paar Wege durch den Wald hindurch, und …

Und dann war da nichts mehr.

Nach ein paar Minuten des Hinaufsteigens erkannte ich die Grenzen der Welt. Einige dutzend Quadratkilometer lang erstreckte sich die Landschaft, die Berge, die Flüsse und Dörfer … und dann brach die Erde ab, und mündete in Schwärze.

Es war totenstill, als ich hinab auf die kleine Scheibe blickte, die ich mein ganzes Leben nicht verlassen hatte. Da gab es kein Afrika, aus dem Melody hätte stammen können. Der Regen hatte aufgehört, ohne dass wir einer Wolke begegnet waren. Über mir sah ich nur noch ewige Dunkelheit.

Daraufhin reichte mir die Vergangenheit einen Brief, den ich verunsichert an mich nahm und öffnete.

*Liebe Weisheit,*

*Wir befinden uns momentan in einem Gerät, das sich ›Tagebau‹ nennt. Genauer gesagt in einem kleinen Teil des Tagebaus, der von unserer Großmutter als Testgebiet verwendet wurde. Sie hat hier aus Langeweile ein kleines Märchen erschaffen, und du bist eines seiner Erzeugnisse.*

Ich schaute von der Lektüre auf und blickte fragend auf die Vergangenheit und dann die Zukunft. Erst jetzt bemerkte ich, dass die Brandwunden mittlerweile fast abgeheilt waren. Sie trug ein neues, weißes, seidenes Kleid und in ihren Bewegungen und in ihrer Haltung ließ sich kein Schmerz erahnen.

Ich bekämpfte das Verlangen, mich zu übergeben, als ich daran denken musste, was ich ihr am Vortag angetan hatte, bevor ich mich wieder dem Brief zuwandte.

*Früher oder später wird dieser Ort in sich zusammenfallen, da er nicht für die Ewigkeit geschaffen ist. Er ist vollkommen abgeschottet von der Realität und man kann ihn nur durch eine Tür im Tagebau verlassen. Die Zukunft hat entschieden, dich mitzunehmen und zu behalten. Großartige Neuigkeiten, nicht wahr?*

Ich sah unsicher in das Gesicht der Autorin. »Wir gehen weg von hier?«, fragte ich unsicher.

Die Vergangenheit schrieb ein »Ja« auf ihre Tafel.

»Für immer?«

Sie bestätigte erneut.

Mir wurde schwindelig. »Was ist mit Melody?«, fragte ich und schaute wieder hinunter auf meine Welt, die nunmehr die Größe einer Münze hatte.

»Du möchtest, dass Melody mitkommt?«, fragte die Vergangenheit durch die Tafel.

Ich nickte.

»Ich werde sie später hier herausholen. Keine Sorge. Doch nun wird es Zeit zu gehen.«

Sie wies dorthin, wo die heiße Luft durch den donutförmigen Korb hinauf in den Ballon geflogen war. Ein seltsames Flimmern breitete sich dort aus. Die Zukunft saß auf dem inneren Rand des Korbs und ließ ihre Beine herunterbaumeln – doch erstaunlicherweise hörten ihre Beine genau dort auf, wo das Flimmern anfing, als würden sie von da an unsichtbar.

Ohne Vorwarnung ließ sie sich fallen und verschwand. Direkt danach rutschte auch die Vergangenheit hinab und ließ mich alleine im Nichts zurück.

Verwirrt blickte ich hinab. Ich sah nur das Flimmern und die dahinterliegende Dunkelheit. Ich traute mich nicht, hinterherzuspringen.

Doch dann erschien ein Arm wie aus dem Nichts, packte mich an der Schulter, und zog mich nach unten durch die Öffnung davon.

# Der Zorn der Vergangenheit

*Aus den Erinnerungen der Weisheit, Fortsetzung*

Plötzlich stand ich in einem Keller.

Neben mir führte eine ruinierte, steinerne Treppe nach oben, hinter mir war eine kleine Kammer. Die Zukunft war nicht mehr zu sehen, doch die Vergangenheit, die nach meiner Hand gegriffen hatte, wies mir, mit ihr nach oben zu kommen.

Meine nassen Holzschuhe klackerten auf dem Boden und ich zog eine Dreckspur hinter mir her.

Nicht, dass es einen Unterschied gemacht hätte. Das Gebäude sah furchtbar aus. Überall klebte Staub, die Wände rissen ein, die Decken bröckelten. *Kein Ort zum Leben*, dachte ich mir.

Oben angelangt liefen wir durch den Flur. Die Vergangenheit führte mich in ein großes Zimmer mit zwei Fenstern und gutem Blick auf einen verrotteten Garten, in dem zwei junge Birken standen. Dann setzte sie sich auf einen kleinen Hocker, der neben einem Tisch und zwei altmodischen Stühlen den Raum füllte.

Sie schrieb auf ihre Tafel:

»Die Zukunft hat wohl ein schlechtes Gewissen dir gegenüber.«

*Mir gegenüber?*, dachte ich fassungslos. Ich war immerhin diejenige, die sie lebendig verbrannt hatte.

»Ihr Drache verspeist *Mühe*. Je mehr Mühe man ihm füttert, desto zahmer wird er, dann kann sie ihn leichter öffnen und nachschauen, was in ihm steht.«

Sie wischte den Text weg und schrieb weiter:

»Du hast viel für den Goldbarren gearbeitet, nicht wahr? Er ist eine Materialisierung deiner Mühe gewesen. Furchtbar viel Mühe, und die hat die Zukunft verfüttert.«

»Dann war der ganze Honig also auch für den Drachen?«

Honig war schließlich mehr oder weniger die Essenz von Mühe.

»Nein, den hat die Zukunft selbst gegessen. Abgesehen davon: Du darfst hier wohnen«, schrieb sie. »Zumindest riecht es hier nicht verkohlt, und diese Welt ist rund und echt.«

»Gehört das Haus überhaupt der Zukunft? Oder hat sie es auch nur gestohlen?«

»*Jetzt* gehört es dir.«

»Ich will es nicht.«

»Dann gehört es eben meiner Schwester. Fakt ist, du kannst hier bleiben.«

Ich blickte mich skeptisch um.

»Wo genau sind wir?«

»Auf einer großen Insel im Atlantischen Ozean unweit des Festlands.«

»Und was soll ich jetzt machen?«

»Du bist eine erwachsene Frau. Du wirst dich doch wohl irgendwie beschäftigen können?«

»Ich kenne hier aber niemanden.«

»Du kannst doch sprechen? Lern Leute kennen.«

Ich seufzte. Mir war nicht klar, was ich hier sollte, aber ich hatte auch keine Lust, wieder zum Zirkus zurückzukehren.

Ich hatte kein Geld und nichts zu essen. Es gab nicht einmal ein Bett. Meine Knochen waren vom Regen noch immer eiskalt.

Erst jetzt fiel mir auf, dass draußen die Sonne schien. Es war Nachmittag.

»Ich brauche eine Arbeit«, sagte ich.

»Geh raus und bespaße ein paar Leute. Du bist doch ein Clown, oder?«

»Ich bin *kein* Clown«, zischte ich und stand auf. »Wenn du mir nicht helfen willst, gehe ich eben alleine auf die Suche.«

Ich verließ das Zimmer. Im Flur spürte ich ein Zupfen an meinem Mantel. Ich drehte mich um. Die Vergangenheit zog mich zurück, wischte den Staub von einem der Stühle und schob mich hinunter, sodass ich Platz nahm.

»Schon gut, warte hier«, schrieb sie. Sie drehte sich um, doch dann hielt sie kurz inne.

»Du magst Bücher, nicht wahr?«

Ich nickte.

Lange Zeit passierte nichts. Mein Magen knurrte auf bestialische Art und Weise. Ich überlegte sehr intensiv, ob ich nicht wirklich einfach gehen und nie wiederkehren sollte, doch ein mulmiges Gefühl hielt mich zurück. Ich hatte den seltsamen Eindruck, dass ich nicht wirklich gehen *wollte*. Also blieb ich und schlief irgendwann auf meinem Stuhl ein.

Als ich aufwachte, war es dunkel draußen. Auf dem Tisch brannte eine dicke Kerze, die sich ihrem Lebensende näherte. Vor mir stand ein großer Korb mit Essen. Daneben lag eine kleine, zusammengerollte Matratze, eine dünne Wolldecke und ein hübsch besticktes Kissen. Die Vergangenheit hatte mich nicht geweckt. Irgendwie war ich ihr dankbar.

Als ich die Nahrungsmittel auspackte, sah ich ein Stück Papier, das unten im Korb durchlugte. Ich versuchte es herauszuziehen und spürte, dass es mit einem kleinen Faden an einem größeren Stapel befestigt war. Auf dem obersten Notizzettel stand in enger Schrift der Vergangenheit: »Eine kurze Geschichte aus meiner Sammlung, falls du dich langweilst. Sie ist wirklich passiert.«

Die Buchstaben auf den Blättern des kleinen Papierstapels waren deutlich feiner und elegant. Sie musste sich beim Schreiben Mühe gegeben haben.

Es war schwierig, im schwachen Kerzenschein zu lesen, doch die Geschichte zog mich sofort in ihren Bann. Ich konnte es schon nach wenigen Seiten kaum erwarten, wieder umzublättern. Sie handelte von einer blutrünstigen Perle und den Menschenleben, die sie im Laufe der Zeit gefordert hatte.

Irgendwann ging die Kerze aus und ich musste ungeduldig warten, bis die Sonne aufging, bevor ich weiterlesen konnte. Die Geschichte ließ mich mein Gemüt und die Geschehnisse der letzten Nacht vergessen.

In den kommenden Wochen lebte ich mich tatsächlich irgendwie im Haus der Zukunft ein. Ich machte sehr viel sauber. Ich fand eine Arbeitsstelle in der Stadtbibliothek – an der Rezeption, wo ich hauptsächlich Leihzettel ausfüllte. Ich verdiente natürlich wenig, doch die Arbeit gefiel mir. (Im Laufe der folgenden Jahrzehnte stieg ich dort langsam auf und verdiente insgesamt genug, um mich letztendlich in den Ruhestand zu versetzen und das Haus der Zukunft zu unterhalten.)

Jedes Mal, wenn die Vergangenheit mich besuchen kam, flehte ich sie an, mir eine neue Geschichte aufzuschreiben.

Sie tat immer so, als wäre sie alles andere als begeistert davon, aber neue Geschichten bekam ich trotzdem.

Irgendwann fing sie an, nicht mehr von Hand zu schreiben, sondern auf einer Schreibmaschine. Und dann wiederum begann sie, mir nicht mehr nur einen Stapel Papier zu geben, sondern tatsächlich Bücher für mich zu binden.

Wir unterhielten uns oft und ich hatte das Gefühl, dass wir uns miteinander anfreundeten. Sie verriet mir viel über ihre Schwester.

»Ich kann sie nicht einmal sehen, ohne dieses Fischglas unseres Bruders aufzusetzen – und damit sehe ich furchtbar aus«, erklärte sie eines Tages. »Keiner kann mit ihr sprechen. Unsere Mutter ist daran schuld. Es war vielleicht ein Defekt bei der Herstellung der Zukunft.«

Sie zögerte einen Moment, bevor sie weiterschrieb. »Nun, vielleicht war es auch Absicht. Das kann man bei meiner Mutter nie genau sagen. Sie ist eine zuckersüße Person und eine mehr oder weniger gute Mutter. Andererseits ist sie etwas selbstsüchtig und störrisch, und bisweilen gefährlich. Bei jedem von uns Geschwistern ist irgendetwas *schiefgelaufen*. Niemand versteht meine Schwester, ich kann nicht sprechen und unser Bruder ... na ja, er ist flüchtig.«

»Flüchtig?«

»Auf der Flucht.«

»Wovor?«

»Nein«, schrieb sie. »Er flieht einfach generell. So ist er nun mal. Da gibt es kein ›Wovor‹. Deswegen kann man ihm nicht begegnen. Er ist unantreffbar.«

Ich zog verwirrt meine Augenbrauen zusammen und nippte an meinem Tee.

»Meine Schwester hat mal versucht, ihn einzufangen, indem sie im Tagebau zwischen zwei Jahren unendlich viele

Sekunden eingefügt hat, aber dadurch hat sie das Ding nur überschwemmt. Es musste sogar Großmutter vorbeikommen, um das rückgängig zu machen.«

Die Vergangenheit lächelte und schrieb: »Großmutter hat aber wegen unserer Mutter Erfahrung mit solchen Scherereien.«

»Es muss doch irgendeinen Weg geben, wie man mit ihr reden kann«, murmelte ich.

»Ich habe alles versucht. Sogar moderne Technologie. Unter Wasser, am Telefon ... ich kann nichts lesen und Aufnahmen funktionieren auch nicht. So etwas wie Signale – Codierungen, Abmachungen. Ja-Nein-Fragen, oder auch Morse-Code. Alles wirkungslos. Jede Nachricht, die sie sendet, wird unverständlich, egal wie simpel sie ist.

An manchen Tagen kann man ihre Mimik und Gestik ein bisschen deuten, aber es wirkt dann doch irgendwie verschwommen und unsicher. Ambivalent.«

Eine kurze Stille entstand. Die paar Male, in denen ich mit der Zukunft gesprochen hatte, bestätigten den Eindruck der Vergangenheit.

»Weißt du was?«, schrieb sie. Als ich es gesehen hatte, wischte sie es weg und schrieb: »Danke für alles.«

Mein Herz schmolz ein bisschen, als ich das las. Die Vergangenheit war sehr sparsam mit jeglichen freundschaftlichen Äußerungen, und selbst wenn sie aufkamen, dann nur gegenüber der Zukunft. Auch ihre Geschichten waren eher kühl und sarkastisch, häufig bissig, als wäre sie die Welt satt.

»Was mache ich denn?«, fragte ich.

»Du sprichst mit mir. Und du bist die erste, die sich für meine Sammlung interessiert. Ich habe in meinem Kopf ein riesiges Archiv mit allen Dingen, die je passiert sind, und du kannst nicht genug davon kriegen. Das finde ich irgendwie überraschend. Dabei zeige ich dir nicht einmal die besonders schönen Geschichten, sondern auch die von Leid und von Dummheit, von den schlechten Seiten der Welt. Aber du liest es trotzdem.«

»Ich mag dich und ich mag, wie du die Geschichten erzählst«, sagte ich, und es kostete mich etwas Mut, das auszusprechen. Es war nicht leicht, ihr Komplimente zu machen, denn für gewöhnlich lehnte sie die einfach ab und beendete das Gespräch auf der Stelle.

Auch dieses Mal beendeten meine Worte das Gespräch, doch es fühlte sich nicht schlecht an.

Je häufiger ich mit ihr sprach, desto klarer wurde mir, dass sie ihre Schwester wirklich liebte. Nicht selten jedoch schwangen Wehmut und Trauer in ihrem Gesicht mit, wenn sie über sie schrieb. So seltsam es klingt: Sie vermisste die Zukunft.

Ich selbst sah die Zukunft nur noch selten. Die Tür, durch die ich im Keller zum ersten Mal in dieses Haus gelangt war, stellte sich als Eingang zu einer winzigen Besenkammer heraus – erst später baute die Zukunft den Tagebau dort fest ein. Ich hatte also nicht einmal die Möglichkeit, wieder in mein altes Leben zurückzukehren, selbst wenn ich das gewollt hätte. Ich hätte auch gerne öfter mit der Zukunft gesprochen, doch sie schneite immer nur kurz herein, schaute mich an, und verschwand dann wieder.

Ich staffierte schließlich das Zimmer im Erdgeschoss mit Bücherregalen aus. Die meisten von ihnen standen zunächst leer, doch ich entschied, sie irgendwann mal alle bis zur Decke zu füllen. Die Geschichten der Vergangenheit und einige, die ich von meinen Liebhabern geschenkt bekommen hatte, waren die ersten, die ich hineinstellte.

Ich begann sogar, für eine Renovierung des Hauses zu sparen, doch ich wusste, dass das noch lange dauern würde. Ich kann mich nicht daran erinnern, jemals fleißiger gewesen zu sein als in dieser Zeit – es verging tatsächlich kaum ein Tag, an dem ich nicht erschöpft ins Bett fiel.

Eines Abends strich ich die Außenwand des Hauses. Ich trug nur sehr wenig Kleidung und die Brise wehte kühl ums Haus, und doch schwitzte ich, da mir die Abendsonne direkt auf den Rücken schien. Irgendwann kühlte meine Haut plötzlich etwas ab. Ich drehte mich um und erschrak.
Hinter mir stand die Zukunft – ihr Kopf hatte einen Schatten auf mich geworfen. In ihrem ausdruckslosen Gesicht erkannte ich Nuancen von Unzufriedenheit.
»Hallo«, begrüßte ich sie. »Du hast deine Schwester knapp verpasst, sie war heute Vormittag hier.«

»...«

Da war sie.
Ihre Stimme. Ich hörte die Stimme der Zukunft zum ersten Mal.
Es verschlug mir kurz die Sprache. »Ja, es geht ihr gut«, antwortete ich.
Auch der Zukunft verschlug es die Sprache, als ich ihr antwortete. Ich wusste nicht so recht, was ich tun sollte.
»Sag noch etwas.«

»...«

»*Was?!* Du Schaf! Weißt du, wie lange ich hier schon stehe? Aber gut, dann streiche ich sie eben weiß, wenn dir das lieber ist ...«

Die Unterlippe der Zukunft bebte ein bisschen und ich sah, dass sich ihre Augen mit Wasser füllten. Sie war überglücklich, dass jemand mit ihr redete.

»...«

Ich liebte ihre Stimme.
»Ich liebe deine Stimme.«

»...«

Sie schluchzte. Ich sei die erste, verriet sie mir. Sie hatte angenommen, niemandem würde ihre Stimme gefallen. Sie sagte noch viel mehr, doch ich verstand nicht alles.
»Möchtest du mir etwas vorlesen?«, fragte ich sie und winkte sie ins Haus. Ihre Stimme war angenehm, doch die Worte wirkten fremd. Einige der Bedeutungen musste ich erraten, manchmal konnte ich schlicht das Ende eines Satzes nicht hören. »Ich muss mich an deine Sprechweise gewöhnen.«
Wir saßen stundenlang da und probierten herum. Es schien, als könnte ich nur einen kleinen Wortschatz von ihr verstehen, ein paar Alltagswörter und einfache Sätze. Alles Weitere blieb mir nach wie vor unverständlich – dennoch war ich furchtbar aufgeregt. Ich konnte kaum erwarten, der Vergangenheit davon zu erzählen.

Aber ... wie kam das?
Wieso verstand ich sie plötzlich? Es dauerte lange, bis es mir klar wurde. Ich sagte der Zukunft, sie solle öfter vorbeikommen, und sie bestätigte mir das mit einem Wort.
Von da an kam sie täglich vorbei und wir sprachen viel, auch wenn ich meist nicht viel mehr als »Ja« oder »Nein« verstand.

Doch langsam wurde es besser. Und schließlich begriff ich, was der Schlüssel zum Verständnis der Zukunft sein musste. Irgendwann begann sie, mit im Haus zu übernachten und zu wohnen und von da an wurde es unsere gemeinsame Heimat.

Schließlich entschied ich mich, die Vergangenheit zu besuchen, um ihr von der Entdeckung zu erzählen. Ich hatte an jenem Tag ausgesprochen gute Laune und lief tänzelnd den Weg durch die alten Straßen der Stadt.

Ich traf die Vergangenheit in ihrer Ruine im Museum der Gewaltgeschichte. Sie saß in ihrer typisch gelangweilten Art an einem kleinen Holztisch.

»Hallo«, schrieb sie auf ihre Tafel.

»Du glaubst nicht, was ich herausgefunden habe!«, rief ich vergnügt. Sie hob skeptisch eine Augenbraue.

»Ich habe herausgefunden, wie man mit der Zukunft sprechen kann.«

Sie ließ ihre Tafel sinken.

»Ja! Ich war in der Bibliothek, um Verschlüsselungen zu studieren, weißt du! Je mehr deiner Geschichten ich las, desto bekannter kamen mir die Worte aus dem Mund der Zukunft vor.«

Ich setzte mich neben sie und begann mit der Erklärung.

»Es ist ganz einfach. Ich vermute, als du und deine Schwester geboren wurdet, hat jemand dafür gesorgt, dass alles, was die Zukunft sagt, chiffriert wird. Man kann sie nicht verstehen, ohne den Schlüssel zu kennen.«

Die Vergangenheit öffnete überrascht den Mund und begann auf ihrer Tafel zu schreiben. »Das muss meine Mutter gewesen sein!«

Sie schüttelte den Kopf, während sie die Kreide über die Tafel fliegen ließ. »Was ist dieser Schlüssel?«

»Nun«, erwiderte ich mit einer mächtigen Portion Stolz in der Stimme. »Alles, was die Zukunft je gesagt hat oder noch sagen wird, wurde durch alles verschlüsselt, was du je geschrieben hast, oder noch schreiben wirst!«

Die Vergangenheit ließ ihre Tafel langsam sinken. Ihr Lächeln erschlaffte. Etwas unsicher, warum dies der Fall war, fuhr ich fort. »Du musst also nur lesen, was du schon geschrieben hast, und voilà, dann kannst du deine Schwester endlich verstehen.«

Die Vergangenheit sank in ihrem Stuhl zusammen. Ihr Blick leerte sich.

»Das sind doch gute Neuigkeiten«, sagte ich unsicher.

»Lass mich bitte alleine«, schrieb sie auf ihre Tafel. Sie hielt sie mir hin, ohne mich anzuschauen. Ich stand langsam von meinem Stuhl auf und machte verdutzt einen Schritt zurück.

»Alles in Ordnung? Habe ich dich irgendwie verletzt?«

Die Antwort auf diese Frage war recht offensichtlich, doch ich wusste nicht, was ich getan haben sollte.

»Ich kann nicht lesen«, schrieb sie. Ich starrte ungläubig auf ihre Worte. »Ich schreibe, seit ich denken kann, doch ich kann nicht lesen. Es ist für mich nur wirres Zeug. Man kann mir nicht einmal vorlesen. Alles nur Gebrabbel.«

»Das ergibt doch keinen Sinn«, sagte ich. »Du weißt doch, was du schreibst, sonst würdest du es nicht schreiben.«

Die Vergangenheit schüttelte den Kopf. »Du verstehst nicht«, schrieb sie. »Jetzt ergibt das einen Sinn. Dass ich nicht lesen kann. Mutter hat mich absichtlich so gemacht. Damit wir uns nicht näher kommen können.«

»Aber das könnt ihr doch«, erwiderte ich. »Ich kann doch einfach für euch übersetzen? Ich lerne die Sprache für dich – ich bin sogar schon ziemlich gut darin. Dann kannst du dich an mich wenden, wann immer du mit deiner Schwester sprechen möchtest. Das wäre doch gut, oder?«

Die Vergangenheit schnaubte. »Oh, schaut mich an!«, schrieb sie. »*Ich bin die Weisheit, die persönliche Sekretärin der Zukunft! Wenn jemand etwas von ihr will, dann macht doch bitte einen Termin aus!*«

»Ach, bin ich jetzt daran schuld?«, gab ich zurück. »Was kann ich denn dafür, dass ich sie verstehe?«

»Na, fühlt es sich toll an, so etwas Besonderes zu sein? Auserkoren, die Zukunft zu verstehen – eine Wildfremde, muss ein tolles Gefühl sein. Warum gehst du nicht in die Welt und erzählst jedem davon, wie nur du die Zukunft verstehst? Wie nur du allein so herausragst?«

Ich spürte ein wenig Wut in mir aufkeimen. »Du bist nicht fair. Warum bist du so sauer …? Ich habe um nichts von all dem hier gebeten.«

»Ja stimmt, hast du nicht. Ich hätte jemandem wie dir nie eine Geschichte von mir zeigen dürfen.«

Ich starrte sie fassungslos an. »Wie kann man nur so zerfressen sein von Eifersucht?!«

Es wäre besser gewesen, hätte ich mich auf diesen Streit nicht eingelassen. Ich rieb mir meine Augen. Ich weinte.

»Wie auch immer«, sagte ich. »Ich bin da, wenn du mich brauchst.«

Ich blickte sie noch einmal an und sah das Abschiedswort, das die Vergangenheit auf ihre Tafel geschrieben hatte:

VERSCHWINDE.

Ich kehrte ihr den Rücken zu. Wenige Schritte später hörte ich das Zerspringen der Kreidetafel, die auf dem Boden zerschellte.

Die Vergangenheit hat mir danach nie wieder eine Geschichte von sich zu lesen gegeben.

Schließlich kehrte ich niedergeschlagen nach Hause zurück, wo mich eine Frau im Garten erwartete. Sie saß am kleinen Tisch zwischen den Birken. Kaum dass sie mich sah, wies sie auf den Platz sich gegenüber, schob mir eine Tasse Tee hin und trank dann aus ihrer eigenen. Sie sah aus wie Mitte 30, hatte sich aber gut gehalten.

Sie blickte mich mit einem sachten Lächeln auf den Lippen an und sprach mit einer sanften Stimme: »Wie ich sehe, hast du meine Enkelinnen kennengelernt.«

Sie klang vergnügt.

Ich nickte. Die Ähnlichkeit zu den beiden war nicht zu übersehen. Die Frau hatte aschblondes Haar, das zu einem langen Fischgrätenzopf geflochten war.

Ihre Augen waren groß und weiß und wirkten damit ein bisschen unnatürlich. Ihre Haut war genauso blass und fehlerlos wie die ihrer Enkelinnen. Sie hatte eine Nase so schmal wie die der Vergangenheit und einen Mund so dünn wie der der Zukunft. Andererseits sah ihr Körper verglichen mit denen ihrer Nachfahren deutlich weniger mager aus.

Insgesamt wirkte die Frau gesund, elegant, lebensfroh und hatte eine offene Haltung mit überschlagenen Beinen sowie gefalteten Händen, die auf ihrem Knie ruhten. Sie trug ein blendend weißes Hemd und eine Jeanshose.

»Es freut mich, dass sie endlich Gesellschaft haben. Sie waren bisher meistens allein – und miteinander können sie auch nicht so viel anfangen, obwohl sie sich, so glaube ich, sehr lieb haben.«

Ich nickte erneut.

»Etwa nicht gesprächig?«, fragte sie und musterte mich

mit hochgezogenen Brauen.

»Tut mir leid«, entgegnete ich und atmete kurz ein und aus. »Ich bin etwas geknickt.«

Plötzlich lachte die Frau, die absolut nicht so aussah wie eine Großmutter, sondern eher wie eine junge Mutter. Zwar kam es mir vor, als würde sie mich auslachen, doch sie klang dabei so aufrichtig, dass es mich eher aufmunterte. »Ja, das hat die Vergangenheit so an sich. Sie kann schwierig sein.«

»Wie heißen Sie?«

»Die meisten nennen mich ›Mutter‹«, sagte die Frau. »So heiße ich natürlich nicht wirklich. Ich vermute, die Zukunft wird es dir irgendwann einmal verraten, wenn es soweit ist.«

»Soweit ist?«

»Ja. Die Zukunft hat eine Aufgabe von mir erhalten, als sie noch klein war«, erklärte *Mutter*. »Sie wird selbst entscheiden, wann es soweit ist, sie zu erfüllen. Du musst wissen, dass die Mutter der Zukunft – also, mit anderen Worten, meine Tochter – nicht möchte, dass ich meinen Willen bekomme.«

Sie nippte erneut an ihrem Tee und sagte mit einem Lächeln auf den Lippen: »Ich würde sie natürlich nicht als *missraten* ansehen.«

Dennoch machte sie keine Anstalten, diesen Eindruck zu entkräften. »Sie hat ihr Bestes gegeben, um zu gewährleisten, dass die Zukunft auf sich allein gestellt ist. Das ist ihr lange Zeit gelungen, doch nun bist du hier.«

Ich runzelte die Stirn und presste meine Fäuste auf meinen Oberschenkel. Meine Anspannung schien in dieser Kulisse nicht angebracht. Ein Teekränzchen, eine scheinende Sonne, ein hübscher Garten und singende Vögel.

»Ich möchte dich um einen Gefallen bitten. Es mag zwar verfrüht sein, aber du solltest schon jetzt Bescheid wissen.«

»Welchen Gefallen?«, fragte ich.

»Irgendwann wird die Zukunft ein Kind haben. Ich möchte, dass du diesem Kind eine Nachricht von mir überbringst. Sag ihm, dass es keine Angst haben braucht und sich nicht schlecht fühlen muss für das, was es ist und was es tut. Und falls es das wünscht, bin ich immer da, um es abzulösen. Außerdem wäre es lieb, wenn du das Kind begleitest, damit es währenddessen nicht alleine ist.«

»Mache ich«, versprach ich ihr.

»Noch etwas.«

»Ja?«

»Falls du je von einer gewissen *Teresa Willgenau* erfährst, dann wäre es praktisch, wenn du verhinderst, dass ihre Existenz ausgelöscht wird.«

Letzter Teil

# Die Mühen der Zukunft

# Sternenhimmel

Als die Weisheit aus ihrem Tagtraum erwachte, hatte sich die Führungsgruppe längst davonbegeben. Sie brauchte einen Moment, bis sie bemerkte, dass Melody noch immer seelenruhig vor ihr entlangschwamm. Dann erkannte sie Teresa, die um sie herumlief und mit einem Smartphone Bilder von ihr machte.

»Was tust du da?«, fragte sie mit einer belegten Stimme. Teresa grinste und präsentierte ein Foto. Es zeigte das Gesicht der Weisheit und ihre wässrigen Augen.

»Wie gemein du bist!«, rief die Weisheit.

»Die zeige ich deinem sogenannten *Schwesterherz*!«, sagte sie. Die Weisheit versuchte, ihr das Telefon aus der Hand zu greifen, doch Teresas Reflexe reichten gerade noch aus, um das zu verhindern – dann rannte sie lachend davon.

Die nächsten Wochen vergingen für Teresa eher langsam. Je näher der Termin mit der Sternwarte rückte, desto häufiger ertappte sie sich in verhaltener Vorfreude darauf.

Sie verbrachte viel Zeit damit, beim Bau der Tochter aus Tränen zu helfen. Das sah meistens so aus, dass Teresa hinter der Zukunft aufräumte und wieder neuen Platz schaffte. Dennoch hatte Teresa den Eindruck, dass die Zukunft auch innerhalb des Tagebaus an ihrer Tochter arbeitete, da manchmal sehr aufwändige Aufgaben praktisch über Nacht erledigt wurden.

Der kleine Raum im Keller beherbergte mittlerweile eine Unzahl an verschiedensten Instrumenten, darunter sogar einen Ofen und einen Amboss, auf dem die Zukunft die Knochen des Kindes aus Tränenkristallen schmiedete.

Diese Kristalle stellte sie her, indem sie die Tränen in einem Kessel erhitzte, bis sie zu glühen begannen, wodurch sie zu kleinen Murmeln aufquollen. Die legte sie in eine Schale und stach sie mit einer Nadel auf. Aus der herausquillenden Flüssigkeit bildete sich dann in den kommenden Tagen ein hexagonaler Kristall, dessen Größe von der Anzahl verwendeter Tränen abhängig war.

Nach dem Erhitzen ließen sich diese Kristalle am Amboss verarbeiten, oder aber zusammenschmelzen, sodass die Zukunft in einem Vorgang, der Glasbläserei nicht unähnlich war, daraus Kapillaren, Venen, Arterien und Sehnen herstellen konnte.

Selbst mit ihren biologischen Kenntnissen verstand Teresa nur wenig von dem, was die Zukunft da tat. Es war, als würde sie aus Zahnstochern ein Schiff bauen. Dabei verbrachte sie viel Zeit damit, die winzigen Einzelteile puzzleartig in größere gegossene Formen einzufügen oder ähnlich eines Steinmetzes mit einem Meißel äußere Merkmale zu gestalten.

All das faszinierte Teresa. Sie konnte langsam erahnen, wie ein glasartiger, durchsichtiger Mensch entstand. Das Licht, das durch die Körperteile strahlte, brach sich durch die verschieden dicken Kristalle und zersprang regenbogenhaft in die buntesten Töne.

Es kostete sie schließlich einiges an Überwindung, sich von diesem Anblick zu lösen und rechtzeitig auf den Weg zum Bahnhof zu machen. Der Ort, an dem sich das Planetarium befand, lag einige Städte entfernt und man konnte ihn nicht leicht erreichen.

Es gab etliche weniger weit entfernte Sternwarten, doch anscheinend musste Teresa eben *genau diese* besuchen, und zwar an genau jenem Tag. Sie seufzte und machte sich auf den Weg.

Die Zugfahrt verbrachte sie, indem sie zwischen einer wissenschaftlichen Zeitschrift und ihrem Smartphone hin und her wechselte. Der Winter sorgte dafür, dass die Züge sich verspäteten. So musste sie einmal sehr hasten, um den Anschluss nicht zu verpassen. Doch schließlich gelangte sie mit einem Bus zum Planetarium, das sich am Rand einer kleinen Ortschaft an einer Klippe am Meer befand.

Sie trat in das runde, mollig warme Gebäude ein. Gleich als Erstes sah sie die offenstehende Tür gegenüber dem Eingang, die in einen abgedunkelten Raum führte. Darin reihten sich in drei Kreisen gestaffelte halbliegende Sitzplätze auf, wie sie in solchen Einrichtungen üblich waren.

Neben der Tür standen zwei Menschen, die über Planetarien anderer Städte redeten. Teresa trat an sie heran und hielt ihre Karte vor. Der ältere von beiden nickte und wies auf einen Platz im Inneren der Kuppel.

Wenig später saß sie in einem der undenkbar bequemen Sessel. Ein warmes, indirektes Dimmlicht aus Kanten der Wände beleuchtete den Raum schwach. Es hatten bisher nicht viele Besucher ihren Weg hierher gefunden – hauptsächlich Paare, aber auch einige Eltern mit Kindern.

Teresa fühlte sich ein wenig fehl am Platz. Der aus vielen Zahnrädern und Metallkugeln bestehende Projektor in der Mitte des Raums sah kleiner aus, als Teresa es erwartet hätte. An den Wänden unterhalb der sich wölbenden Decke hingen einige Projektoren, die nach oben zeigten.

Sie schloss die Augen, während sie auf den Beginn der Vorstellung wartete und lauschte derweil entspannt den Gesprächen, die um sie herum stattfanden.

Endlich bemerkte sie, dass der Raum vollständig abgedunkelt wurde, und als sie ihre Augen nun wieder öffnete, konnte sie bequem zur Decke der Kuppel hinaufblicken. Der dort abgebildete Himmel zeigte vereinzelte kleine Sterne, wirkte jedoch noch recht hell. Sie konnte nicht einmal die Milchstraße darauf erkennen.

Die Stimme des Vortragenden setzte ein. Er erzählte zunächst einige einführende Worte über das Planetarium. Teresas Schätzung zufolge war er etwa in ihrem Alter. Seine Stimme war beruhigend. Teresa fühlte sich sehr wohl, während sie dasaß und zuhörte.

»... und das ist die Erde«, erklärte er irgendwann, als er gerade mit einem Projektor ein Bild an die Decke geworfen hatte. »Die Erde ist unser kleines Raumschiff. Unser Sandkasten, könnte man auch sagen, in dem wir miteinander spielen.«

Teresa sah zum Vortragenden hinüber und erkannte sein Gesicht im dumpfen Widerschein der schwachen Raumbeleuchtung. Sie beschlich das Gefühl, dass etwas an ihm ihr bekannt vorkam.

Ein weiteres Bild zeigte die Welt bei Nacht mit all den Lichterpunkten der Städte, die ihre Landmassen übersäten.

»Uns als Menschen mag unser Raumschiff riesig vorkommen. Doch hier ist ein Bild von unserem Sonnensystem: Man erkennt gut, wie groß der Jupiter im Vergleich zur ach so kleinen Erde ist. Und dann ...«

Das Bild zoomte hinaus und zeigte die Sonne. Die Erde war nur noch ein winziger Punkt daneben. »Dann sehen wir hier die Sonne. Also war der große Jupiter auch nur eine Kleinigkeit, hm? Und ... hier ist ein Bild der Milchstraße, und dort eingezeichnet ist das Sonnensystem. Die Milchstraße alleine besteht aus Milliarden von Sternen. Doch sie ist auch nur ein Teil eines kleinen Haufens mit ein paar Nachbargalaxien – der Lokalen Gruppe.«

Alle seine Worte wurden mit weiteren Bildeffekten untermauert, die die gewaltigen Größenunterschiede zwischen den einzelnen Himmelskörpern und Gruppen zeigten, bis er schließlich zur Gesamtheit des beobachtbaren Universums gelangte.

»Ich finde es wichtig, dass wir uns manchmal vor Augen führen, wie klein wir doch sind im Vergleich zu dem Ort, in dem wir leben. Und gerade deswegen ist es bedeutsam, dass wir in unserem kleinen Sandkasten nett zueinander sind. Uns kameradschaftlich und zuvorkommend verhalten. Dass wir gemeinsame Ziele verfolgen. Und wer weiß? Vielleicht können wir dann sogar Träume realisieren, die wir alle schon im Kindesalter aufgegeben haben. Ich glaube, so kommen wir möglicherweise sogar dem Weltfrieden ein bisschen näher.«

Teresa wurde schwindelig. Gerade als er diese kitschigen Worte aussprach, warf der Projektor genug Licht auf sein Gesicht, als dass sie sich daran erinnerte, wer dieser Mann war.

Es war Joshua. Teresas Kindheitsfreund.

Seine Züge waren selbst jetzt, an die zehn Jahre nachdem sie ihn das letzte Mal gesehen hatte, immer noch dieselben. Deswegen also hatte sie die Zukunft ausgerechnet zu diesem Planetarium geschickt. Doch zunächst blieb Teresa nichts weiter übrig, als weiter den Ausführungen des jungen Mannes zuzuhören, der mit immer mehr Begeisterung sprach und schließlich den momentanen Sternenhimmel an die Kuppel projizierte, um über die Sternbilder zu referieren.

Schließlich entschied sich Joshua, den Gästen ein wenig Ruhe zu gönnen schaltete die emulierte Lichtverschmutzung des Nachthimmels ab.

Der Raum wurde dadurch so dunkel, dass nur noch die unzählbar vielen Sterne ihn beleuchteten. Teresa fühlte sich wie an einem anderen Ort, als sie herumblickte und versuchte, sich an all die Namen der Sternbilder zu erinnern, die sie einst gekannt hatte. Joshuas beruhigende Stimme nahm sie nur noch als Hintergrundrauschen wahr, sodass sie in eine entspannende Trance eintauchte, während sich die Milchstraße in ihr Gedächtnis brannte.

Unvermittelt sah sie eine Sternschnuppe, die über den ganzen Himmel flog. Ihr war nicht einmal klar, ob sie sich die nur eingebildete oder nicht, doch es war ohnehin zu spät – Teresa konnte ihre Erinnerungen nicht länger zurückhalten.

\*

*Einen Moment lang erhellte sich die Kammer. Die gleißende, kleine Reflexion der Sonne in einer Scheibe eines vorbeifahrenden Autos von draußen stob durch das winzige Fenster quer durch den Kellerraum. Teresas Augen hatten sich schon an die Dunkelheit hier unten gewöhnt, sodass sie die Lider zusammenkneifen musste. Sie stieß versehentlich gegen einen Karton, konnte ihn aber rechtzeitig davon abhalten, seinen Inhalt über ihre Füße zu entleeren.*

*Irgendwann klaubte sie sich genug Mut zusammen, um ihre Taschenlampe einzuschalten und den Schein über die nähere Umgebung fliegen zu lassen. Sie betrat diesen Keller sonst nur selten ohne Joshua. Diesmal war sie viel zu spät gekommen* und hatte ihn wohl verpasst. Eigentlich waren die beiden um 18 Uhr verabredet gewesen.

Teresa hoffte, dass er nicht den Rabauken in die Hände gefallen war, die hier unten oft ihr Unwesen trieben. Alleine daran zu denken, machte Teresa schon wütend.

Sie stellte die dünne Taschenlampe in eine leere Klopapierrolle, an die oben eine kleine Vorrichtung mit einem nach unten zeigenden weißen Papierkegel angebracht war. Das Licht der Lampe schlug gegen den Kegel und beleuchtete so den ganzen Raum.

Überall standen Regale, in die sich zahllose Filmrollen, Kameras und verschiedenes Filmwerkzeug einreihten. Im Raum nebenan verstaubte ein Filmprojektor, der, wie Teresa vermutete, bereits seit über 20 Jahren nicht benutzt worden war und längst das Zeitliche gesegnet hatte. Er wies auf eine vergilbte, zerrissene Leinwand hinter mehreren Sitzreihen.

Joshua und Teresa verbrachten hier oft Zeit miteinander. Sie durchsuchte die Schubladen und öffnete behutsam die Filmrollen, um sich die Bilder darin anzusehen. Als sie diesen Ort zum ersten Mal betreten hatte, war wegen all der Kisten mit Fotos und Filmen kaum ein Schritt im Inneren möglich gewesen.

Sie konnte sich nicht erinnern, je zuvor etwas Tolleres gefunden zu haben als diesen Ort. Das alte, einsturzgefährdete Gebäude zu betreten hatten ihnen die Schilder draußen eigentlich untersagt.

Mittlerweile war die Anzahl Kisten leider deutlich zurückgegangen. Eine Plage war über diesen wundervollen Ort hereingefallen, die Teresa nur als das ›Böse‹ bezeichnen konnte.

Die ›Bösen‹ waren eine Gruppe Kinder aus der Stadt, die immer wieder hier einfielen und die leicht entzündlichen Filme nahmen und aus Spaß in riesigen Flammensäulen verbrannten.

*Teresa hasste sie. Immer wenn sie einen der Filme zerstörten, löschten sie damit Erinnerungen an die Vergangenheit für immer aus. Bilder, Geräusche, Gefühle. Einfach weg.*

*Genauso wie mit den Dinosauriern. Jedes Mal, wenn Teresa an die Dinosaurier dachte, bekam sie ein bisschen Bauchweh. Alle von ihnen waren tot, und sie würden niemals wiederkehren. Das war so traurig. Wie gerne sie einmal in ihrem Leben so einen Dinosaurier getroffen hätte ...*

*Und dann waren da natürlich noch andere Tierarten, die von den Menschen höchstpersönlich ausgerottet worden waren. Teresa dachte an die Dodos, die noch vor einigen hundert Jahren gelebt hatten, doch nun gab es keinen mehr von ihnen.*

*Wieder wurde Teresa wütend. Sie hatte zuhause ein Buch, in dem alle vom Aussterben bedrohten Tierarten mit Bildern aufgelistet waren. Es verging kein Tag, in dem sie nicht darin las.*

*Jedes Mal, wenn sie gemeinsam mit Joshua durch die Filme schaute, hoffte sie, dort etwas Ausgestorbenes zu finden. Etwas, das es heute nicht mehr gab, das aber auf dem Film noch existierte. Solange noch irgendetwas von der einstigen Präsenz des Wesens zeugte, so wie ein Fossil, solange würde es nicht ganz verschwinden.*

*Doch die ›Bösen‹ interessierte all das nicht. Sie wollten nur das Feuer anschauen.*

*Plötzlich – als hätte sie es heraufbeschworen – hörte Teresa Schritte und Flüsterstimmen im Flur. Ein Schreck fuhr durch ihre Glieder und sie stolperte durch den Raum, um sich an dessen Ende in einem Schrank zu verstecken, merkte aber auf halbem Wege, dass ihre Taschenlampe noch leuchtete. Also stürzte sie zurück, griff sie vom Regal, hechtete dann wieder zum Schrank, der hinter jeder Menge Unrat kaum auffiel, und schwenkte gerade noch rechtzeitig seine Klapptür zu, bevor die Eindringlinge das Zimmer betraten. So blieb sie vorerst unentdeckt, hörte aber unangenehm laut ihren eigenen Atem. Ihr Herz pochte so sehr, dass sie befürchtete, man könnte sie allein deswegen finden.*

*»Woah, das war richtig cool!«, hörte sie eine Jungenstimme, die sie gleich erkannte. Es handelte sich um einen Typen aus ihrer Parallelklasse. Teresa hatte in jenem Sommer ihre vierte Klasse beendet und war in eine neue Schule gekommen, die sie nicht leiden konnte. Sie wollte nicht ohne Joshua zur Schule gehen. Obwohl sie zusammen eingeschult worden waren, hatte Teresa die Grundschule ein Jahr früher als er beendet.*

*»Ja, aber ich hatte kurz Angst, dass der Baum mit abfackelt«, gestand ein Mädchen, das auch ein regelmäßiges Mitglied dieser Gruppe war.*

*Teresa fühlte Groll in sich aufkommen. Sie und Joshua hatten so oft versucht, sie aufzuhalten, aber dann kamen sie doch wieder, um sich neues Material zum Verbrennen zu suchen, da ihnen das anscheinend so viel Freude bereitete.*

*Ihretwegen wurde der Raum immer leerer. Teresa und Joshua hatten geplant, die Filme zu retten und an einem anderen Ort unterzubringen, doch sie waren sogar zu schwer, um sie zu zweit zu tragen und außerdem kannten sie keinen geeigneten Platz dafür. Und so konnte Teresa nichts weiter tun, als dabei zuzusehen, wie die ›Bösen‹ ihren Lieblingsort ausraubten.*

*»Oh ja, das Feuer war gigantisch. Wie ein riesiger Flammenwerfer! Das war bestimmt doppelt so groß wie Johanna.«*

*»Ich hab' den Geruch immer noch an meiner Kleidung«, jammerte noch jemand.*

*Teresa schüttelte den Kopf. Es war nur eine Frage der Zeit, bis sie sich selbst in Brand steckten oder am Rauch vergifteten.*

*»Was meint ihr, wie es aussieht, wenn wir es hier unten verbrennen?«*

*»Bist du verrückt?«*
*Teresa bekam ein mulmiges Gefühl.*
*»Dann brennt hier doch alles ab! Aber es ist dunkel hier. Vielleicht können wir nur ein kleines Stück Film verbrennen, um zu sehen, wie es aussieht?«*
*»Au ja, das klingt gut. Wenn das Feuer nur so klein ist, können wir es ja auch einfach wieder ausmachen.«*
*Teresa lief es eiskalt den Rücken herunter.*
*Joshua.*
*Das war Joshuas Stimme gewesen. Sie starrte, ohne zu atmen, auf die Schranktür.*
*»Joshua hat recht. Warte, ich räume den Tisch frei. Sucht schonmal ein paar Fotos heraus! Wer hat die Streichhölzer?«*
*Teresa versuchte, so leise zu weinen, wie möglich. Es fiel ihr schwer, ihren zitternden Körper ruhig zu stellen. Sie dachte an all die schönen alten Fotos, an Joshua, und daran, dass sie nicht das Geringste tun konnte.*
*Die Gruppe verbrachte noch fast zwei Stunden im dreckigen Keller, um an Fotos herumzukokeln. Teresa bekam mit der Zeit immer heftigeres Bauchweh und wollte einfach nur noch weg von diesem Ort, doch sie konnte den Schrank nicht verlassen, ohne sich stellen zu müssen, also blieb sie darin eingepfercht. Sie versuchte, die fröhlichen Stimmen der anderen auszublenden, bis endlich die erlösenden Abschiedsworte erklangen.*
*»Bist du sicher, dass du hierbleiben willst, Joshua?«, fragte ein Mädchen. »Alleine hier zu sein ist richtig gruselig – und es ist schon dunkel draußen. Es stinkt furchtbar nach Rauch.«*
*»Ich habe meiner Freundin versprochen, sie hier zu treffen. Sie war vorhin noch nicht da und ist noch nicht gekommen, aber vielleicht kommt sie ja noch.«*
*»Okay«, sagte ein Junge. »Sag ihr, sie soll auch mal mit uns mitspielen. Sie ist schüchtern, oder?«*

*»Ich bin viel schüchterner als sie! Aber gut, mache ich. Wenn sie erst einmal sieht, wie toll es ist, wird es ihr bestimmt auch gefallen.«*

*Joshua blieb im Raum. Teresa dachte darüber nach, ihn zu konfrontieren, doch jetzt plötzlich vor ihm aus dem Schrank zu springen, würde sehr merkwürdig aussehen. Sie schwankte hin und her, denn auf der anderen Seite wollte sie keine Sekunde länger in dieser Umgebung bleiben. Und schon gar nicht in Joshuas Nähe.*

*Schließlich hörte sie, wie er aus dem Raum schritt. Sofort – doch so leise wie möglich – stürzte sie aus dem Schrank hervor und sah sich um. Es war stockfinster. Sie umklammerte ihre Taschenlampe mit ihren schweißgetränkten Händen so fest sie konnte. Teresa traute sich nicht, sie einzuschalten, also tastete sie sich langsam voran, bis sie versehentlich gegen einen Karton stieß und dabei ein lautes Geräusch verursachte. Sie hechtete dorthin, wo sie die Tür vermutete. Ein leichter Schein durch das Kellerfenster, der von den leuchtenden Laternen der Straße hereinflackerte, half ihr dabei.*

*Sie öffnete die Tür. Plötzlich bemerkte sie hinter sich einen Lichtschein und drehte sich erschrocken um. Joshua betrat das Lagerzimmer vom Projektorraum aus.*

*»Da bist du ja endlich!«*

*Für ihn sah es aus, als hätte sie den Raum gerade betreten.*

*»Du rätst nie, was ich heute gemacht habe«, protzte Joshua.*

*Teresa konnte ihre Wut kaum halten.*

*»Hau ab!«, rief sie verärgert. »Wenn ich dich noch einmal sehe, schubse ich dich ins Gras!«*

*Sie drehte sich um und schlug die Tür so fest hinter sich zu, wie sie nur konnte. Dann rannte sie einfach weg. Sie schrammte sich ihre Unterschenkel und Knie an mehreren Stellen auf, doch das interessierte sie kein Stück.* Einen Moment lang dachte sie darüber nach, nach Hause zurückzukehren, entschied sich jedoch schnell dagegen. Ihr Vater glaubte, sie würde bei Joshua übernachten. Sie wollte ihm nicht erklären müssen, warum es nicht dazu gekommen war. Teresa wollte überhaupt mit niemandem mehr sprechen.

*Sie lief aus der kleinen Stadt hinaus, an dessen Rand sich das verlassene, mit Filmen gefüllte Lagerhaus befand.* Die Landschaft draußen kannte sie in- und auswendig, und ihre Taschenlampe half ihr dabei, den Weg zu finden. Es handelte sich um eine warme Oktobernacht, also waren die Felder zu dieser Jahreszeit nicht mehr bestellt.

Ungefähr einen Kilometer weiter verlief ein Fluss, an dessen Gabelung direkt am Anschluss zu einer großen Wiese eine gewaltige Eiche stand, die mit etlichen Brettern benagelt war, damit man an ihr hochklettern konnte. Weiter oben bildeten die Bretter einen Boden, wo sie manchmal gemeinsam mit Joshua übernachtete. Sie hatten in einem kleinen Fach dort sogar Schlafsäcke versteckt, die ihnen beiden jedoch viel zu groß waren. Manchmal flunkerten sie ihre Eltern an, sie würden beieinander übernachten, und gingen dann stattdessen zu ihrem Baum.

*Teresa warf sich auf die Wiese, völlig außer Atem und mit noch immer tränenzerlaufenem Gesicht.* Sie rupfte büschelweise Gras um sich herum aus dem Boden und warf es umher. Es dauerte eine Weile, bis sie sich beruhigt hatte.

*Dann drehte sie sich auf den Rücken und blickte in den wohl üppigsten Sternenhimmel, den sie bis zu diesem Zeitpunkt jemals gesehen hatte.*

*Sie dachte viel nach.*

*Darüber, wie der Tag verlaufen war und die letzten Wochen.* Über Joshua und über die anderen Kinder. Darüber, wie sie etwas zerstörten, das einen großen Wert hatte und wie sie diesen Wert nicht erkannten.

An diesem Abend kam Teresa zu einem Schluss, den sie ihr Leben lang nicht vergessen würde. Sie hatte das Gefühl, die Ursache dafür gefunden zu haben, warum sie so traurig war und was sie tun musste, um daran etwas zu ändern.

Sie erkannte die Milchstraße über sich. Ihr Vater hatte ihr sehr viel über den Sternenhimmel erzählt. Teresa wusste, dass die Menschen nur ein kleiner unbedeutender Funken im Universum waren, und sie selbst noch ein viel kleinerer Funken unter den Menschen. Doch sie beschloss, sich davon nicht entmutigen zu lassen. Gerade weil dieses riesige Weltall wollte, dass sie sich unbedeutend fühlte, musste sie alles tun, um das Gegenteil zu beweisen.

Sie lag lange einfach nur da, versunken in ihren Gedanken, ohne irgendwelche Notiz von ihrer Umgebung zu nehmen.

Irgendwann weiteten sich ihre Augen, als sie einen hellen Lichtschein durch den Himmel rasen sah.

»Ha! Hast du das gesehen?«, rief eine Stimme aufgeregt. Teresa erschrak. Sie wandte ihren Kopf zu Joshua und sah ihn neben sich im Gras liegen, wie er mit ausgestrecktem Arm den Lauf des fallenden Meteors nachdeutete.

Er musste sich angeschlichen haben. Die Wut in Teresas Bauch loderte erneut auf.

»Das war eine Sternschnuppe«, flüsterte er. »Was hast du dir gewünscht?«

»Was machst du hier, Doofie?«, fragte sie.

»Ich habe vermutet, dass du hier bist, also dachte ich, ich komme mal vorbei.« So wie er sprach, schien er sich keinerlei Schuld bewusst zu sein. »Also ich habe mir Weltfrieden gewünscht. Bist du eigentlich irgendwie sauer auf mich?«

*»Weltfrieden wünschen sich nur kleine Kinder«*, antwortete *Teresa spöttisch. »Ich habe mir nichts gewünscht.« Die andere Frage wollte sie gar nicht beantworten. Natürlich war sie noch immer schlecht gelaunt, doch sie hatte entschieden, zu versuchen, nicht böse auf ihn zu sein. Wenn es jemanden gab, der an der Sache schuld hatte, so war das sie selbst.*

*Er machte ein enttäuscht klingendes Geräusch. »Gibt es nichts, das du haben möchtest?«*

*Teresa überlegte, wie sie es in Worte fassen sollte. »Wenn du etwas willst, dann musst du dich selbst drum kümmern. Wenn etwas nicht so ist, wie du es möchtest, dann ist das deine eigene Schuld, weil du nichts daran änderst.«*

*»Versteh' ich nicht!«*

*»Du hast heute mit den anderen Filme verbrannt und ich war sauer auf dich. Dabei war es meine Schuld. Ich habe die Filme nicht gerettet und ich habe euch nicht aufgehalten. Ich dachte, du bist auf meiner Seite, und solange wir gemeinsam sauer sind, wird schon alles gut. Solange wir uns darüber ärgern, ist es nicht unsere Schuld. Hab' ich gedacht.*

*Das war falsch. Wenn man etwas nicht will, dann muss man es selbst verhindern. Und deswegen ist das mit den Filmen meine Schuld.«*

*Joshua zögerte. »Übertreibst du nicht ein bisschen? Das sind nur ein paar alte Filme. Wir können sie nicht einmal anschauen. Und es sind ja noch genug übrig.«*

*Teresa schluckte ihre Wut über diese Aussagen hinunter.*

*»Weißt du, Joshua«* – *sie machte ausladende Handbewegungen* – *»Sich etwas nur zu wünschen ist faul! Man wird es niemals schaffen, wenn man es sich einfach nur wünscht. Ich werde rausfinden, wie der Projektor geht, und euch die Filme zeigen. Und dann werdet ihr weinen, weil ihr so doof wart.«*

»Aber ich kann nicht alleine Weltfrieden schließen«, sagte Joshua empört.

»Du bist nur zu faul es zu versuchen«, entgegnete Teresa.

»Die Sterne sind schön«, ignorierte er sie. »Ich finde, es ist gemein, sich nichts zu wünschen, obwohl sie für uns herabfallen.«

»Du Dummerchen!«, rief Teresa. »Sternschnuppen sind keine Sterne. Es sind kleine Staubkörner, die im All herumfliegen, und die sind ganz klein.«

Sie zeigte zur Veranschaulichung einen winzigen Spalt zwischen ihrem Zeigefinger und Daumen.

»Und obwohl sie so klein sind, sehen sie so schön aus, und wir können sie von so weit weg sehen. Sie wirken so groß, dass man denkt, sie erfüllen Wünsche. Ich wäre auch gerne eine Sternschnuppe. Wenn ich mir etwas wünschen soll, dann das.

Und das vorhin war übrigens gar keine Sternschnuppe, sondern eine Feuerkugel. Die sind etwas größer und deswegen so furchtbar hell.«

»Dein Vater bringt dir so viel bei«, sagte Joshua bewundernd. »Erzähl mir mehr.«

Es ärgerte Teresa, dass das Lob gar nicht sie traf, sondern ihren Vater. Dennoch konnte sie nichts dagegen sagen, immerhin hatte ihr wirklich ihr Vater alles über den Sternenhimmel beigebracht.

»Schau mal, da oben, direkt über uns. Siehst du das helle Band?«, frage Teresa und fuhr mit einer Hand von oben nach unten über den Himmel.

»Das ist die Milchstraße. Und wenn du direkt geradewegs nach oben schaust, siehst du diese Sterne da?«

Teresa deutete ein verlängertes Kreuz an. »Das ist der Schwan. Er fliegt direkt über uns hinweg. Und ähm ... oh, da ist der Kleine Wagen mit dem Polarstern, unter dem Schwan links, weißt du, welchen ich meine? Daran sehen wir, dass unsere

*Füße gerade nach Nordosten zeigen. Und wenn du ein bisschen über den Schwan nach links schaust, dann siehst du Vega. Das ist der helle Stern dort.«*

*»Wenn ich groß bin, möchte ich auch so viel über Sterne wissen wie du«, meinte er und Teresa musste einen Seufzer unterdrücken.*

*»Lern es doch jetzt und verschieb es nicht auf später.«*

*»Was willst du denn später mal machen?«, fragte Joshua.*

*»Wenn ich alt bin, dann möchte ich irgendetwas studieren. Dann mache ich einen Doktor, danach werde ich Professorin, dann kann ich anderen Leuten alles beibringen, was Papa mir beigebracht hat! Dann wird mein Name noch viel länger, als er schon ist. Ich werde einen sehr tollen Namen haben.«*

*»Oh, und dann?«*

*»Wie, und dann? Dann bin ich Professorin. Das reicht doch! Mir wird schon irgendetwas einfallen.«*

Die beiden unterhielten sich an diesem Abend noch lange, bis sie sich in die Schlafsäcke legten, weil es kühler wurde. Joshua schlief schon längst, als Teresa noch immer mit offenen Augen in den wolkenlosen Himmel starrte.

Ihre Gedanken hüpften ihr so wirr durch den Kopf, dass sie ohnehin kein Auge hätte zudrücken können. Ungefähr zehn Meter neben den beiden führte eine unbepflasterte Straße in die Stadt. Für gewöhnlich benutzte die niemand, da sie nur zu einer anderen Ortschaft führte, die nicht nur mehrere Kilometer entfernt lag, sondern zudem kaum Einwohner hatte.

Deswegen überraschte es Teresa, als sie mitten in der Nacht, noch Stunden bevor das Morgengrauen einsetzen würde, hörte, wie leichtes Schuhwerk über diesen Weg schlurfte.

Sie tastete die Wiese um sich herum nach ihrer Taschenlampe ab und weckte dabei Joshua auf, der sich schlaftrunken aufrichtete. Das Getuschel der beiden erregte die Aufmerksamkeit der umherirrenden Person, die sich zu ihnen hindrehte, gerade als Teresa indirekt den Schein der Taschenlampe auf sie warf.

»Wow, sie hat bunte Haut«, flüsterte Joshua überrascht.

»Hallo«, grüßte Teresa, doch sie erhielt keine Antwort.

Stattdessen stand das Mädchen nur da und tat nichts, sodass Teresa aufstand und Joshua ein Zeichen gab, er solle mitkommen. Je näher sie der Gestalt kamen, desto seltsamer mutete ihr Äußeres an. Ihre Haut war nicht bunt, sondern übersät mit blauen Flecken. Ihr fehlte ein Arm. Sie wirkte sehr dünn. Ihr Kleid war zerrissen. Sie trug eine riesige Tasche, die viel zu schwer für sie sein musste.

»Ist alles in Ordnung? Haben Sie sich verlaufen? Brauchen Sie Hilfe?«, frage Teresa unbeängstigt.

Joshua ging es da anders. »Komm schon, lass sie lieber in Ruhe. Sie will bestimmt in die Stadt.«

»Und was soll sie dort machen? Ich glaube kaum, dass sie da wohnt! Oder?«

Sie blickte zurück zur Zukunft, konnte aber nichts an ihrem Verhalten ablesen. Stattdessen kramte Teresa in ihrer Tasche und zog eine Plastikdose heraus, in der noch ein paar Melonenstücke lagen, die ihr Vater ihr vor ihrem Ausflug mitgegeben hatte. Sie reichte sie der Zukunft, die sich, ohne zu zögern, daran bediente. Die Stücke verschwanden mit erstaunlichem Tempo in ihrem Mund.

»Vielleicht ist sie obdachlos«, mutmaßte Joshua. »Und was ist mit ihrem Arm passiert?«

»Bestimmt braucht sie Hilfe, glaube ich«, murmelte Teresa. Sie nahm der jungen Frau die Tasche ab, um sie behutsam auf den Boden zu legen. »Ruh dich doch aus«, schlug Teresa vor. Als hätte sie sie verstanden, setzte sich die Zukunft ins Gras. Ihre Glieder schienen sich schlagartig deutlich zu entspannen. Teresa ließ sich davon überraschen. »Wie lange bist du denn gelaufen? Wie heißt du?«

»...«, antwortete sie.

»Was hat sie gesagt?«, fragte Teresa angespannt in Richtung Joshua.

»Wie, was? Sie hat doch nichts gesagt?«

Teresa beobachtete die seltsame Frau eine Weile lang. Ihr Atem wurde mit der Zeit ruhiger, bis sie sich mit den Beinen an ihre Brust gewinkelt seitlich ins Gras legte. Teresa blickte sich hilfesuchend zu Joshua um, der jedoch auch schon wieder in seinem Schlafsack lag und vor sich hindöste.

»He«, rief Teresa und strich über die Schulter der Frau, um sie aufzuwecken. »Nicht auf dem Boden schlafen. Es ist kalt. Du kannst den da benutzen.«

Sie wies auf ihren Schlafsack und zog an der Hand der Zukunft, um sie zum Aufstehen zu bewegen. Die Frau leistete den Anweisungen des Kindes anstandslos Folge und legte sich hinein.

Es dauerte eine Weile, bis Teresa zu frieren begann. Erst wollte sie sich nicht eingestehen, dass es ein Fehler gewesen war, einer Wildfremden ihren Schlafsack anzubieten. Andererseits konnte sie jetzt auch keinen Rückzieher mehr machen und sie hinauswerfen. Sie blickte die nebeneinanderliegenden Schlafmützen an, die wohl beide nicht so schnell aufwachen würden.

Schließlich wurde die Kälte unerträglich. Teresa sah sich die zwei Schlafsäcke genau an und gelangte zu dem Schluss, dass in beiden genug Platz war, als dass sie sich irgendwie noch hineinzwängen könnte. Sie überlegte ein bisschen und entschloss sich, dass sie das kaputte Mädchen nicht alleine schlafen lassen wollte, und schob sich zu ihr in den Schlafsack. Es dauerte nicht sehr lange, bis sie an sie herangekuschelt einschlief.

Am nächsten Morgen war Teresa die erste, die wieder erwachte. Sie fühlte sich ziemlich kaputt. Obwohl sie neben dem Mädchen gelegen hatte, war ihr nachts immer wieder kalt geworden – vermutlich war es einfach keine sehr kluge Idee, im Oktober draußen zu schlafen, so warm der Tag auch gewesen sein mochte.

Sie kroch aus dem Schlafsack heraus und sah sich um. An der Stelle, an der sie gestern Nacht das Gras ramponiert hatte, lagen mehrere Grasbüschel herausgerissen in der Gegend herum. Während sie ihren Blick darüber schweifen ließ, fiel ihr etwas ein, womit sie der jungen Frau vielleicht eine Freude bereiten konnte.

Sie verbrachte die nächste Stunde damit, auf Knien übers Gras zu rutschen. Dabei wirkte sie sehr angestrengt, sodass Joshua sie nicht sofort unterbrach, als er erwacht war. Erst nach einigen Minuten richtete er das Wort an sie.

»Guten Morgen. Was machst du denn da?«

Er stand auf. »Willst du ihr einen Blumenstrauß machen?«

»Nein«, antwortete sie. »Aber du kannst mir helfen!«

Und so krochen sie nun zu zweit auf der Wiese herum, bis Teresa fand, wonach sie gesucht hatte und zusammen mit Joshua wartete, dass ihre neue Freundin erwachte.

Kaum war das geschehen, streckte sich die Frau schlaftrunken und schlurfte zu ihrer Tasche, als wolle sie sofort in die Stadt aufbrechen. Sie beachtete dabei die Anwesenheit der beiden Kinder gar nicht weiter, sondern wirkte eher, als habe sie es eilig.

»Warte!«, rief Teresa und stellte sich ihr in den Weg. Die Frau blieb stehen.

»Ich habe ein Geschenk für dich«, erklärte Teresa und hielt ihr das vierblättrige Kleeblatt hin, das sie mit Joshua gefunden *hatte. Die Zukunft schien die Geste erst nicht zu verstehen, bis Teresa ihre Hand nahm und die Pflanze hineinlegte. Behutsam nahm die Zukunft das Kleeblatt zwischen die Finger und musterte es aufmerksam.*

*Teresa hatte für einen Moment das Gefühl, ein Lächeln auf den Lippen der Frau gesehen zu haben, doch einen Wimpernschlag später fragte sie sich, ob sie sich das nicht nur vorgestellt hatte. Dennoch hielt sich die Zukunft das Kleeblatt dicht an ihre Brust, als sie damit davonschritt.*

*»Pass auf dich auf, hörst du?«, rief Teresa hinterher. »Und wenn du irgendwann Hilfe brauchst, dann komm einfach zu mir! Ich bin für dich da!«*

*»Hast du nicht gestern noch gesagt, man muss alles alleine schaffen?«, fragte Joshua spitzfindig.*

*Teresa rollte mit den Augen.*

*»Um Hilfe bitten ist etwas, das man selbst tut.«*

*»Verstehe«, sagte Joshua, der es rein gar nicht verstand. »Ich bin auch immer für dich da, wenn du Hilfe brauchst, in Ordnung?«*

*Teresa drehte sich überrascht zu ihm um, ein riesiges Grinsen auf den Lippen. Irgendwie munterten sie diese Worte sehr auf.*

# Die Macht des Fleißes

Noch immer herrschte im Raum völlige Dunkelheit. Für diesen Umstand war Teresa sehr dankbar. Zwei Tränen fielen plötzlich und ungehindert hinunter auf ihre Fäuste, die sie in Anspannung fest auf ihre Oberschenkel presste. Diese Erinnerungen waren nun fast 18 Jahre alt und hatten sich in all der Zeit vor Teresa versteckt.

Sie konnte den Sternenhimmel, der an die Kuppel geworfen wurde, durch ihre wässrigen Augen nur noch verschwommen erkennen. Dennoch erwartete sie aus irgendeinem Grund instinktiv, dass sich das Gesicht der Zukunft vor sie schieben und sie ihrer Tränen berauben würde. Doch Teresa wusste, dass das nicht geschehen würde. Sie hatte es verpasst, sich an die Zukunft zu erinnern, als diese Tränen noch von Belang gewesen waren.

Es dauerte nicht mehr lange, bis Joshua das Licht im Raum langsam heller werden ließ und den Vortrag beendete. Teresa nahm sich vor, wieder einmal mit ihm zu sprechen, doch war zu aufgewühlt, um dieses Vorhaben sofort in die Tat umzusetzen. Sie würde irgendwann erneut herkommen, beschloss sie.

Als sie die Kuppel verließ und in den Flur schritt, erwartete sie, direkt der Zukunft in die Arme zu laufen, doch sie sah niemanden. Stattdessen holte sie ihre Jacke ab und versuchte, sich nichts von ihrer Gefühlslage anmerken zu lassen.

Teresa gelangte zur Milchglastür, die nach draußen führte und sah dahinter zwei Gestalten. Sie trat aus dem Gebäude heraus und erkannte die Weisheit, die ein kleines Mädchen an der Hand hielt. Sofort sprang die Weisheit nach vorn und griff Teresas Arm, um mit einem kleinen Reagenzglas an der Haut zwischen Daumen und Zeigefinger eine halbgetrocknete Träne aufzulesen.

»Was soll das denn jetzt?!«, fragte Teresa entrüstet. Sie fühlte sich auf eine unbeschreibliche Weise hintergangen.

»Die Zukunft hat mich gebeten, dich abzuholen. Ich soll dich nach Hause bringen, ihre Tochter ist nämlich fertig.«

Sie schüttelte das Reagenzglas vor sich und betrachtete die Träne darin.

»Fertig? Ist sie wach?«

»Nein, noch nicht. Wir warten, bis alle da sind. Es wird heute Nacht noch eine Geburtstagsfeier geben. Ist das nicht super? Das Mädel hier« – sie zog das aschblonde Kind zu sich heran, griff unter seine Arme und hob es hoch, um es Teresa vorzuzeigen – »... sie ist total bekannt für ihre Überpünktlichkeit. Sie war längst da, als ich zuhause ankam. Damit sie keinen Unsinn macht, habe ich sie mitgenommen.«

Teresa erkannte das Kind erst jetzt: Es handelte sich um die Person, die fast ein Jahr zuvor auf dem Schulgelände mit ihr gesprochen hatte.

Das Mädchen wirkte auf eine seltsame Weise abwesend. Sein glasiger Blick schob sich langsam über die uninteressantesten Objekte der Umgebung – über den Schnee, über die Wände des Gebäudes, vorbei an den Füßen der Straßenlampen und anderen Dingen, von denen man meinen würde, sie hätten kaum Aufmerksamkeit verdient.

»Wirst du mir jetzt endlich verraten, wer das ist?«, fragte Teresa an die Weisheit gewandt, da sie von der Kleinen ohnehin keine Reaktion erwartete.

»Oh, das ist die Mutter der Zukunft.«

Teresa erlitt einen Hustenanfall.

Erst als sie sich wieder davon erholte, schlug die Weisheit vor, schon einmal zum Bahnhof zu laufen, um den Zug nicht zu verpassen.

Teresa hielt sich ab diesem Moment damit zurück, irgendetwas zu sagen, da sie diese Situation etwas überforderte. Und so sprach nur die Weisheit – und die auch eher mit sich selbst – als sie versuchte, zum Zug zu finden.

Schließlich saß Teresa ihnen in einem Abteil gegenüber. Sie ließ ihren Blick über die beiden schweifen, bis er auf das Reagenzglas mit ihrer Träne fiel, mit dem die Weisheit herumspielte. Sie konnte ihre Neugierde – und zugleich ihren Verdruss – nicht länger zurückhalten.

»Du hast behauptet, dass die Tochter fertig ist. Wozu braucht die Zukunft meine Träne dann noch? Es ist wirklich frustrierend mit euch beiden, habe ich euch das jemals gesagt?«

Die Weisheit lächelte und schien darüber nachzudenken, wie sie antworten sollte. »Sag, wenn ich einen Körper erschaffen wollte – oder, sagen wir gleich, einen Menschen, ein Kind – wie würdest du mir raten, das zu tun?«

»Nun«, sagte Teresa in sarkastischem Tonfall, »Wenn du kleine Menschen erschaffen willst, dann *werd' schwanger.*«

»Ja, das ist eine Möglichkeit. Fällt dir noch etwas ein?«

»Keine Ahnung? Wenn du einen Homunculus bauen willst, dann könntest du eine Stammzelle nehmen, eine eigene DNS herstellen, und versuchen daraus einen Organismus zu züchten.

Oder du synthetisierst alle Atome, die ein Mensch enthält, und baust sie zusammen. Das ist mit heutiger Technik natürlich alles nicht machbar. Die Möglichkeiten sind nur in der Theorie zahlreich.«

»Ja, aber es gibt etwas, das all diese Theorien gemeinsam haben. Etwas, das du brauchst, egal, welchen dieser Wege du einschlägst, und das nicht nur für das Vorhaben gilt, eine Person zu erschaffen, sondern für jedes Vorhaben überhaupt.«

»Ach ja?«

»Man muss sich *Mühe* geben.«

»... Toll«, seufzte Teresa und schaute desinteressiert aus dem Fenster.

»Ha!«, rief die Weisheit und wandte sich zu ihrer Nachbarin um. »Habe ich dir nicht gesagt, dass sie dir ähnlich ist? Da hast du's!«

Das Kind neben ihr reagierte gar nicht auf sie, sondern schaute desinteressiert aus dem Fenster. Die Weisheit rollte mit den Augen.

»Es ist dunkel draußen – ihr könnt sowieso nichts sehen! Außerdem spiegelt sich im Fenster doch nur der Innenraum des Zugs – ach, wie auch immer. Teresa.«

Teresa entschied sich, der Weisheit wieder ihre Aufmerksamkeit zu widmen.

»Es gibt unendlich Wege, alles, was du dir wünschst, zu erreichen. Doch egal, welchen Weg du einschlägst, du brauchst immer *Mühe*. Bei einigen Wegen musst du dir mehr Mühe geben als bei anderen. Wenn du zum Beispiel ein Haus haben willst, so kannst du entweder die Materialien sammeln, und das Haus bauen, oder du verdienst Geld in deinem Beruf, bis du genug hast, um dir eines zu kaufen. Letzteres dauert deutlich länger, es funktioniert aber auch.«

»Soweit komme ich mit.«

Die Weisheit stupste das Mädchen neben sich an. »Erkläre uns doch mal, wie du deine Kinder gezeugt hast.«

Die Angesprochene schien aus ihrem Tagtraum zu erwachen und drehte sich zu Teresa um, der eine Gänsehaut über den Rücken fuhr, als der durchdringender Blick der Kleinen sie traf. »Ich habe einige meiner Eizellen mit synthetischen Spermien befruchtet und Gene eingefügt, die ich verwendbar fand. Dann pflanzte ich sie in meinen Uterus ein und trug die Kreaturen aus.«

Hätte Teresa in ihrem Leben nicht schon so viel Widerliches gesehen, dann hätte sie sich an dieser Stelle wohl übergeben.

»Siehst du!«, sprudelte es triumphierend aus der Weisheit heraus. »Sogar sie hat sich Mühe gegeben. Schwesterherz hat sich entschieden, ihre Tochter aus Tränen zu bauen, weil sie wollte, dass sie nicht nur aus ihrem eigenen Fleisch besteht, sondern aus den Erinnerungen, die sie für sie gesammelt hat.

Jemand anders könnte die Mühe beispielsweise in der Form aufbringen, dass er einen Körper aus Leichenteilen zusammenbaut und wartet, bis ein Blitz einschlägt. Egal wie, es läuft darauf hinaus, dass es sich eher um einen symbolischen Unterschied handelt – es kommen bei allen Methoden Personen dabei heraus. Man könnte theoretisch sogar denselben Menschen herstellen.

Letztendlich ist es aber so, dass die Zukunft sich deutlich mehr Mühe geben musste, da ihr Weg, ein Kind zu bekommen, etwas unkonventioneller ist, als der ihrer Mutter.«

»Alles klar, ergibt Sinn«, log Teresa.

»Vielleicht ist es anschaulicher, wenn man es in Arbeitszeit umrechnet«, schlug die Weisheit vor. »Jede der Millionen von Tränen, die die Zukunft gesammelt hat, ist ein Symbol der

Mühe, die sie sich gegeben hat. Das sind manchmal mehrere Stunden pro Träne. Da kommt viel zusammen, nicht wahr?«

Teresa erinnerte sich an ihre eigene Berechnung, der zufolge die Zukunft allein für das Sammeln der Tränen mehrere zehntausend Jahre im Tagebau verbracht haben musste.

»Ja, das ist offenbar ziemlich viel Mühe.«

»Genug, um die Tatsache zu kompensieren, dass sie einen weniger effektiven Weg eingeschlagen hat«, ergänzte die Weisheit.

»Was macht meine Träne dann schon aus?«

»Woran hast du dich erinnert, bevor du heute geweint hast?«

Teresa dachte darüber nach, was sie antworten sollte und versuchte dabei nicht allzu skeptisch an die Worte der Weisheit heranzugehen.

»Daran, dass ich die Zukunft schon einmal getroffen habe. Ich hatte das völlig vergessen. Es ist sehr lange her. Warte mal ... soll das heißen, die Zukunft hat damals schon in meinem Leben herumgepfuscht?«

Die Weisheit schüttelte den Kopf. »Ich erinnere mich an den Tag. Die Zukunft kam viel später nach Hause als angekündigt, und hat mir von dir und deinem Freund erzählt und wie du ihr etwas geschenkt hast.«

Teresa nickte.

»Nun, es ist so. Normalerweise stiehlt und gibt die Zukunft. Die meisten bemerken sie nicht, viele laufen an ihr vorbei, ohne sie zu sehen, die wenigsten wundern sich darüber, dass sie nicht spricht, oder darüber wie sie aussieht. Sie hat seit ihrer Geburt eine gewisse *Unscheinbarkeit* – eine Eigenschaft, die es erschwert, sie zu bemerken.

Die Zukunft wird erst dann wichtig, wenn sie etwas Bestimmtes tut oder sich offenbart – wenn sie unausweichlich ist. Aber du hast sie gesehen, obwohl sie sich dir nicht gezeigt hat. Und du hast dich dann um sie gekümmert. Das passiert nicht oft.

Und dann, als sie dir wieder begegnet ist, ist noch etwas passiert – die Zukunft hat versagt. Sie wollte diese Erinnerung in dir schon damals in der Bar wecken, aber du hast dich geweigert. Und dann bist du ihr nachgelaufen und hast dich davon überzeugen lassen, wer sie ist.«

Teresa verstand immer noch nicht, was das mit ihrer Träne zu tun haben sollte.

»Das mag alles sein, aber ich bin nicht die einzige, die sich je um die Zukunft gekümmert hat. Ja, ich hab ihr vor fast 20 Jahren mal einen Platz zum Schlafen angeboten, aber du bist schon viel länger bei ihr und tust viel mehr für sie, und deine Träne hat sie einfach verfließen lassen.«

»Ich tue nicht so viel für sie, wie du vielleicht denkst. Um ehrlich zu sein, profitiere ich weitaus mehr von ihrer Anwesenheit als sie von meiner. Natürlich bist du nicht einzigartig. Es gibt etliche Menschen, die sich um die Zukunft kümmern, mehr als man zählen kann.

Letztendlich war es egal, wen davon die Zukunft wählte, ihr Los fiel nun einmal auf dich, weil du im richtigen Moment am richtigen Ort ihren Ehrgeiz geweckt hast. Sie braucht eine sehr starke Träne, um ihr Kind zum Leben zu erwecken. Eine Träne, die besonders viel Mühe enthält. Einerseits hat dich die Zukunft ein Jahr bei sich aufgenommen und so viel Zeit in diesem Jahr mit dir verbracht, wie möglich.«

Die Weisheit machte eine kurze Pause, um sich die Träne anzusehen, bevor sie weitersprach.

»Andererseits ... und das ist ein sehr wichtiger Grund ... hast du vom damaligen Tag an dein Leben in den Dienst der Zukunft gestellt. Und das hat dich kaputt gemacht. In dieser

Träne stecken somit etliche Jahre Mühe, die man der Zukunft zuordnen kann, und deswegen ist es eine starke Träne.«

»Ich verstehe«, murmelte Teresa, die nicht genau wusste, wie sie sich nun fühlen sollte. Zwar beruhigte es sie, dass sie nun endlich Antworten bekam, aber andererseits war sie sicher nicht glücklich über deren Inhalt.

»Meine Tochter fühlt sich wie eine verlorene Seele in einer Menschenmenge«, sprach das Mädchen, das sich erst jetzt tatsächlich in das Gespräch einmischte. »Niemand sieht sie, niemand hört sie. Sie ruft, so laut sie kann ›*Ich bin hier!*‹, aber es folgt keine Reaktion. Doch wenn sie sich ihnen entgegenwirft und sich von ihnen zertrampeln lässt, dann spürt sie wenigstens ihre eigene Existenz.«

Ein paar Kinder, die Fangen spielten, rannten am Abteil vorbei.

»Sie will mit so kleinen Gesten wie möglich extreme Veränderungen in fremden Schicksalen herbeiführen, um sich lebendig zu fühlen«, fuhr das Mädchen fort, und blickte schließlich direkt in die Augen von Teresa. »Aber du hast sie am Boden liegen sehen, sie gerufen, dich vor sie entgegen dem Strom in die Menge gestellt und gesagt: *Komm zu mir, wenn du Hilfe brauchst*. Sie hat dich damals gebraucht und du sie jetzt. Sei froh darüber.«

Die Weisheit lächelte. »Obwohl du eine Soziopathin bist, kannst du ja unerwartet verständnisvoll sein, wenn es um deine Kinder geht!«

Dem Mädchen entgleisten die Gesichtszüge zu einer unheilvollen Grimasse, doch sie wurde im Gedankengang, der zum Verderben der Weisheit führen sollte, von Teresa unterbrochen, der eine Frage eingefallen war.

»Du bist die Mutter der Vergangenheit und der Zukunft. Also warum kannst du sprechen, die beiden aber nicht?«

»Weil ich nicht wollte, dass die beiden sprechen können.«
Sie kaute einen Moment lang auf ihren Zähnen herum.

»Als ich an der DNS meiner zukünftigen Kinder arbeitete, spürte ich, dass meine Mutter ein großes Interesse an ihnen hatte. Natürlich bin ich nicht dumm. Ich wusste, was sie wollte: Dass eines meiner Kinder die Aufgabe erfüllt, die ich selbst meiner Mutter zu erledigen versagt habe. Also musste ich in meine Kinder gewisse *Einschränkungen* einarbeiten, um zu verhindern, dass sie miteinander oder mit ihrer Großmutter kollaborieren konnten. Das hat auch recht gut geklappt, bis dieses Monster neben mir der Sache einen Strich durch die Rechnung gemacht hat.«

Sie warf einen weiteren verachtenden Blick auf die Weisheit.

»Sie löste die Verschlüsselung der Sprache meiner ältesten Tochter und gab ihr somit deutlich mehr Einflusskraft, als ich ihr je hatte einräumen wollen. Meine Mutter ist sofort auf den Zug aufgesprungen und hat ein nettes Gespräch mit der *Weisheit* geführt, um sie gegen mich auszuspielen.«

Teresa kam sich vor, als würde sie sich mit dem letzten Gegner in einem Videospiel unterhalten.

»Was ist es, das du verhindern wolltest?«

»Dass ein Kind mit den Fähigkeiten entsteht, wie sie die Tochter der Zukunft haben wird. Ich wollte um jeden Preis unterbinden, dass es dazu kommt.«

»Warum?«

»Weil sie mich gefangen nehmen wird, sobald man sie aktiviert«, erwiderte das Mädchen so, als wäre diese Tatsache völlig offensichtlich. »Nicht einmal meine Mutter ist dazu fähig. Sie braucht jemanden, um mich im Bann zu halten. Diese Person soll heute Nacht erweckt werden.«

Teresa beschlich ein unangenehmes Gefühl. »Bist du hier, um das abzuwenden?«

»Nein. Hätte ich es abwenden können, würdet ihr jetzt nicht hier sitzen. Du würdest nicht existieren, die Weisheit wäre tot und das Becken im Haus der Zukunft hätte sich nie auch nur mit einer einzigen Träne gefüllt. Ich habe bereits all meine Möglichkeiten ausgeschöpft und bin nur hier, um mir das Ergebnis meines Versagens anzusehen.«

»Dann warst du der Grund, weshalb mir die Vergangenheit diesen Auftrag gegeben hat«, flüsterte Teresa und das Mädchen nickte.

»Selbst wenn du wolltest, könntest du ihren Auftrag nicht ausführen. Mutter hat mich bereits ... *besiegt*.«

Diese Worte hinterließen eine seltsame Wirkung im Raum, sodass keine der drei für den Rest der Fahrt noch etwas sagte. Stattdessen nahm sich Teresa ihr Handy zur Hand und scrollte abwesend durch ihren Newsfeed, ohne irgendetwas davon tatsächlich wahrzunehmen.

Endlich gelangten sie nach Hause. Das Mädchen begab sich direkt zur Zukunft, während die Weisheit in der Küche Tee kochen ging. Teresa trat geistesabwesend in ihr Zimmer und legte sich ins Bett, bis die Türklingel zum dritten Mal geläutet hatte.

Niemand öffnete. Teresa ging das Geräusch irgendwann auf die Nerven, sodass sie zum Eingang lief und ihn aufriss. Erst wollte sie sich beschweren, weil die Tür nicht einmal abgeschlossen gewesen war, doch dann erkannte sie das Gesicht des neuen Gastes. Sie sah keinen Tag älter aus als auf dem Porträt aus dem Schuppen.

»Hallo«, sagte sie mit vergnügter, beruhigender Stimme. »Ich habe gehört, hier passiert heute etwas Spannendes. Ich nehme an, du bist bei der Zukunft zu Gast?«

»Ähm«, machte Teresa, während sie überlegte, wie sie sich

am besten vorstellen sollte, »Ich bin Teresa Willgenau, die ... Spenderin der letzten Träne, oder so.«

»Oh! Sehr erfreut. Ich bin die Großmutter der Zukunft, aber die meisten nennen mich einfach *Mutter*. Die anderen sind wohl alle beschäftigt, nicht wahr? Dann lass uns einen Tee trinken und ein bisschen reden. Ich hatte gehofft, dass ich heute jemand Neues kennenlernen kann.«

Bald darauf saßen die beiden im Wohnzimmer und wurden von der Weisheit mit zwei Tassen ungezuckertem grünen Tee bedient. Allein die Anwesenheit dieser ehrfurchtgebietenden *Mutter* beeinträchtigte die Atmosphäre im Raum so sehr, dass sich Teresa fühlte, als wäre sie noch nie zuvor hier gewesen.

»Ist sie nicht ein tüchtiges Mädchen?«, fragte die Frau lächelnd, kurz nachdem die Weisheit sie wieder verlassen hatte. »Was hast du heute so erlebt?«

Teresa führte ungern diese Art von Smalltalk, daher war sie ungeübt darin. Also nahm sie sich einen Moment Zeit, um zu antworten: »Ich habe Ihre Tochter ein bisschen kennengelernt, denke ich«, sagte Teresa.

»Oh! Sie kann manchmal etwas schwierig sein, nicht wahr? Ich nehme an, du kennst die Vergangenheit bereits? Die beiden haben schwere Lasten zu tragen.«

Teresa dachte daran, dass ich ihr wesentlich sympathischer war als meine Mutter.

»Also hat Ihnen Ihre Tochter Kummer bereitet?«, fragte Teresa.

»Ja, ein wenig. Manchmal macht es die Zeit einem nicht leicht.«

Teresa wunderte sich über diese Aussage einige Sekunden lang, bis es ihr dämmerte. Die Mutter der Zukunft war die *Zeit*.

»Du musst wissen, die Zeit existiert in jedem Moment der Vergangenheit, Gegenwart und Zukunft. Man kann sie nicht immer sehen, aber sie ist es, die den Ereignissen ihre Ordnung gibt, und so weiß sie alles, was je geschehen ist, gerade passiert, oder noch geschehen wird.

Sie kennt dieses Universum und seine Grenzen in- und auswendig. Dementsprechend hat sie über uns alle deutlich mehr Macht als irgendjemand sonst.«

Teresa fragte sich, wie die Frau vor ihr eine solche Person hatte *besiegen* können.

»Wenn sie mit uns sprechen möchte, kann sie sich ... sozusagen materialisieren, sich uns zeigen, und schlüpft dann in den Körper, den ich ihr gegeben habe. Sie ist abhängig vom Geist, der darin wohnt. Obwohl sie alles sieht, ist sie doch charakterlich nur ein zwölf Jahre altes Kind, denn das ist die Zeitspanne, die sie bisher in materieller Form verbracht hat.«

»Möglicherweise weiß die Zeit etwas, das wir nicht wissen, und ist deswegen so, wie sie ist.«

»Möglicherweise«, sagte die Frau. Dann schnitt sie ein anderes Thema an. »Du sagtest, dass du die Träne geweint hast, die heute unser neues Familienmitglied erwecken soll. Da ich die Arbeitsweise der Weisheit und der Zukunft ein bisschen kenne, nehme ich an, du hast davon nichts gewusst, nicht wahr?«

»Habe ich nicht.«

»Wie fühlt es sich an? Bist du wütend?«

Teresa schluckte. »Nein«, murmelte sie schließlich. Dann fuhr sie mit kräftigerer Stimme fort. »Na ja, es ist schon verdammt frustrierend. Aber ... nun, vor einem Jahr, als sie mich gefunden haben, da ging es mir nicht sehr gut.«

Sie versuchte, die richtigen Worte dafür zu finden. »Die

Welt hat sich grau und verlassen angefühlt. Ich habe mein Leben lang nichts anderes getan, als zu lernen. Mein Vater hat mich von klein auf zu sich in sein Zimmer gerufen und mir stundenlang Unterricht gegeben – in Physik, Astronomie, Biologie, Chemie, Mathematik ... in allem, was er wusste.

Er hat früh gemerkt, wie sehr ich mich für Naturwissenschaften interessierte. Und das hat es mir leicht gemacht, später weiterzukommen. Ich habe es so geliebt, Neues zu erfahren – die Welt kennenzulernen. Dinge zu sehen, die ich mir nicht erklären konnte, und dann ebendiese Erklärung zu finden.

Aber je älter ich wurde, desto seltener kam dieses Gefühl auf, da ich die Gesetze hinter den Geschehnissen immer klarer verstand. Und dann kam die Zukunft daher und hat alles durcheinandergeworfen, das ich jemals zu wissen glaubte. Ich habe versucht, zu verstehen, was hier passiert, was eure Familie wirklich ist, doch ich verstehe es kein bisschen und um ehrlich zu sein, finde ich das beruhigend.«

Teresa fühlte sich, als konnte sie dieser Person gegenüber ihre Gedanken frei äußern. Es wunderte sie selbst, wie offen sie über Dinge redete, die sie niemandem sonst anvertrauen würde. Es bereitete ihr auch ein wenig Angst, doch sie fuhr fort.

»Ich habe immer ein schlechtes Gewissen gehabt, während ich hier lebte, da ich dachte, ich hätte den beiden gegenüber eine Schuld, die ich nie würde begleichen können. Als würde ich mich immer tiefer hineinwerfen und müsste es am Ende auf irgendeine Weise bezahlen, aber den Preis nicht aufbringen können.

In gewisser Weise habe ich diesen Preis heute gezahlt, und das nimmt mir viel Last von den Schultern.«

»Das klingt so, als hätten dir die beiden viele Schwierigkeiten bereitet!«

Teresa kam nicht um ein Lächeln herum, als sie an das vergangene Jahr dachte. »Ja, die beiden haben sich nicht zurückgehalten.«

»Oh?«, machte die Frau einen überraschten Laut, als sie diesen Satz hörte. »Bist du dir da sicher? Meiner Meinung nach hält sich die Zukunft immer sehr zurück.«

»Inwiefern?«, fragte Teresa.

»Sie benutzt die Erinnerungen von Menschen, um einen Eindruck bei ihnen zu hinterlassen, in der Hoffnung, dass ihr eigenes Dasein dadurch an Wert gewinnt.

Aber dabei hat sie sich zurückgehalten. Sie hat nicht alles getan, was sie hätte tun können. Hat sich selbst Restriktionen auferlegt. Wie Gewichte.«

Teresa lachte etwas ungläubig, als sie an die zahllosen unfassbaren Reaktionen dachte, die sie während des letzten Jahres erlebt hatte. »Wollen Sie damit sagen, Sie können das besser?«

»Natürlich.«

»Das möchte ich sehen«, sagte Teresa. »Machen Sie mit mir, was Sie wollen. Ich habe nur nichts bei mir, das Sie mir klauen könnten.«

»Das ist doch schon eine Sache, die dich stutzig machen müsste. Die Zukunft beschränkt sich auf Gegenstände. Sie benutzt keine Gerüche, keine Berührungen, keine Stimmen, keine Töne oder Melodien, keinerlei Geräusche, nichts davon. Nicht wahr?«

Teresa dämmerte, was die Frau ihr sagen wollte. Sowohl auditorische als auch olfaktorische Reize eigneten sich hervorragend zur Herbeiführung von Erinnerungen. So gesehen hatte sich die Zukunft wirklich zurückgehalten. Nur bei der Weisheit und bei Teresa selbst hatte die Zukunft ihre Methoden ein Stück weit ausgedehnt, aber auch nicht sehr. Zumindest bei sich wusste Teresa, dass die Zukunft es erst mit der Perle versucht hatte. Erst nachdem sie damit gescheitert war, hatte sie eine andere Form gewählt.

»Und was passiert mit den Menschen, wenn sie mit ihnen fertig ist? Sie lässt sie ein paar nostalgische Tränen vergießen. Oder sie fühlen sich eine Weile lang gut oder schlecht, was ihnen dabei hilft, eine wichtige Entscheidung zu treffen.«

Teresa fühlte sich etwas unwohl dabei, dabei zuzuhören, wie jemand die Vorgehensweise der Zukunft so herunterspielte.

»Ich sehe, du bist skeptisch. Die Zukunft hat nie einen Menschen zerstört. Niemanden mit absoluter Verzweiflung gefüllt. Weißt du was, ich zeige es dir mal. Ich zeige dir, was es *wirklich* heißt, einer Person mit einer unscheinbaren Handlung den Boden unter den Füßen wegzuziehen.«

Teresa kroch ein mulmiges Gefühl den Rücken hinauf, während sie der Frau zunickte. Sie stand daraufhin ruhig auf und stellte behutsam die leere Teetasse auf den Tisch. Dann begab sie sich fast schwebend zum Klavier, setzte sich davor und begann zu spielen.

Teresa kannte das Lied nicht. Ich schon. Es handelte sich um *La Campanella,* komponiert von Franz Liszt. Der Klang füllte nicht nur den Raum, sondern hallte im ganzen Haus wider und erinnerte an ein Glöckchenspiel.

# Lang lebe Klara

*Etwa ein Jahr zuvor.*

Die Zukunft saß in einem Theatersaal in einer der mittleren Reihen. Auf der Tribüne spielte eine Pianistin, die gerade zum wiederholten Mal die erste Arabesque von Debussy übte. Sie war vollkommen auf das melodische Stück konzentriert und schien von der sie belauschenden Zukunft keinerlei Notiz zu nehmen.

Die Pianistin trug zu einem Pferdeschwanz zusammengebundenes, stark gelocktes, schwarzes Haar. Sie wirkte gestresst und betätigte die Tasten zunehmend leiser. Irgendwann mitten im Stück schlug die Frau frustriert auf die Klaviatur und erzeugte einen unangenehmen Akkord.

Sie erhob sich gereizt und schritt auf der Bühne auf und ab, bis sie die Zukunft in den Sitzreihen bemerkte. Der Hauch einer unangenehmen Überraschung blitzte über ihr Gesicht. Sie fühlte sich ertappt.

»Tut mir leid, ich übe nur«, entschuldigte sich Klara und lief auf die Zukunft zu. Sie beachtete dabei das ungewöhnliche Aussehen der Zukunft gar nicht, nahm nicht einmal Notiz vom fehlenden Arm. »Hörst du das auch? Es ist furchtbar. Drei der Tasten bleiben immer hängen.«

Sie seufzte.

»Morgen ist das Konzert. Ich kann froh sein, dass ich noch die Gelegenheit bekommen habe, hier zu üben. Ob sie es bis dahin gerichtet haben?«

Sie stöhnte und vergrub ihr Gesicht in ihren Händen. »Wie soll ich das alles nur auf die Reihe bekommen? Ich präge mir das Stück doch falsch ein, wenn ich so spiele. Wenn ich doch nur ...«

Klaras Blick fiel auf den Platz neben der Zukunft, wo ein dünner Holzkeil lag. Ihre Augen hellten auf.

»Ich leihe mir den mal kurz aus.«

Sie hob ihn auf und schaute ihn sich genauer an. »Du bist ein echter Glücksbringer. Wie kommt so ein Ding hier her? Hast du es mitgebracht? Danke jedenfalls.«

Klara schritt zurück zum Klavier, presste einige Tasten nach unten und steckte den Keil in die Zwischenräume. Sie benutzte den Keil um die Tasten ein Stück weit auseinanderzudrücken. Diese Prozedur wiederholte sie bei jeder hängenden Taste.

Ohne das Stück Holz zurückzubringen, setzte sie sich wieder hin und versuchte, das Stück erneut zu spielen. Die Arabesque klang wellenartig und träumerisch, hatte etwas Melancholisches an sich. Klara ließ sie besonders traurig klingen – unter anderem durch betont langsames Tempo.

Nach einer halben Stunde hatte sie das Stück zu ihrer Zufriedenstellung gemeistert.

»Ha, dieses Mal war es perfekt! ... Dann funktioniert das erste Stück schonmal.«

Sie blickte zur Zukunft.

»Ich muss noch eins üben, das dauert aber etwas länger, weil es deutlich komplizierter ist. *La Campanella* von Liszt. Kennst du das?«

Die Zukunft antwortete nicht.

»Es ist mein Lieblingsstück. Ich habe es schon als Kind gemocht. Ich hab's irgendwann mal in der Notenbibliothek im Spielzimmer meines Vaters gefunden, das Buch meine ich, in dem diese Etüde abgedruckt war, und das hat mich schon fasziniert, obwohl ich zu dem Zeitpunkt nicht mal Noten lesen konnte. Willst du sehen, warum? Guck!«

Sie zog einen Stapel Papier aus ihrer Tasche und lief damit zur Zukunft. Dann suchte sie ein Blatt heraus und hielt es ihr vor die Nase. Mit ihrem Finger fuhr sie in einer Zeile eine unebene aus dutzenden dicht aneinander gereihten Noten bestehende Linie nach, die zu einem einzigen Takt gehörte, der sich über mehr als eine Zeile zog.

»Irre, oder? Sieht aus wie ein Gebirgsrelief. Ich wollte es unbedingt spielen lernen. Ich habe meinem Vater gesagt, er soll es mir vorspielen und dann wollte ich es nachspielen. Habe ich natürlich nicht geschafft, sondern schnell aufgegeben.

Aber ich kam immer wieder zu ihm und sagte, er soll es für mich spielen. Er hat dann immer gejammert, dass seine Hände weh tun, aber ich habe nicht locker gelassen.«

Sie unterbrach sich selbst mit einem Lachen.

»Aber jetzt kann ich es selber ganz gut spielen. Warte, ich zeige es dir.«

Sie lief zurück zum Flügel. Im Gegensatz zum ersten, eher traurigen Stück, ließ Klara *La Campanella* sehr fröhlich klingen. Ihre Hände glitten sanft über die Klaviatur, während die Finger unmenschlich schnell hin und her hüpften, um die Oktavsprünge zu schaffen, die das Stück wie ein Glöckchenspiel klingen ließen.

Die Pianistin spielte jetzt viel lauter als zu Anfang und der Klang füllte die ganze Halle. Nach ein paar Minuten endete das Stück und Klara lächelte breit.

»So gut habe ich es noch nie hinbekommen«, sagte sie stolz. Sie kehrte zur Zukunft zurück, um den Keil zurückzugeben.

»Findest du, dass ich gut gespielt habe?«, fragte sie mit hochgezogenen Augenbrauen. Sie wartete jedoch keine Antwort ab.

»Danke, dass du mir zugehört hast. Irgendwie ist es ein anderes Gefühl, wenn man nicht alleine ist. Vermutlich habe ich mir deshalb etwas mehr Mühe gegeben. Das hat sich gelohnt. Ich glaube, ich habe mich nie so gut spielen hören. Wenn ich es morgen auch nur halb so gut hinbekomme, brauche ich mir keine Sorgen mehr zu machen.«

Die Zukunft war es nicht gewohnt, derart viel Aufmerksamkeit zu bekommen, oder überhaupt mit den Dingen in Verbindung gebracht zu werden, die um sie herum passierten. Ihre Glieder verkrampften ein wenig.

»Los, komm. Im Gang draußen ist eine Cafeteria, ich gebe dir etwas aus.«

Die beiden liefen hinaus und Klara redete noch lange über die unterschiedlichsten Dinge, ohne sich daran zu stören, dass sie keine Antworten erhielt. Vielleicht brauchte sie etwas Gesellschaft.

»Ich bin furchtbar gestresst, weißt du? Ich muss mich gleich mit dem einen Typen von der Agentur treffen. Er sagt, wenn ich beim Auftritt gut spiele und zeige, dass ich vor einem Publikum nicht den Kopf verliere, wollen sie mich in Zukunft bei Orchestern und Einspielungen vertreten und mir gute Jobs besorgen. Dann verdiene ich endlich etwas. Bisher hatte ich einen Nebenjob nach dem anderen und hab jeden Monat Angst, dass ich die nächste Miete nicht zahlen kann.«

In jeder kurzen Sprechpause nippte sie an ihrem schwarzen Kaffee.

»Wie findest du die Stücke? Ich habe sie selbst ausgesucht. *La Campanella* ist eigentlich ein bisschen zu schwer für mich. Aber ich denke mir immer, wenn man besser werden möchte, sollte man sich Herausforderungen stellen, oder so etwas ... Ist vielleicht auch nur eine Ausrede, damit ich mein Lieblingsstück spielen kann, aber *psst*.«

Sie hielt eine ihrer großen Klavierspielerhände vor, auf der sich eine Schramme befand. »Siehst du das? Ich war wütend, dass ich einen Takt nicht hinbekommen habe, also hab' ich die Wand gehauen – war nicht so klug, schätze ich ... Wer hat sowas schon einmal gehört? Eine Pianistin, die vor Wut gegen eine Wand schlägt? Das ist doch dumm! Aber gut ... Wie sagt man so schön? Die Zeit wird die Wunden heilen.«

Klara schob die Tasse von sich und legte ihren Kopf gedankenverloren auf den Tisch.

»Morgen kann ich auch gar nicht mehr üben ... ich habe den ganzen Tag zu tun. Ich muss sogar ins Industriegebiet, eine Bestellung abholen. Ich habe kein Auto, ich muss dahin laufen.«

Während des ganzen Gesprächs hatte sie ein Lächeln im Gesicht. Das Erscheinen der Zukunft hatte ihr den Tag gerettet.

»Ich bin zwar nervös, aber irgendwie freue ich mich auch auf morgen. Kennst du das? Wenn du vor Hunderten von Menschen sitzt, und sie alle hören nur dir zu. Sind nur da für dich. Das ist schon etwas richtig Besonderes.«

Klara schüttelte sachte den Kopf und schob sich die Reste ihres Kuchens in den Mund. Sie versank in Gedanken.

»Ich muss langsam wieder los. Habe meine Zeit leider schon überbeansprucht.«

Sie stand auf und bot der Zukunft eine Umarmung an.

»Danke, dass du heute da warst. Ich hoffe, wir sehen uns bald wieder«, sagte sie und schloss ihre neue Freundin in ihre Arme. Die Zukunft saß noch eine Weile da. Sie lächelte.

Am nächsten Morgen saß sie gemeinsam mit der Weisheit am Frühstückstisch, während sie sich über den letzten Tag unterhielten.
»Dieses Mädchen hat ja einen ziemlichen Eindruck auf dich hinterlassen.«
»...«
»Ja, kann ich verstehen. Nimm mich mit, wenn du sie das nächste Mal triffst, ich möchte sie auch kennenlernen. Gehst du heute Abend zu ihrem Konzert?«
Die Weisheit aß einige Kekse und redete mit vollem Mund. Sie leckte ihre Finger ab, während sie der Antwort der Zukunft lauschte.
»Du kannst es wohl kaum erwarten«, lachte die Weisheit. »Mach dir keine Sorgen, ich bin sicher, es hat geklappt. Selbstbewusstsein macht bei Auftritten viel aus. Man kann noch so viel geübt haben: Wenn man nervös ist, stolpert man und pflanzt sich beim Betreten der Tribüne auf die Nase. Und dann lachen alle drei Clowns. ALLE DREI!«
Sie sprach aus bitterer Erfahrung.
»...«
»Der beste Weg, das herauszufinden, ist, indem du heute Abend das Konzert besuchst. Ich glaube nicht, dass schon Veränderungen im Schicksal zu lesen sein werden. Selbst wenn ich für dich nachschauen würde ...«
»...«
Nach dem Gespräch begab sich die Zukunft dennoch zum Schicksal, das einen eigenen Platz im Wohnzimmer hatte, wo es seit dem Einzug der Zukunft in das Haus lebte.

Sie warf dem Drachen ein aus Seide selbstgewebtes Kleid zum Fraß vor, sodass er sich beruhigte und anstandslos öffnen ließ. Die Zukunft hatte seit mehr oder weniger hundert Jahren nur noch einen einzigen Arm, und das Schicksal wie früher gewaltsam zu öffnen, kam deswegen nicht mehr infrage.

Natürlich würde das Schicksal eine Weile brauchen, bis es ihr Genaueres über Klaras Verbleib erzählen würde. Wie so oft konnte sich die Zukunft aber nicht gedulden und wollte unbedingt sofort wissen, was geschehen war. Sie verbrachte manchmal stundenlang damit, sich das Schicksal anzuschauen, selbst dann, wenn es nur sehr vage Einträge enthielt.

Sie brauchte einige Minuten, um den Drachen aufzufalten und zur richtigen Stelle zu gelangen.

Ihre Finger zitterten in Erwartung, bis sie die letzte nötige Falte öffnete und sich das neue Schicksal der Pianistin offenbarte.

Klara Bosko
†

Einige Sekunden lang regte sich die Zukunft nicht. Stattdessen starrte sie nur auf das Kreuz unter Klaras Namen. Dann begann sie am Papier herumzuzerren und es weiter aufzufalten, um an mehr Details zur Todesursache zu gelangen, doch egal wie sehr sie das Papier auseinanderriss, der Eintrag blieb genau der gleiche.

Klara Bosko
†

Sie warf den Drachen zur Seite, der so schnell er konnte Reißaus nahm.

Was war schiefgelaufen? Was hatte sie getan? Sie musste Klara finden und ihren Tod verhindern. Doch wie? Ohne zu zögern, lief sie ins Badezimmer. Sie öffnete den Wasserhahn und betrachtete ihr eigenes Gesicht im Spiegel, während das Waschbecken volllief.

Ihr Blick wanderte über die roten Lippen, die Schminke, die durch ihre wässrigen und verängstigten Augen ein wenig zerlaufen war und ihre weißen Haare.

Dann, wie auf Befehl, tauchte sie ihren Kopf unter Wasser, das hinausspritzte und ihr gesamtes Oberteil durchnässte. Sie schüttelte sich, nahm ihre Hand und rieb sich Augen, Nase, Mund, Wangen, Wangenknochen und Stirn.

Regelmäßig tauchte sie wieder auf und betrachtete das Ergebnis im Spiegel, bis sie das Gesicht letztendlich so lange gewaschen hatte, bis es ein identisches Abbild des Antlitzes von Klara Bosko darstellte.

Dann zog sie ihr Kleid aus und suchte nach einem Wollkragenpullover und einigen Socken. Als sie fertig war, sah es auf den ersten Blick so aus, als würde sie noch beide Arme besitzen. Dann warf sie sich einen Kapuzenumhang um.

Schließlich verließ die Zukunft das Haus. Obgleich gerade erst das neue Jahr begonnen hatte, herrschten knappe Plusgrade. An jenem Tag verhingen dichte Wolken das Firmament und ließen Unmengen kalten Regens auf die Erde niederprasseln.

Die Zukunft lief etwas schneller als sonst und nahm Kurs auf das Krankenhaus. Falls Klara etwas zugestoßen war, bestand die Chance, dass man sie dort eingeliefert hatte.

Sie betrat das Gebäude an der Rezeption durch den Gastzugang. Sie schritt vor den Krankenschwestern entlang, vor denen sich Schlangen an Besuchern bildeten, um nach Patienten zu fragen. Die Zukunft blickte jeder Schwester, jedem Pfleger, jedem Arzt und jedem Besucher eindringlich starrend ins Auge, in der Hoffnung, dass jemand sie wiedererkannte.

Nichts dergleichen geschah.

Von Tresen zu Tresen wanderte sie durch den Eingangsbereich. Als die dort arbeitende Frau aufblickte, musterte sie die Zukunft einige Sekunden lang.

Dann sprach sie gedehnt: »Warten Sie ... sind Sie das? Eine aufgeregte Frau kam vor einer Weile her und hat uns eine Beschreibung gegeben, und Sie sehen genauso aus. Warten Sie ... irgendwo hier ... oh! Da ist die Nummer ja.«

Sie schrieb aus ihren Unterlagen etwas auf einen Post-it-Zettel und reichte ihn der Zukunft. »Das ist ihre Telefonnummer. Es freut mich, dass es Ihnen gut geht, aber vielleicht melden Sie sich besser mal bei ihr.«

Die Zukunft starrte auf den Zettel. Die Krankenschwester schien die Unsicherheit der Zukunft zu bemerken und beruhigte sie: »Da hinten im Gang haben wir ein Münztelefon.«

Daraufhin entfernte sich die falsche Klara vom Tresen. Sie starrte noch immer auf die Nummer, doch dann warf sie den Zettel davon. Die Zukunft war nicht besonders gut im Telefonieren, also ignorierte sie das Münztelefon und verließ das Krankenhaus.

Stattdessen schlug sie einen Weg in Richtung Stadtzentrum ein. Der Regen hatte die Menschen aus den Straßen gespült, sodass außer der getränkten Zukunft niemand zu sehen war.

Dann betrat sie einen großen Buchladen und lief zur Abteilung mit Informationsbroschüren über die Stadt. Sie griff ein dickes gelbes Buch, das sie kaum in ihrer Hand halten konnte, hockte sich auf den Boden, öffnete das Nachschlagewerk vor sich und blätterte ungeduldig durch die tausend Seiten.

Sie schlug das Telefonbuch wieder zu. Jetzt kannte sie die Adresse, die zur Nummer gehörte und den Namen der Frau, die im Krankenhaus nach Klara gefragt hatte. Dann nahm sie von einem anderen Regal eine Karte der Stadt und breitete sie vor sich aus, um sie zu betrachten. Schließlich ließ sie alles liegen und schritt aus der Buchhandlung, in der niemand von ihrer Anwesenheit Notiz genommen hatte.

Zwanzig Minuten später erreichte sie das Haus. Sie klingelte dreimal, bis eine kräftig gebaute Frau mittleren Alters die Tür öffnete. Kaum sah sie das Gesicht der Zukunft, stieß sie einen lauten Seufzer aus.

»Bin ich erleichtert, dass es dir gut geht!«, rief sie. »Komm mal rein, du bist ja völlig nass.«

Die Zukunft tat wie ihr geheißen.

»Ich nehme an, du warst im Krankenhaus, nicht wahr? Ich habe die nette Schwester gebeten, ein Auge nach dir aufzuhalten. Ich habe mir solche Sorgen gemacht. Gleich nach dem, was heute Morgen passiert ist, hatte ich ein schlechtes Gewissen, dass ich dich einfach habe gehen lassen. Meine Güte, der Aufprall sah schlimm aus! Ich sollte wirklich vorsichtiger fahren. Es tut mir so leid, ich hatte dich gar nicht gesehen.«

Sie machte der Zukunft einen Tee und stellte ihr einige Lebkuchen hin.

»Weißt du, ich musste meine Tochter zur Schule bringen. Deswegen war ich dort unterwegs. Normalerweise fahren ja selten Autos, aber ... kein Wunder ... aber wer ahnt denn so etwas. Die verfluchte Kurve. Es tut mir so leid!

Aber sei bitte etwas vorsichtiger, du bist so enthusiastisch über die Straße gerannt. Gut, dass du doch noch beim Arzt warst. ›Ach, macht nichts, ich muss jetzt wirklich los, sonst schaffe ich es nicht!‹, jaja, törichtes Ding! Was, wenn es etwas

Ernstes gewesen wäre? Haben die dich im Krankenhaus mal angesehen?«

Als sie sich von ihrer Spüle wieder zu Klara umdrehte, war niemand mehr zu sehen. Die Zukunft hatte sich aus dem Staub gemacht und das Zimmer der Tochter aufgesucht.

Sie riss die Schubladen auf, bis sie ein volles Hausaufgabenheft fand, das vom letzten Schuljahr stammte. Auf der ersten Seite sah sie die Inschrift der Besitzerin:

Name: Lisa Langbaum
Klasse 2a, Grundschule Freundschaft
...

Sie öffnete das Fenster und stieg hinaus in den Garten, um das Grundstück wieder zu verlassen. Dann rannte sie durch den Regen in Richtung der Grundschule. Es gab laut der Karte, die sie im Kopf hatte, drei verschiedene Wege, bequem mit dem Auto vom Haus der Langbaums zur betreffenden Schule zu gelangen – und nur einer davon führte durch das Industriegebiet, von dem Klara am Vortag gesprochen hatte.

In diesem Industriegebiet gab es drei scharfe Kurven ... und eine davon befand sich auf dem Weg zu einem Musikladen. Die Zukunft vermutete, dass das der Unfallort gewesen sein musste.

Vielleicht würde Klara irgendwo hier sein. Zwischen der Kurve und dem Musikladen lagen noch zwei Kilometer Strecke und mit Ausnahme der riesigen, größtenteils unbewohnten industriellen Einrichtungen waren dort nur wenige andere Dinge zu finden.

Keuchend gelangte die Zukunft einige Zeit später an einen großen Zaun, der den Weg nach Osten hin absperrte, während auf der anderen Seite ein zum Verkauf stehendes Grundstück lag.

Darauf stand ein großes, verlassenes Betongebäude, das scheinbar kurz vor dem Abriss stand. Was, wenn Klara nach dem Unfall weitergelaufen und erst nach einigen Minuten ihrer Lage bewusst geworden war?

… Dann hätte sie vielleicht in jenem Gebäude vor dem eiskalten Regen Unterschlupf gesucht und darauf gewartet, dass sie weiterlaufen könnte.

Doch warum hatte sie keine Hilfe geholt?

Die Zukunft betrat das Gebäude. Am Ende des großen Eingangsraums, in dem sich jede Menge Schutt befand, stand eine Bank.

Klara lag auf dem Boden davor. Aus ihrem Unterleib war eine Menge Blut hervorgetreten. Die Zukunft kniete sich neben der bewusstlosen Frau nieder und zog den Pullover aus. Sie öffnete Klaras Kleidung, um nach einem Herzschlag zu tasten. Ein Bluterguss zog sich über ihren ganzen Bauch.

Das Herz schlug nur noch schwach, während sie ihrem nahenden Lebensende entgegenblutete. Reflexartig begann die Zukunft, Klara einer Herzmassage zu unterziehen und sie zu beatmen. Sie sah sich verzweifelt im Raum um, bis ihr Blick auf das Smartphone fiel, das Klara in der Hand hielt.

Irgendwie musste die Zukunft ohne Stimme Hilfe holen. Sie wählte die Nummer des Notrufs und hielt sich das Telefon ans Ohr.

»…

…

… kein Anschluss unter dieser Nummer.«

Die Zukunft sah auf den Bildschirm. Kein Empfang. Das Gebäude schirmte die Signale ab. Sie ließ das Telefon langsam sinken. Sie war zu schwach, um Klara mit nur einem Arm von hier fortzubewegen. Außerdem konnte sie Klara nicht lange alleine lassen. Es blieb nicht viel Zeit.

Sie stand auf, lief vor das Gebäude und wählte den Notruf. Kaum hörte sie, dass der Anruf gewählt worden war, legte sie das Telefon nieder, in der vagen Hoffnung, die Empfänger würden das Signal orten und jemanden vorbeischicken, auch wenn sich niemand meldete. Dann lief sie zurück zu Klara und setzte ihre rudimentäre Behandlung fort.

Zwanzig Minuten vergingen, bis Klara starb.

Hilfe traf nie ein. Die Zukunft presste den toten Körper an sich. Sie weigerte sich, Klaras Tod anzuerkennen, bis ihre schweißnasse Hand sie nicht länger halten konnte. Klara rutschte zu Boden und rollte auf den Rücken.

Die Zukunft stand mit einem blanken Gesichtsausdruck auf. Sie schlug mit der Faust durch eine lose Fensterscheibe, die inmitten des Bauschutts lag. Resignierend ließ sie sich auf die Knie ins Glas fallen.

Klara hätte nicht sterben müssen.

Je länger sie da saß, desto wütender wurde die Zukunft auf sich selbst. Sie ballte ihre rote Faust. Immer mehr Blut floss aus dem Arm und aus der Hand, die von den Glasscherben vollkommen aufgeschlitzt worden waren.

*Klara hätte nicht sterben müssen.*

Das Mädchen schluchzte lautlos und Tränen fielen auf den Boden. Wieso hatte sie die Weisheit nicht mitgenommen?

Wieso hatte sie sich nicht in ihren Tagebau begeben, bis sie einen Weg gefunden hatte, um Klara zu retten? Wieso hatte sie sich überhaupt erst in das Schicksal von Klara eingemischt? Es gab tausende Wege, die nicht in ihren Tod gemündet hätten, und keinen davon hatte die Zukunft gewählt.

Sie schrie, so kräftig sie konnte, doch es kam kein Ton.

Stunden vergingen. Irgendwann ertönte ein zappendes Geräusch. Aus dem Nichts, fast wie das Ergebnis eines Bildschirmfehlers, erschien ein kleines Mädchen vor dem reglosen Körper der Zukunft, der in einer Blutlache lag.

Einige Sekunden lang stand die Zeit still.

Dann stieß sie mit ihrem Fuß in den Bauch der Zukunft, die keine Reaktion zeigte.

»Kaputt gegangen«, murmelte sie. Ein Arm fehlte mitsamt Schulter, die andere Hand war durch tiefe Schnitte unbrauchbar geworden.

Sie drehte die Zukunft mit dem Fuß auf den Rücken, um den Schaden genauer betrachten zu können. »Dabei habe ich sie doch ganz bewusst mit einem haltbaren Körper ausgestattet«, seufzte sie. »Ich benötige Utensilien.«

Die Zeit verschwand kurz in einem Lichtblitz und kam mit einem gefalteten Stück Stoff zurück, das Skalpelle, Nadeln und viele veraltete medizinische Werkzeuge enthielt, wie man sie hunderte Jahre zuvor verwendet hatte.

Auf einer Suche nach Material zur Reparatur blickte sie sich im Raum um, bis ihr Blick auf eine Leiche fiel, die neben der Zukunft lag.

»Das wird genügen.«

Erst früh am nächsten Morgen wachte die Zukunft wieder auf. Aus dem Regen war inzwischen Schnee geworden, der eine kleine Decke über die Außenwelt gelegt hatte. Etwas orientierungslos blickte sie sich um. Wo war Klaras Leiche? Hatte sie jemand gerettet?

Sie legte ihre Fäuste auf ihre Oberschenkel.

Ihre *beiden* Fäuste.

Ein Schreck durchfuhr ihren Körper, als sie sich ihre neuen Hände und den neuen Arm ansah, die fast nahtlos an sie angefügt worden waren. Sie erkannte diese Hände sofort. Nur war die Schramme verschwunden, die am Vortag noch Klaras rechten Handrücken geziert hatte. Jemand hatte die Wunde geheilt.

Nur eine Person war zu einer solchen Tat in der Lage. Die Zukunft verstand, was geschehen war. Sie legte eine Hand auf ihre Brust, als wolle sie nachsehen, ob ihr eigenes Herz noch schlug. Dann tastete sie ihr Gesicht ab. Sie bemerkte, dass sie noch immer Klaras Ebenbild war.

Sie stand auf und begab sich zur Stelle, wo sie die Pianistin zum letzten Mal gesehen hatte. Die Bank war völlig von einer dicken Staubschicht bedeckt – bis auf einige dünne, längere Flecken, an denen die saubere Oberfläche hervortrat.

Die Finger der Zukunft passten genau auf diese klaren Abdrücke. Klara musste sich dort festgeklammert haben, kurz bevor sie hinabgesunken war. Das war die letzte Spur, die die Pianistin in ihrem Leben hinterlassen hatte.

Unter der Bank lag Klaras Tasche. Darin war ein Ordner mit den Noten der Stücke, die sie an jenem Abend hatte spielen wollen. Die Zukunft nahm den Ordner an sich und kehrte zurück nach Hause.

Dort angelangt sprach sie mit der Weisheit, die ihr dann dabei half, einen Flügel zu organisieren, der noch am Mittag jenen Tages zu ihnen nach Hause ins Wohnzimmer geliefert wurde.

Hunderte Menschen hatten sich am Abend in der Konzerthalle versammelt, um Klara Boskos Klavierspiel hören zu können, doch obwohl die Vorstellung schon hätte beginnen sollen, war die Pianistin nirgends zu sehen. Unruhe machte sich im Raum breit, bis jemand die Tribüne betrat und der angemessene Applaus erklang.

Denjenigen, die Klara persönlich kannten, kam ihr Verhalten – vor allem ihre Gestik und ihre Art, sich zu bewegen – an diesem Abend seltsam vor.

›Klara‹ begann zu spielen. Sie nahm mit ihren Tastenschlägen jedes Bewusstsein im Theater für sich ein. Die Zukunft hatte Klaras Aufführung am Vortag auswendig gelernt, und nun spielte sie sie exakt so – eine perfekte Kopie von Klaras Vorbild. Sie hatte dafür im Tagebau geübt.

Am Ende schallte es Beifall, bis die Zukunft sich verbeugte und den Theatersaal verließ. Sie betrat eines der Badezimmer und öffnete den Wasserhahn, während sie mit Klaras Händen das Waschbecken so fest umklammerte, wie sie nur konnte.

Sie lebte in einem Traum, stellte sie fest. In einer Lüge, die sie sich selbst erzählt hatte: Wenn sie doch nur aus der Welt einen besseren Ort machen könnte, dann würde der Krieg zwischen ihren Vorfahren ein Ende finden, von ganz alleine. Aber jetzt, langsam, erwachte sie.

Ihre Tränen begannen von selbst, ihr eigenes Gesicht freizuwaschen. Unter Klaras Antlitz kam langsam wieder das der Zukunft zum Vorschein. Sie wandte sich vom Spiegel ab, als sie eines ihrer eigenen Augen darin erkannte.

# Und so schloss sich der Käfig

Teresa lauschte dem ziemlich eindrucksvollen Klavierspiel, das ihr eine Gänsehaut gab. Die Frau spielte absolut fehlerlos. Als das Stück einige Minuten später zu Ende war, überlegte Teresa, ob gerade irgendetwas geschehen war, denn sie hatte nichts bemerkt.

»Schau mal nach draußen«, schlug die Frau ihr vor, als könnte sie Gedanken lesen.

Im dunklen Korridor, in einer Ecke neben dem Geländer der Treppe, die zum Keller führte, sah Teresa eine zitternde, auf dem Boden sitzende Zukunft, die ihr Gesicht in ihre Hände vergraben hatte. Daneben lag ein Tablett mit zwei ausgelaufenen Tassen Tee.

Sie lief näher heran. Das Mädchen schaute zu ihr auf. Ihr Gesicht war vollkommen überlaufen von Tränen, aus ihren Mundwinkeln lief Sabber über ihr Kinn, der sich mit dem Schnodder ihrer Nase vermischt hatte. Ihre rotunterlaufenen Augen schauten wie die eines Rehkitzes zu Teresa hinauf.

In all der Zeit, die sie mit der Zukunft verbracht hatte, hatte sie kein einziges Mal ein derart bemitleidenswertes, erbärmliches Häufchen Elend gesehen.

Teresa war ratlos. Sie nahm eine der feuchten Hände der Zukunft und setzte sich. Beide saßen einige Minuten still da, bis die Weisheit sie fand und sich ebenfalls niederließ.

Es verging eine Weile, in der Teresa nur das Ticken der Wanduhr vernahm und das gelegentliche durch stille Schluchzer verursachte Auf- und Abwippen der Zukunft, die sich an ihrem Ärmel festhielt.

Irgendwann berührte die Weisheit die Hand der Zukunft, um ihre Aufmerksamkeit zu erlangen. »Die Zeit ist gekommen«, sagte sie. »Und die Vergangenheit ist auch da. Es ist soweit, wollen wir sie wecken?«

Die Zukunft ließ sich aufhelfen und gemeinsam schritten sie hinab.

Teresa betrat den Kellerraum mit Ehrfurcht. Sie blickte in die Wanne, in der nun ein detailliert ausgearbeiteter, nackter, kristallener Körper einer Frau lag, die bunt schimmerte. Sie lag auf dem Rücken, hatte geschlossene Augen und schien vom Äußeren her nur etwas jünger als die Zukunft zu sein.

Die Zeit und ich saßen nebeneinander auf dem Vorsprung an der Raumwand und schauten das steinerne Wesen an.

»Gleich bin ich Tante«, schrieb ich auf meine Tafel und stellte den Satz den drei neu hinzugekommenen Frauen zur Schau. Ich trug das Fischglas meines Bruders und sah lächerlich damit aus. Meine Mutter sagte nichts. Sie beobachtete das Geschehen mit einem traurigen Gesichtsausdruck.

Als Letztes betrat meine Großmutter den Raum. Mit einem milden Lächeln auf den Lippen sagte sie: »Ich werde jetzt lieber gehen, damit es nicht zu seltsamen Komplikationen kommt. War schön, euch alle mal auf einem Fleck zu sehen. Hach, alleine dafür hat es sich schon gelohnt, herzukommen. Lebt wohl.«

Sie winkte zum Abschied. Die Weisheit und ich winkten zurück. Dann verließ sie uns.

Die Zukunft zog ein Reagenzglas aus einer ihrer Taschen. Teresa erkannte darin etwas, das sie zunächst für eine rote Träne hielt. Die Zukunft träufelte den Tropfen ihres Blutes auf die Lippen der Kristallstatue. Er verschwand langsam, so als würde er eintrocknen.

Einen Moment lang geschah nichts, bis sich das Blut durch zahlreiche winzige Kapillaren im Inneren der Lippen ausbreitete und von dort aus in zwei Blutbahnen floss, die an den Seiten des Kinns hinabglitten.

Immer weiter füllten sich die Adern, die man nun im gläsernen Körper erkennen konnte, bis sich ihr Inhalt über ihre Grenzen hinaus ausbreitete und wie eine Wolke den ganzen Körper zu füllen begann. Schließlich bildete sich an der Innenseite der Gestalt ein heller Niederschlag – die Haut.

So erlangte die Enkelin der Zeit ihren Körper. Die Weisheit reichte der Zukunft ein weiteres Reagenzglas, in dem sich die Träne befand, die Teresa im Planetarium vergossen hatte. Die Zukunft öffnete den Mund ihrer Tochter, der nun beweglich geworden war. Sie tröpfelte die Träne hinein.

Teresa erschrak, als sich im selben Moment eine kleine Bewegung an der Brust des daliegenden Wesens zeigte. Das Herz hatte begonnen zu schlagen.

Nach einigen Sekunden öffnete sie die Augen und richtete sich mit Hilfe der Zukunft auf. Im kleinen Raum, der kaum genug Platz für so viele Personen bot, sah sie die Zukunft, die den Körper abtastete und die Beweglichkeit der Gelenke überprüfte, um sicherzugehen, dass ihre Erfindung funktionierte, und sie sah mich und meine Nachricht auf der Kreidetafel: »*Willkommen!*«

Sie blickte auf ihre neutral dreinblickende Großmutter, und sie sah die zufrieden lächelnde Weisheit und die unsicher wirkende Teresa. Und sie sah noch jemanden.

Teresa zog ihre Strickjacke aus, trat einen Schritt nach vorne und legte sie der Neugeborenen um. Die Stimmung im Raum erdrückte sie fast, denn niemand sagte auch nur ein Wort.

Daher half sie der Tochter aus dem Becken heraus und wies ihr den Weg nach draußen. Die Weisheit half dabei.

»Magst du mit ihr nach oben gehen, und ihr etwas zum Anziehen zeigen?«, fragte sie. Teresa nickte. Sie nahm die Tochter der Zukunft an die Hand, um sie die Treppe hinauf zu führen. Die Zukunft selbst kam mit und machte weiter Untersuchungen – überprüfte mit einer kleinen Lampe die Linsenreflexe, schaute, ob die Fingernägel fest angewachsen waren und fühlte nach Formfehlern unter der Haut.

»Kannst du sprechen?«

Das Mädchen nickte.

»Was möchtest du anziehen?«, fragte Teresa dann, während sie eine Vielzahl verschiedener Kleidungsstücke aus den Schubladen zog und aufs Bett warf. Sie bekam keine Antwort, doch letztendlich suchte sich die Gefragte einige Stücke aus, die allesamt recht einfach und hübsch aussahen.

Die Tochter setzte sich aufs Bett und sah Teresa dabei zu, wie sie die überflüssigen Klamotten wieder einräumte.

»Was möchtest du tun?«, fragte Teresa. »Wir können nach draußen gehen, dann kannst du etwas frische Luft schnappen.«

Sie nickte. Teresa nickte reflexhaft auch. Doch bevor sie den Raum verlassen konnten, trat die Zukunft vor und umarmte ihre Tochter wie zum Abschied. Dann ließ sie die beiden gehen. An der Treppe unten begegneten die beiden mir. Ich nahm meine Nichte ebenso zum Abschied in die Arme, und tat das Gleiche dann bei Teresa, die sich darüber etwas wunderte.

Nach den paar Schritten im Freien spürte Teresa, wie die Atemzüge des Mädchens schwerer wurden. Scheinbar war ihr Körper noch schwach.

»Soll ich dir etwas zu trinken holen? Wir haben drinnen Tee«, schlug sie vor und wies auf die aufwändig gearbeitete weiße Sitzbank im Renaissance-Stil, die zwischen zwei uralten Birken im Garten stand. Doch das Mädchen schüttelte den Kopf.

Sie liefen vorbei am Schuppen der Zukunft, dessen Tür offen stand. Teresa warf einen Blick hinein. Er war leer.

Nachdem sie sich auf die Bank gesetzt hatte, seufzte die Tochter ausladend und streckte ihren ganzen Körper. Teresa hörte einige Gelenke knacken. Der kühle Wind ließ sie bereuen, ihre Strickjacke nicht wieder angezogen zu haben.

Irgendwann begann das Mädchen, von Vogelgezwitscher begleitet, mit sanfter Stimme die Melodie der ersten Arabesque von Debussy zu summen, die Teresa wiedererkannte.

»Du hast mich eine Weile lang herbeigesehnt«, sagte das Mädchen irgendwann und schaute Teresa an. »Aber jetzt bist du traurig darüber, dass es mich gibt.«

»Verwechselst du mich mit jemandem?«

»Du bist Teresa.«

»Stimmt.«

»Meine Mutter hat dich ausgesucht, sie zu begleiten und das hast du ungefähr ein Jahr lang getan.«

»Ja«, bestätigte Teresa.

»Willst du wissen, warum?«

»Warum was?«

»Warum sie dich ausgesucht hat.«

Teresa wusste bereits, warum.

»Meine Mutter mag meine Tante sehr«, schnitt das Mädchen ein neues Thema an. »Aber wie du sicher weißt, hat sich die

Vergangenheit mit der Zeit immer weiter von der Zukunft entfernt. Es lief darauf hinaus, dass sie sich nur noch selten getroffen haben, und selbst in diesen Momenten war nichts mehr von der alten Nähe übrig. Meine Mutter vermisst ihre Schwester.«

»Ja«, sagte Teresa. »Kann ich mir vorstellen. Die Zukunft redet nicht, aber wenn man auf sie achtet, versteht man, glaube ich, trotzdem ganz gut, was in ihr vorgeht.«

»Ach ja?«

»Ist irgendwas?«

Das Mädchen lächelte Teresa an und sprach mit sanfter Stimme: »Du und meine Tante ... ihr seid einander ähnlich. Du erinnerst meine Mutter an sie. Deswegen hat sie dich ausgesucht. Sie wollte sich ihrer kleinen Schwester wieder näher fühlen.«

Teresa starrte ein paar Momente lang ins Leere.

»Woher ...«

Bevor sie geendet hatte, verlor Teresa die Lust an der Frage. Meine Nichte antwortete trotzdem: »Die Tränen. Ich weiß alles über die Tränen, aus denen ich gemacht bin. Praktisch, oder?«

»Schon irgendwie«, meinte Teresa.

»Benötigst du Flüssigkeitszufuhr?«, vernahm sie eine bekannte Stimme. Teresa wandte sich überrascht um. Die Zeit hatte sich zu den beiden begeben und hielt ein Glas in der Hand, das sie ihrer Enkelin überreichte, die sofort einen Schluck daraus nahm.

»Sie sind von meiner Mutter. Ich sollte sie dir bringen.«

»Danke, meine Kehle war ganz trocken«, gab meine Nichte zu. »Das habe ich gebraucht.«

»... Vorhin wolltest du nichts trinken ...«, warf ihr Teresa vor.

»Sie ernährt sich nur von Blut und Tränen«, erklärte die Zeit abschätzig.

»Ich kann nichts dafür«, verteidigte sich das Mädchen. »Mutter hätte mich vielleicht lieber aus Honig machen sollen. Immerhin liebt sie Honig!«

»Das Stück aus meinem Tagebau hat eben um deine Präsenz ersucht. Sie will es hinter sich bringen.«

Ihre Enkelin nickte. »Was soll ich deiner Meinung nach tun?«, fragte sie.

Die Zeit hörte einen Moment lang auf, sich zu bewegen. »Diese Entscheidung und ihre Konsequenzen obliegen deiner Verantwortung.«

»Die Zukunft hat mich erschaffen, weil sie sich selbst nicht entscheiden konnte. Und du hast sie erschaffen, weil du dich nicht entscheiden konntest! Ihr habt mir da ziemlich was aufgehalst«, sagte sie lächelnd.

»Ich habe die Zukunft nicht deswegen erschaffen«, widersprach die Zeit.

Dann kam die Weisheit in den Garten. Zuerst bückte sie sich hinunter zur Zeit. »Ist alles ein bisschen doof, huh?«, sagte sie und nahm die Hand des Kindes. »Mach's gut.«

Sie schloss die Zeit in ihre Arme. Danach umarmte die Weisheit Teresa.

»Ihr macht mir ein bisschen Angst damit«, sagte sie.

»Bist du bereit?«, fragte die Weisheit an die Tochter der Zukunft gewandt, die ihr zunickte. Dann stand die Tochter auf und die beiden schritten davon.

Die Zeit setzte sich neben Teresa und betrachtete das Grün des Gartens. Nach einer Weile des Sitzens bemerkte Teresa, wie das kleine Mädchen immer unruhiger wurde und die Fäuste ballte.

Irgendwann durchbrach die Zeit die Stille: »Dieses Vogelgezwitscher zerstört meine Neuronen.«

»Du magst keine Vögel?«

»Weißt du, Teresa, es gibt zwei Arten von Vögeln. Ich verabscheue nur die eine Art.«

»Du meinst diejenigen, die frei fliegen können?«, fragte Teresa.

»Woher weißt du das? Hat dir jemand davon berichtet?«

»Du hast damals zu mir gesagt, dass du dich wie ein Vogel in einem Käfig fühlst. Diese Worte sind mir in Erinnerung geblieben, ich habe viel darüber nachgedacht. Du hasst Vögel, die frei fliegen können, weil du eifersüchtig auf sie bist.«

»Was für ein *kenntnisreiches* Mädchen du doch bist«, antwortete die Zeit sarkastisch.

»Ich hatte einfach selbst schon oft das Gefühl, gefangen zu sein«, sagte Teresa.

Darauf entgegnete die Zeit nichts. Sie saßen eine Weile da und lauschten dem Gezwitscher.

»Ich würde zu gerne sehen, was die Weisheit mit ihr vorhat«, murmelte Teresa irgendwann.

»Wenn dir das beliebt, können wir die beiden observieren gehen.«

Teresa nickte. Sie liefen zurück ins Haus und in den Keller, bis sie vor der verschlossenen Tür des Tagebaus standen.

Die Zeit versuchte ihn zu öffnen, doch es gelang ihr nicht. »Verriegelt. Anscheinend versuchen sie, sich vor einer Verfolgung durch mich zu schützen. Folge mir. Es gibt eine Hintertür, die ihnen noch unbekannt ist.«

Das kleine Mädchen hielt Teresa ihre Hand hin. Teresa zögerte.

»Ein Einschreiten von meiner Seite ist ausgeschlossen. Mein Interesse liegt einzig in der Beobachtung.«

Zaghaft berührte Teresa die Handfläche des Mädchens. Ein Ruck durchfuhr sie, ein helles Licht blitzte auf, dann öffnete sie wieder ihre Augen. Sie stand unter einer dicken Glaskuppel, die spärlich von einigen Lampen am Boden beleuchtet wurde. Über der Kuppel, die an einer Klippe befestigt war, befand sich seltsame Dunkelheit. Der Weg führte ins Innere des Felsgesteins. Bald bemerkte Teresa, dass sie sich am Meeresgrund befanden.

»Wo *sind* wir?«, fragte sie erstaunt.

»Am Sockel des Marianengrabens«, antwortete die Zeit. »Eines Tages hätten Menschen wie dein Vater meine Basis auf dem Mond entdeckt, weswegen ich mich sie hier nach unten zu verlegen genötigt sah. Dieser Ort soll mir Ruhe bieten. Hier entlang.«

Doch Teresa zögerte. Ihr Blick haftete noch immer an den Wassermassen hinter dem Glas der Kuppel. Es war absolut still und einige Scheinwerfer, die neben der Kuppel angebracht waren, warfen ihre Lichtkegel in die Leere hinein, wo nichts außer dem blaugrünen Dunkel zu erkennen war.

Die Zeit hatte Teresas Zögern bemerkt und blieb am Eingang zur Kuppel stehen. Sie beobachtete Teresas Staunen wortlos. »Das Glas muss furchtbar dick sein«, mutmaßte sie. »Wie hast du das gebaut?«

»Es hat diverse Herausforderungen mit sich gebracht«, murmelte das Kind, »Aber ich verfüge über genug … Zeit.«

»Selbst mit aller Zeit der Welt würde ich so etwas nicht bauen können. Jedenfalls nicht alleine.«

»Nun, dann hättest du dir wohl nicht genug Mühe gegeben.«

Ein Klackern aus der Richtung des Eingangs ins Felsgestein ließ die beiden aufhorchen. Wenige Sekunden später trat die Zukunft durch die Türschwelle und warf einen neugierigen Blick auf die beiden.

»Bezweckst du, mich aufzuhalten?«, fragte die Zeit derart monoton, dass es wie Spott klang. Die Zukunft nahm ihre Mutter an die Hand und führte sie quer durch die Kuppel, bis sie direkt vor dem Glas standen, das ihre Silhouetten widerspiegelte. Die Zeit blickte eine Weile lang hinaus ins dunkle Nichts. Dann, wenige Momente später, zog die Zukunft einen Stoffbeutel aus ihrer Umhängetasche und reichte ihn der Zeit. Sie nahm ihn entgegen, öffnete ihn, und zog einen silbern umrahmten, kristallbesetzten Handspiegel daraus hervor.

»Wieso gibst du mir das?«

Die Zukunft antwortete nicht, sondern drehte sacht das Handgelenk des Mädchens, bis es das eigene Gesicht im Spiegel erkennen konnte.

Die Zeit erschauderte für einen Moment, als sie das kindliche und doch leichenblasse Antlitz erkannte, das ihr selbst gehörte. Um ihre Augen zogen sich dunkle Ringe, ihre Haut offenbarte etliche Kapillaren. Sie lehnte sich an das Glas hinter sich und rutschte langsam in die Hocke, ohne ihren Blick von diesem Bild abzuwenden.

# Die letzten Worte

*»Das ist ein schöner Spiegel«, erklärte die Mutter der Zeit und setzte sich neben ihr Kind ins Gras. Die Tochter wirkte nicht einmal sieben Jahre alt. Eine sanfte Frühlingsbrise blies durch die gelockten, gepflegten Haare des Mädchens und ließ ihr Rüschenkleid an ihrem Körper entlangtänzeln. Der Moment wirkte perfekt, bis auf eine einzige Kleinigkeit. Ein blutender Schnitt führte über die rosaroten Wangen des Kindes.*

*»Oh, hast du dich verletzt?«, fragte die Mutter und betrachtete die kleine Wunde. »Tut es weh?«*

*»Es stört«, sagte das Kind.*

*»In ein paar Tagen ist es vorbei. Aber der Schnitt ist ein wenig tief. Es kann sein, dass eine blasse Narbe zurückbleibt.«*

*»Ein paar Tage? Zu lang. Eine Narbe ist nicht erwünscht.«*

*»Du interessierst dich wohl sehr für dein Aussehen.«*

*»Nein. Es soll nur perfekt sein. Meine Tochter läuft voller Wunden in der Welt herum. Ich komme mit den Reparaturen gar nicht hinterher. Sie muss lernen, auf sich selbst aufzupassen.«*

*»Deine Tochter?«, fragte die Frau verwundert.*

*»Ja.«*

*»Bist du nicht noch viel zu jung dafür, eine Tochter zu haben?«*

»Sie ist noch nicht da«, erklärte das Mädchen.

*Die Frau schaute in das Wasser des Bachs, der vor ihnen entlangplätscherte. Ihr Kind blickte wieder zurück zum Spiegel.*

»Den habe ich in einem Geschäft lokalisiert, in der Stadt mit dem alten Schloss, wo der König wohnt«, sagte das Mädchen.

»Und dann hast du ihn mitgenommen?«

»Er sagte mir zu.«

*Auf einmal stockte die Zeit.*

*Sie blickte verwundert in das Gesicht ihrer Mutter, dann zurück zum Spiegel.* »Du hast mich erneut an meine Tochter erinnert«, *erklärte sie dann und ihr Gesichtsausdruck wirkte erschüttert.* »Sie gab mir diesen Spiegel.«

»Ich dachte, du hast den Spiegel aus dem Schloss?«

»Ich sehe furchtbar aus.«

»Ich finde, du siehst sehr hübsch aus.«

*Als wäre das ein Stichwort gewesen, streckte die Zeit eine Hand aus, in der sich auf der Stelle in einem komplex gemusterten Lichtblitz eine kleine Klapptasche materialisierte. Daraus zog sie eine Nadel und ein Stück Faden hervor, dann blickte sie in den Spiegel und vernähte geschickt die Wunde auf ihrem Gesicht.*

»Dass ich hübsch bin, hast du morgen bereits erwähnt. Doch diese Verletzung existierte da nicht.«

»Morgen? Du meinst gestern. Ich habe es dir gestern gesagt. Genau wie jeden Tag.«

»Gestern«, *wiederholte das Kind geistesabwesend, ohne darüber nachzudenken. Stattdessen nähte sie behutsam und konzentriert in ihrem Gesicht herum.*

»Wenn es dich so sehr stört, kann ich dir die Wunde auch einfach wegnehmen.«

»Das kannst du?«, *fragte das Kind aufgeregt.*

»Ja, aber nur dieses eine Mal und nur, wenn du versprichst, ab jetzt gut auf dich aufzupassen. Kümmere dich gut um dich selbst. Wenn du mir das zusagst, dann –«

»Versprochen«, unterbrach sie das Kind.

»Na gut.«

Die Mutter formte mit der Hand eine Schale, dann schöpfte sie etwas Wasser aus dem Bach. Sie ließ es über das Gesicht der Zeit laufen, sodass es die Verletzung davonspülte.

»Danke«, sagte das Mädchen und ein sanftes Lächeln legte sich auf ihr Gesicht. »Du bist wie meine Tochter«, sagte sie. Dann blickte sie wieder in den Spiegel und betrachtete ihre perfekte Wange.

»Aber wieso war mein Äußeres so erschreckend?«

»Was meinst du?«

»Als mir meine Tochter diesen Spiegel gab.«

Die Zeit dachte einen Moment nach. Ein Ausdruck der Verwirrung legte sich auf ihr Gesicht. »Wieso ist sie in meinem Tagebau? Er ist passwortverriegelt. Niemand kann dort hinein außer mir. Der Raum war als Zufluchtsort für mich allein bestimmt. So wie der Mond.«

»Vor wem hast du denn Zuflucht gesucht?«, fragte die Mutter in einem besorgten Tonfall.

»Vor dir«, sagte das Mädchen. »Ich musste dir entkommen.«

»Ohje, und jemand ist dort eingedrungen? Das ist ja schrecklich. Was für ein Passwort?«

»...«, sagte die Zeit. »Das war das Passwort. Sogar Teresa war dort. Und sie ... kümmert sich um mich. Wieso?

Warte ... Teresa war diejenige, der die letzte Träne gehört hat ... aber als ich sie auslöschen wollte, um das zu verhindern, war dieses Ding schon da ...«

Ihre Augen füllten sich mit Tränen. »Wieso? Wieso gewinnst du immer?«

*Die Mutter der Zeit setzte sich vor ihre Tochter und nahm sie in den Arm. »Sei nicht traurig, ich bin ja da. Ist ja gut.« Sie streichelte behutsam durch das Haar des Kindes. »Wie genau habe ich denn gegen dich gewonnen? Erzähl' mir davon.«*

\*

Die Zeit ließ den Spiegel sinken.

»Ich habe den Pfad zu meiner eigenen Vernichtung gepflastert.«

Die Stimme des Mädchens zitterte beunruhigend, sodass sich Teresa besorgt zu ihr hinunterhockte. »Was ist denn los?«

Teresa schaute sich hilfesuchend nach der Zukunft um, doch dann spürte sie die Hand der Zeit nach ihrer greifen. Sie war bläulich, blass, jede Ader schimmerte durch die dünne Haut hervor und sie war durchsichtig wie von Öl bestrichenes Papier. Die Zukunft nickte Teresa zu, strich ihr liebevoll durch die Haare und verließ den Ort dann.

»Kein Wunder, dass mein Sieg ausgeschlossen war. Dass sie nicht einmal ihre Fähigkeit gegen mich verwenden musste«, wimmerte das Kind derweil leise und fing Teresas Blick mit ihren verängstigten, blutunterlaufenen grauen Augen ein.

»Ist ja gut, ich bin da«, sagte Teresa, der die richtigen Worte fehlten.

Sie drückte die Hand des Mädchens und legte einen Arm um ihre Schulter. Dann wippte sie vor und zurück, in der Hoffnung, das Kind beruhigen zu können.

Sie saßen fast eine Stunde lang dort, bis das Schluchzen aufhörte und Teresa sich aus der Umklammerung der Zeit löste. Sie wischte ihr die letzten Tränen aus dem Gesicht.

»Du wolltest mir etwas zeigen«, merkte Teresa an.

Die Zeit nickte. »Lass uns gehen«, sagte sie und ihre Stimme, die immer noch belegt war, erhielt langsam wieder die gewohnte monotone Gleichgültigkeit zurück.

Teresa lief ihr im höhlenartigen Gang nach, in dem etliche kleine Eingänge und Türen eingebaut waren. Irgendwann standen sie vor einer, die der des Tagebaus sehr ähnelte. Die Zeit betätigte einige Schalter und Hebel, während sie eine kleine Glocke beobachtete, die neben dem Eingang in regelmäßigen Abständen läutete.

»Ich horche den Raum ab, um ihren Standpunkt auszumachen«, erklärte sie als Antwort auf Teresas neugierigen Blick. »Ah, da.«

Inzwischen klingelte die Glocke so schrill, dass es in Teresas Ohren schmerzte. Die Zeit öffnete nun die Tür und zog Teresa mit sich hinein.

Sie traten auf einer Wiese aus dem Tagebau hinaus, die Teresa den Atem verschlug. Ungefähr hundert Meter von ihnen entfernt saßen die Weisheit und meine Nichte vor einem Sonnenuntergang auf dem Vorsprung einer Klippe, die vor einem riesigen bewaldeten Tal stand, das einen beeindruckenden Ausblick lieferte.

»Oh, wie *romantisch*«, spottete die Zeit.

Sonne und Wolken am Horizont färbten die Gegend in Gold- und Orangetöne, während man die Schreie exotischer Tierarten in der Ferne ausmachen konnte.

Teresa wollte etwas sagen, doch die Zeit legte ihren Zeigefinger vor ihre Lippen, um ihr Stille zu bedeuten. Sie zog ein Amulett an einer langen Kette von ihrem Hals und legte es sich und Teresa um. Dann drückte sie auf den ovalen, perlmuttfarbenen Edelstein.

Ein *Plop* ertönte. Teresa fühlte sich, als hätten ihre Ohren einen verkehrten Druckausgleich vorgenommen – alle Geräusche von außen waren nun gedämpft und leise. Auch verschob sich plötzlich der Farbton der Umgebung ein wenig in Richtung blau, während ihr eigener Körper und die Zeit völlig unverändert aussahen.

»Wir sind in einem abgeschotteten Zeitraum«, erklärte das Kind. Sie klang wie sonst auch. »Sie können uns jetzt weder sehen noch hören. Lass uns näher herangehen.«

Teresa nickte. Einige Meter entfernt von ihnen ließen sie sich nieder und schauten eine Weile lang zu, doch die Weisheit und die Tochter der Zukunft beobachteten nur den Sonnenuntergang. Gelegentlich sprang die Weisheit auf und deutete auf irgendetwas in weiter Entfernung, nannte den Namen der Erscheinung und erklärte freudig, worum es sich handelte.

Die Zeit saß etwas verkrampft da und presste ihre Beine mit den Armen an ihren Oberkörper.

»Du hast so lange gekämpft«, murmelte Teresa. »Und jetzt sitzt du hier und machst nichts.«

»Ich gab dir doch mein Wort«, wunderte sich die Zeit. »Ich kann ohnehin nichts mehr tun. Ich habe verloren. Ich hatte nie eine Chance«

»Warum nicht?«

»Na ja ... ich war noch ein Kind, weißt du. Ich erinnere mich nur noch vage daran, aber manchmal holen mich vergangene Erlebnisse ein.«

»Warte ... mir wurde gesagt, dass du alles weißt, was je passiert ist. Wie kannst du deine eigene Kindheit vergessen?«

»Dieser Körper hat seine Limitationen. Vor allem was mich selbst und meine *eigenen* Erinnerungen angeht, ist mein

Wissen nicht fehlerfrei. Meine Mutter hat mich zur Welt gebracht, und in den ersten Jahren meines Lebens war ich nichts als ein heranwachsender Säugling. Ich hatte früher schon alles Wissen der ganzen vergangenen und zukünftigen Geschichte, konnte damit aber nur wenig anfangen. Doch meiner Mutter ... fiel das leichter.«

»Du meinst, du hast ihr davon erzählt?«

»Ja. Nicht nur einmal. Immer wieder. Ich habe damals nicht verstanden, dass nicht jeder die Welt so sieht wie ich.«

»Sie hat die Geschwätzigkeit ihrer kleinen Tochter ausgenutzt, um sie später übertrumpfen zu können?«

»Ich wollte nicht eingekesselt werden«, erklärte die Zeit. »Ich habe den Tagebau gebaut, in der Hoffnung, ein Schlupfloch zu finden. Ich habe versucht, ihn zu überfluten und so eine Mächtigkeit zu überspringen, damit ich den Absteckungen dieser Welt entfliehen kann.

Deswegen sind die beiden *hier*. Wenn die Tochter der Zukunft im Tagebau erweckt wird, dann erstreckt sich ihre Fähigkeit auch über mich. Andernfalls wäre ich vielleicht entkommen.«

»Ihre *Macht*«, wiederholte Teresa. »Sie hat doch nichts weiter getan, als ein Kind zu manipulieren. Was, wenn du einfach etwas Neues versuchst, von dem du ihr nie erzählt hast?«

Die Zeit schüttelte mit dem Kopf. »Sie wäre mir trotzdem einen Schritt voraus. Letztendlich hätte sie auch ohne die Tochter der Zukunft Mittel und Wege, um ihre Ziele zu erreichen. Und selbst wenn all das nicht klappt, dann bleibt noch ihre eigene Macht, auch wenn sie die im Kampf gegen mich nie verwenden musste.«

Die Zeit machte eine kurze Pause und schüttelte entmutigt den Kopf.

»Was ist denn ihre Macht? Eine Fähigkeit?«, fragte Teresa. Es musste eine furchterregende Fähigkeit sein, wenn sie alle anderen so in den Schatten stellte.

»Ihre Fähigkeit ...«

Das Mädchen runzelte die Stirn in dem Versuch, die richtigen Worte zur Erklärung zu finden.

»Sie kann alles einfach *zurücksetzen*. Selbst wenn ich gewinnen würde, könnte sie einen beliebigen Punkt suchen und von dort aus neu starten. Sie ist inhärent unbesiegbar. Sie ist ohne Zweifel das mächtigste Wesen, das existiert. Es ist sinnlos, dagegen anzukämpfen, das ist mir jetzt klar. Selbst wenn ich sie noch lange aufhalten könnte, ihr Sieg ist gewiss.«

In Teresas Kopf fühlte es sich an, als würde sich eine riesige Gedankenmasse unsanft darin bequem machen, als ihr dämmerte, was vor sich ging. »Willst du damit sagen, deine Mutter ist der –«

»Ja.«

»Und dann ist dieses Mädchen das ...«

Die Zeit nickte.

»Ohh«, seufzte Teresa und ließ ihre Hände kraftlos auf den Boden fallen.

»Das klingt alles so ... deprimierend. Warum könnt ihr euch nicht einfach vertragen?«

Die Zeit schaute Teresa an. Sämtliche ihrer Gesichtsmuskeln erschlafften, bis auf ihre hochgezogenen Augenbrauen. Sie drehte sich zum Sonnenuntergang um.

Einige Minuten vergingen, in denen nur das sorglose Gespräch zwischen der Weisheit und der Tochter der Zukunft zu hören war.

»Mutter ist wie eine Künstlerin. Sie hat irgendwann angefangen, diese Welt zu malen. Ich kann ihr nicht verübeln, dass sie das Kunstwerk vollenden möchte, doch solange ich mich wehre, kann sie das nicht tun. Solange ich den Tagebau flute, solange ich die Kinder sabotiere, solange ich mich einmische, kann sie ihre Arbeit nicht beenden. Sie musste mich besiegen, um etwas Neues beginnen zu können. Sie ist hier gefangen, solange ich gegen sie anzutreten versuche, und ich bin hier gefangen, wenn ich nicht gegen sie gewinne. Sie wird vom gleichen Motiv angetrieben wie ich.«

Das Mädchen zog die Beine noch etwas weiter an sich.

»Wir bekriegen uns seit Äonen. Wir könnten ewig fortfahren, doch meine Niederlage ist sicher. Ich bin es leid.«

Teresas Herz pochte unerbittlich. Nach allem, was sie wusste, war nicht nur die Mutter der Zeit unbesiegbar, sondern auch die Zeit selbst. Auch wenn die Mutter immer wieder neu anfangen würde, könnte sich die Zeit immer wieder neu wehren. Dennoch hatte die Ältere die Jüngere bezwungen. Teresa war sich nicht sicher, für welche Seite sie sich hätte entscheiden sollen.

Je mehr sie darüber nachdachte, desto klarer wurde ihr, wieso die Zeit aufgegeben hatte. Jeder Sieg gegen ihre Mutter würde sie nicht der Freiheit näherbringen, sondern sie nur in einen neuen Vogelkäfig setzen. Sie würde zwar unendlich Käfige besuchen können ... doch dafür müsste sie für immer kämpfen. Und jeder dieser Käfige war ihr zu klein. Teresa setzte sich neben die kleine Zeit und nahm sie in den Arm.

Die Zeit war von dieser Geste überrascht, doch sie kuschelte sich an Teresa. Kurz leuchteten die Augen der Zeit auf.

»Jetzt, wo ich daran zurückdenke ...«, flüsterte sie – wieder eher zu sich selbst als zu Teresa.

Sie streckte ihre Hand aus. Wie eine Hologrammstörung blitzte es kurz auf, dann lag darin eine graphitblaue Long Beanie.

Teresas Herz machte einen Hüpfer. Die Zeit schüttelte sie etwas auf, dann zog sie die Mütze über Teresas Kopf. Sie blickte sie konzentriert an und zupfte solange daran herum, bis sie gerade saß. Dann lächelte das kleine Mädchen. Teresa kam nicht umhin, das Lächeln zu erwidern.

Die beiden saßen eine Weile lang einfach da und lauschten den dumpfen Geräuschen, die durch die Zeitblase drangen.

»Ich glaube, es ist soweit«, erklärte die Tochter der Zukunft.

Die Weisheit nickte. Der entspannte Gesichtsausdruck auf ihrem Gesicht wurde nun ein Stück weit ernster.

»Liebes«, begann sie, »Die Verantwortung, die man dir übertragen hat, ist sicher nicht so leicht zu tragen.«

Das Mädchen nickte. Die Weisheit legte ihre Hand auf ihren Kopf und lächelte.

»Ich bin für dich da, in Ordnung? Und ich bin nicht die Einzige. Der Anfang hat mir einmal gesagt, dass sie für dich übernehmen kann, wenn es dir zu viel wird. Und falls nicht, ist das auch in Ordnung. Bereit?«

Das Kind sah entschlossen in die Augen der Weisheit. Ein paar Minuten vergingen, während derer sich die Sonne endgültig unter den Horizont schob. Dann brach die Weisheit mit ruhiger Stimme die Stille:

»Freut mich, liebes Ende.«

# Nachwort

*Diese Geschichte wäre nicht so geworden, wie sie heute ist, wenn nicht zahlreiche Freunde mir im Laufe der letzten Jahre beigestanden und mir bei der Arbeit an der Enkelin der Zeit geholfen hätten. Ich möchte hiermit allen von ihnen meinen Dank ausrichten.*

*Die Enkelin der Zeit ist der erste Roman, den ich je fertig geschrieben habe, doch ich möchte mich auch in Zukunft weiterhin mit dem Schreiben befassen. Danke an alle, die mich dabei auch durch das Lesen dieser Geschichte unterstützen.*

*Bis zum nächsten Mal!*

*A. Fishbowl*